Axel Ulrich

SCHOOFSEGGL

Krimi

Oertel+Spörer

Heilandsack!

Am Ende des Tempolimits auf der A 81 von Stuttgart in Richtung Süden, genau bei dem schwarz-weißen Schild, das dem beherzten Fahrer Erlösung von der Qual der Langsamkeit signalisiert, senkt sich sein Fuß bleischwer auf das Gaspedal. 600 Newtonmeter Drehmoment und 457 PS fallen gnadenlos über die 255er-Hinterräder her. Der V8-Motor röhrt heiser, in den oberen Drehzahlregionen steigert sich das zu einem wilden Stakkato. Die Tachonadel zieht entfesselt an der 200 vorbei und strebt dynamisch in höhere Bereiche.

Im SWR3 läuft geile Musik, dann beginnen die Nachrichten und nach der ersten Meldung schreit er plötzlich »Heilandsack«, verreißt dabei das Lenkrad ein wenig und die Fuhre macht bei 220 Sachen einen Schlenker.

Heilandsack ist ein schwäbischer Fluch, die verkürzte Form für Heiland, Sakrament – wörtlich etwa »Gott verdamme mich«. Das Sakrament darin weist angeblich auf eine unsichtbare Wirklichkeit Gottes hin.

Es ist nicht gesichert, dass Franz Walzer in seinem schwarzen Mercedes diese Definition bei der Anwendung des Fluchs so ganz genau bedacht hat.

Der Lenkwinkelsensor des ESP seines C63 AMG T-Modells merkt sofort, dass da etwas gewaltig nicht stimmt, er erfasst die Gierrate, die Querbeschleunigung, die Drehzahlen der Räder – und weiß der Geier was noch alles –, etwa 150-mal pro Sekunde. Bits zischen mit Lichtgeschwindigkeit durch die Kabellage dieses Karrens, eine digitale Orgie ohnegleichen läuft ab. Netterweise schickt das schlaue kleine System einen Bremsimpuls an das linke Vorderrad und nimmt die Leistung ein wenig zurück. Mein Gott, bei 457 PS ist das zu verschmerzen. Dann sind es eben temporär nur noch 300 PS. Das Auto stabilisiert sich sofort ganz sanft. Es lebe die Elektronik, dieser Reparaturmechanismus für menschliche Dummheit und Unzulänglichkeit.

Ihr verdankt der ehemalige Rechtsanwalt Franz Walzer jetzt, dass nichts passiert ist. Sein Puls jagt, die Hände sind feucht, er schnauft, steigt in die Eisen und erwischt gerade noch die Ausfahrt zum nächsten Parkplatz.

Genau genommen sind es auch keine Eisen, sondern es ist die optionale Keramikbremsanlage. Die hält 1000 Grad aus, das braucht man ja. Kostet so um die 7000. Seine Freundin Lena hat ihn ja aus der großen S-Klasse in diesen Kleinwagen gezwungen.

»Ich schäme mich in dieser Protzkiste.«

Doch für seine geliebte Lena aus Konstanz tut er alles. Aber dann wenigstens mit Keramikbremsen, darauf hatte er beim Kauf bestanden.

Er steigt aus und geht ein paar Schritte hin und her. Ist ja immer sehr romantisch auf Autobahnparkplätzen.

Der Text in den Nachrichten auf SWR3 lautete:

Wie erst jetzt bekannt geworden ist, hat das Stuttgarter Landesfinanzministerium vor einigen Monaten eine Daten-CD des Schweizer Bankhauses Indermann angekauft. Darauf sollen sich Informationen über

Schwarzgeldkonten von fast 1000 Steuerhinterziehern aus Baden-Württemberg befinden.

Er hat bis vor Kurzem so ein Konto bei genau dieser Bank gehabt. Eine schöne Bank. Er ist immer gern bei der Filiale in Kreuzlingen gewesen. Kreuzlingen ist der schweizerische Nachbarort von Konstanz am Bodensee. Biedere Schalterhalle unten, Lift in die erste Etage und dort alles vom Feinsten. Die Damen und Herren wie aus dem Ei gepellt. Er war mit seiner einen »Kiste«, wie die dort zu einer Million sagen, in Kreuzlingen ein mittelkleiner Fisch. Es gab ärmere aber auch reichere. In Zürich hätten die ihm bei einer »Kiste« gerade mal einen Kaffee spendiert, in Kreuzlingen gab es noch Gebäck und eine Champagnertrüffel dazu, aber nur eine. In Zürich ist man erst so ab zehn oder eher 20 »Kisten« jemand. Da gibt es dann Einladungen ins Grandhotel Dolder, das jetzt »Dolder Grand« heißt – warum auch immer –, oder zu Weekends in London.

Er ist lange nicht mehr bei der Bank in Kreuzlingen gewesen, denn er hat das Konto vor einem Jahr leer geräumt und gelöscht. Aber er weiß nicht hundertprozentig, ob auf der vom Finanzministerium angekauften CD seine Daten noch drauf sind. Man weiß nie genau, wie alt diese Daten sind.

Die Landesregierung in Baden-Württemberg hat immer gesagt, sie kaufe solche Daten nicht an, und jetzt machen sie es doch, empört er sich innerlich. Diese Lügner, diese dreckigen. Grüne und Sozis eben. Wollen das Geld von hart arbeitenden Leuten unter all den Faulen verteilen. Werden schon sehen, wer alles das Land verlässt. Dann haut er eben ab.

Ach so, er ist ja schon abgehauen. Lebt jetzt in der Schweiz in der Nähe von Konstanz. Aber als er das Konto eröffnet hat, da lebte er noch in Konstanz. Heilandsack!

Nach einer Weile steigt er wieder ein und fährt nach Hause. Jetzt aber in gemäßigtem Tempo. Er muss das Ganze in Ruhe anschauen. Natürlich hat er Schiss, dass die auf ihn kommen. Klar, er ist in die Schweiz gezogen, aber das nützt rückwirkend gar nichts. Wenn du in Deutschland wohnst und ein nicht deklariertes Konto bei Indermann hast, dann bist du dran. Das ist leider in seinem Fall bis vor etwa einem Jahr so gewesen. Er kann jegliche behördliche Aufforderung aus Deutschland ignorieren, aber dann kann er Deutschland nicht mehr betreten. Doch das will er auch wieder nicht.

Walzer ist knapp über 50, schwäbelt heftig mit einem nasalen Unterton. Er ist etwa 1,80 Meter groß, mit schütterem Haar und einer Hakennase. Er grinst immer so leicht verschmitzt. Selbst wenn er ernst schaut, grinst er irgendwie. Er kommt ursprünglich aus Reutlingen.

Dort spricht man den Ortsnamen nicht etwa wie Reutlingen aus, sondern wie »Reidlenga«. Das ist schon ein komplizierter Dialekt und er klingt so gar nicht gut, aber der badische ist auch nicht viel besser – alle Badener mögen verzeihen und die Schwaben gleich mit.

Er ist Jurist und hatte viele Jahre eine gut gehende Anwaltskanzlei in Konstanz.

Die ist seinem Temperament zum Opfer gefallen und einer gewissen Neigung, den Staat nicht allzu ernst zu nehmen. In so einer normalen Anwaltskanzlei hat man halt Scheidungen, Verkehrsunfälle oder sonstige Streitereien zu bearbeiten – alles nicht so aufregend. Walzer hat diese Standardfälle immer brav erledigt, aber wenn einer mit einer spannenden Geschichte zu ihm kam, ist er zur Hochform aufgelaufen. Bei Geschäftsleuten in ausweglosen Situationen schlug seine große Stunde.

Seine Spezialität waren Unternehmer, die sich von ihrer eigenen GmbH Geld geliehen haben. Das gab es oft. Wenn dann das Unternehmen überschuldet war, konnte der Inhaber keinen Konkurs anmelden, denn die Gläubiger hätten in diesem Fall auf sein privates Vermögen zugreifen können. Wirtschaftlich kommt man dann gar nicht mehr auf die Füße.

Also kaufte jemand für ihn das Unternehmen für einen Euro auf. Er setzte einen völlig besitzlosen Geschäftsführer ein, der gerade aus dem Knast gekommen war. Dem war alles wurscht, denn bei ihm war für niemanden irgendwas zu holen. Anschließend wurde die Bude dreimal umbenannt und der Sitz viermal verlegt. Wenn einer der Leute, denen die Firma Geld schuldete, sie doch fand, wurde ihm statt Geld die ganze Firma angeboten, die natürlich nur noch eine leere Hülle war und keinerlei Vermögensgegenstände mehr enthielt. Der neue Inhaber und der neue Geschäftsführer konnten ja ohne jedes Risiko für sich selbst Konkurs anmelden, denn sie haben sich bei der Firma kein Geld geliehen.

So ersparte er den Unternehmern den Konkurs und sie konnten schnell einen Neubeginn starten. Walzer führte diese Rettungsaktionen jedoch nur dann durch, wenn die Gläubiger der Unternehmen groß und mächtig waren, wie zum Beispiel Banken. Der Kampf gegen die Riesen machte dem selbst ernannten Robin Hood für kleine Unternehmer in Schwierigkeiten richtig Spaß, auch wenn er genau wusste, dass das Geschäft schon nicht mehr in einer sogenannten Grauzone angesiedelt, sondern wirklich kriminell war. Hatte aber ein Unternehmer, der ihn um Hilfe bat, seine Mitarbeiter oder kleine Lieferanten hängen gelassen, dann half der Walzer nicht. Moral hat er schon, aber eine sehr eigene.

Irgendwann haben Kollegen, die die mächtigen Gläubiger vertraten, das mitbekommen und ihn von da an sehr genau beobachtet. Dann ist er auch noch so unvorsichtig gewesen, auch selbst als kurzzeitiger Geschäftsführer so einer Firma aufzutreten und damit an einer sogenannten Konkursverschleppung aktiv mitzuwirken. Damit hatten sie ihn am Wickel. Er machte zwar rotzfrech weiter, aber irgendwann entzog man ihm die Zulassung als Rechtsanwalt. Ganz genau genommen hat er sie selbst zurückgegeben, aber nur um dem Entzug zu entgehen.

Der Schock bremste ihn eine Weile aus, aber irgendwann stellte er fest, dass er jetzt befreit von den Regeln des Berufsstandes der Rechtsanwälte lustig weitermachen konnte. Er ist allerdings etwas vorsichtiger geworden. Zum Glück hat ihm seine bisherige Praxis ziemlich viel Geld eingebracht, mit dem er sorgsam umgegangen ist und es gescheit angelegt hat. Jetzt musste er sich auch nicht mehr mit der langweiligen juristischen Aufarbeitung von Verkehrsunfällen befassen, sondern konnte sich exklusiv um verfahrene unternehmerische Situationen kümmern.

Nach seinem Beinahe-Abflug im Mercedes auf der Autobahn schüttet sich Walzer am Abend auf seinem Sofa leider einen Rotwein zu viel ein. So kann er nicht mehr ganz klar denken, aber es ist ihm klar, dass er etwas wegen seines ehemaligen Kontos bei Indermann unternehmen muss.

Er hat auch schon von einigen seiner Klienten, die früher Konten bei Indermann besaßen, Whatsapp-Nachrichten bekommen. Die wollen wissen, ob sie was machen müssen. Whatsapp – wie unvorsichtig. Er rätselt, warum es im Radio hieß, der CD-Ankauf sei schon ein paar Monate her, und er und andere noch keinen Besuch oder Post von der Steuerfahndung bekommen haben. Irgendwas stimmt da nicht. Im Normalfall wird das erst bekannt, nachdem die Steuerfahndung alle Leute abgeklappert hat, um ja keinen aufzuscheuchen. Macht ja auch Sinn.

Rotlicht

Wilfried Kneller ist sauer. Ihm fehlen etwa 40 000 Euro. Sie haben die Puffkasse immer wieder kontrolliert, aber die sind einfach weg. Kneller legt großen Wert auf Abrechnung und Kontrolle. Er ist schließlich Geschäftsmann. Dazu passt auch sein seriöses Outfit. Immer alles vom Feinsten – von der Maßkleidung bis zu den Maßschuhen. Nur der Bentley ist ein wenig auffallend. Wo sind die verdammten 40 000? Bei der letzten Kontrolle vor einem Monat stimmte es noch. Ihm ist klar, dass alle sich was abzweigen, aber so eine Summe geht nicht. Er hat vier Bordelle mit insgesamt über 100 Pferdchen. Sein Büro befindet sich im größten Puff. Er liegt in einem Industriegebiet. Das ist seiner Meinung nach für einen Puff ideal. Wichtig sind Parkplätze, die man nicht einsehen kann.

Kneller selbst ist eine furchterregende Erscheinung. 1,90 Meter groß, ein dicker Ranzen, wie man im alemannischen Sprachraum zu einem Bauch sagt, und Oberarme wie Schenkel von kräftigen Frauen. Den Schädel hat er kahl rasiert, weil eh kaum noch was darauf wächst. Hinzu kommen noch jede Menge Narben in der Visage und eine ausgeprägte Knollennase mit lauter so kleinen Kratern drauf. Sieht aus wie eine Vulkanlandschaft. Meist blutunterlaufene Augen vom übermäßigen Genuss von teurem

Cognac komplettieren das Bild. Dass er diese feinen Klamotten trägt, passt wie die sprichwörtliche Faust aufs Auge.

Klar, er kann nicht ständig überall sein und seine »Gorillas«, wie er seine Leibwächter nennt, sind außer zum Verprügeln von Leuten zu allem zu blöd. Er weiht auch keinen von denen mehr als unbedingt nötig in seine Geschäfte ein, dafür ist er zu erfahren. Die Gorillas führen bloß seine Befehle aus. Im Gegenzug werden sie saumäßig gut bezahlt. Der Chef des Nord-Puffs, wie er genannt wird, ist ein Serbe. Der macht Ferien – angeblich.

Wilfried Kneller spürt die Wut in sich hochkriechen. Das kennt er aus seiner Kinderzeit. Nach der Sache mit seinem Stiefvater haben die Psychos versucht, mit ihm lange blödsinnige Gespräche zu führen. Alle werden irgendwann mal wütend, das weiß doch jeder. Er hat ihm halt einen Bierseidel über den Schädel gezogen, aber der hatte ihn auch verprügelt. Blöd war nur, dass er das Bierglas mit dem praktischen Henkel dran nicht nur über den Kopf von diesem Affen gezogen hat, sondern auch in denselben hinein, und zwar ziemlich tief. Danach saß der Stiefvater eben im Rollstuhl. Hätte er doch seine widerlichen Griffel von ihm gelassen. Mit denen hat er früher, als Wilfried noch kleiner war, auch schon an ihm rumgefummelt und leider nicht nur damit.

Jetzt ist er richtig sauer, dieser verdammte Zoran ist nicht greifbar, geht wieder nicht ans Handy. Kneller flucht, er schmeißt einen Briefbeschwerer an die Wand. Der hinterlässt ein hässliches Loch im Putz. Ist ihm scheißegal. Er greift in die Tasten seines PCs und schreibt eine E-Mail an Zoran:

Wenn du dich nicht bald meldest, geht es dir wie der blöden Russenschlampe.

Die E-Mail löscht er gleich wieder, er will sich ja nicht verraten. Doch er weiß nicht, was die Unterschiede zwischen einem IMAP- und einem POP-Konto sind. Manchmal wäre es aber gut, sich mit bestimmten Dingen auszukennen. Benutzt man nämlich IMAP für ein E-Mail-Konto, bleiben die abgerufenen E-Mails auf dem Server, beim POP-Konto werden sie nach dem Abrufen vom Server gelöscht.

Wilfried Kneller wird in Stuttgart auch »der Knaller« genannt. Er ist eine bedeutende Figur im Rotlichtgewerbe. Er hält sich an die Gesetze, nur ab und zu wird so ein blöder Bulle geschmiert. Er macht alles, was andere in dem Gewerbe auch machen. Sie haben in ihrer Branche ein Nachschubproblem und ein Preisproblem. Das große Angebot an Frischfleisch aus Afrika und Osteuropa hat einen Preisverfall ausgelöst. Heute bekommt der Kunde für 20 bis 40 Euro eine halbe Stunde mit allen Schikanen, da muss man eben mithalten. Die Leute wollen schlanke Mädchen mit großen Titten, und zwar immer neue.

Kneller tritt nur als Zimmervermieter in Erscheinung, er sorgt für das Ambiente und schaut auch nach den Mädels. Aber wenn man ihm blöd kommt, dann ist es aus. Der Nutte selbst bleiben etwa zehn Prozent vom Umsatz und die meisten finanzieren damit ihre Familien zu Hause. Die dürfen natürlich nicht wissen, was das Mädchen tut, das ist deren größte Sorge. Manchmal gibt es Ärger, wenn eine versucht abzuhauen. Dann muss man irgendwas machen, damit sie es lässt. Meistens reichen Prügel. Neulich musste er mal richtig zuschlagen. Da fiel sie gleich um. Das war nicht geplant. Da musste er sie endgültig verschwinden lassen. Von Zeit zu Zeit wird die Besatzung ausgetauscht. Das erledigen die Albaner, die die Mädchen anschleppen. So bekommt er neue Gesichter beziehungsweise – er grinst dreckig – Ärsche, Titten und Muschis.

Aber dieser Scheiß-Zoran. Dieser Dreckspatz hat anscheinend in die Kasse gegriffen und ist abgehauen. Wie kommt er jetzt an den ran? Er kann sich das nicht gefallen lassen, sonst kommt der Nächste und macht genau dasselbe. Kneller sinniert – dasselbe oder das Gleiche? Genau, das Gleiche.

Er hat aber noch ein ganz anderes Problem. Vermutlich ist er daher auch noch reizbarer als sonst. Er hat es in den Nachrichten gehört. Der Datendiebstahl bei der Bank in der Schweiz betrifft ihn. Einige seiner vielen sauer verdienten Millionen liegen auf dieser Scheißbank in Kreuzlingen. Wenn er selbst auf der Liste ist, die das Land bekommen hat, dann fährt er ein. Sein Steuerberater hat ihm neulich erzählt, dass die Selbstanzeige nicht mehr strafbefreiend ist, wenn die CD schon vom Land angekauft wurde und es in der Zeitung stand oder so. Irgendein blödes Urteil.

In seiner Luxuswohnung schläft er schon nicht mehr, er schläft meistens im Puff. Genau genommen schläft er neben dem Puff. Er hat vor Jahren über einen Strohmann ein Gebäude in der Nähe günstig kaufen können. Diese ehemalige Werkstatt hat er umgebaut. Wenn die Steuerfahndung in seine Wohnung kommt, ist er nicht da. Wenn sie in den Puff kommt, kriegt er das mit, denn er hat überall Kameras installieren lassen. Selbst wenn sie den Puff umstellen würden, wäre die Werkstatt noch frei zugänglich und er könnte unbehelligt abhauen.

Geld ist auch nicht sein Problem. Er hat seine Millionen außer in der Schweiz auch in Singapur und Dubai verteilt und in anderen Ländern angelegt. Er geht nicht in den Knast. Er hätte schon vor langer Zeit aufhören können zu arbeiten, aber er wüsste nicht, was er sonst machen sollte. Jetzt würde er was dafür geben, wenn er den Datendieb richtig zerlegen könnte. Er will wissen, ob seine Daten beim Finanzministerium sind.

Ihm fällt was ein, er greift zum Telefon, ruft den Berater seiner Bank in Kreuzlingen an, erreicht ihn nicht.

»Diese feinen Pinkel.«

Stattdessen wird er mit einer hochdeutsch säuselnden Schweizerin verbunden.

»Grüezi, Herr Kneller.« Was sie für ihn tun könne.

»Aufpassen, dass bei euch keine Lumpen meine Daten klauen.«

Er steigert sich, wird lauter. Sie versucht, ihn zu unterbrechen – erfolglos.

»Ihr spinnet ja wohl total, nichts im Griff, gar nichts, Sauladen.«

Sie versucht es wieder, der Herr Specht sei jetzt frei.

»Ja denn gebet Sie mir jetzt den Herrn Specht, nicht schlecht, Herr Specht.«

Bei ihm legt er mit der Tirade sofort wieder los, irgendwann hört er aber auch mal zu.

»Herr Kneller, sind Sie sicher, dass wir das am Telefon besprechen sollen?«

Da haut er den Hörer auf die Gabel. Leider hat in diesem Punkt der gute Herr Specht vollkommen recht. Aber dann denkt er, falls die meine Daten sowieso haben, ist es eh wurscht, da kann die NSA gern das abgehörte Gespräch an das Stuttgarter Finanzamt weiterleiten.

Kaufleuten

Walzer geht in sein Büro auf der Werft. Er ist vom Verlauf des vorigen Abends noch leicht im Denken behindert. Lässt sich auf den Bürostuhl rutschen. Während des Rutschvorgangs schießt so ein Gedanke oder vielmehr so eine Kette einzelner Gedanken durch sein Gehirn, die einzelnen Stücke nehmen Gestalt an, vereinigen sich.

»Das isch es, so einfach.«

Walzer sucht eine Telefonnummer in Zürich raus.

»Hier ist Franz Walzer, ich hätte gern den Herrn Nussbaumen. Ja, er kennt mich, ziemlich gut sogar.« Er wartet. »Hier ist Franz, Gregor, sag mal, da gab es doch bei dem Bankhaus Indermann einen Datendieb. Du kennst doch da einige Leute, könntest du für mich rausbekommen, wie der heißt? Und ich wollte mit dir nachher zum Essen gehen, ich lade dich auch ein. Geht klar, gut, bis in etwa einer Stunde.«

Mann, Glück gehabt, dass der Nussbaumen Zeit hat. Schön ist, dass der diese preußische deutsche Art, mit der Tür sozusagen direkt ins Haus zu fallen, so gut verträgt. Ist in der Schweiz eher nicht üblich. Immer erst ein bisschen Small Talk vorher. Er springt auf, geht raus.

»Ich bin mal weg«, sagt er zu einem seiner Bootsbauer. Steigt in sein Auto und macht sich auf den Weg nach Zürich.

Dort fährt er in ein Parkhaus, geht um zwei Straßenecken und betritt ein ziemlich luxuriöses Bürogebäude. Er denkt über die Preise hier nach. Das sind sicher mehr als 600 Franken für den Quadratmeter pro Jahr. Sein Kollege hat etwa 200 davon für seine Kanzlei, das sind also 120 000 Franken Jahresmiete, wow. Die Dame am Empfang schickt ihn gleich rein.

»Hallo, Gregor.«

Sie verbringen zunächst ein Viertelstündchen mit Small Talk. Wie geht's der Ehefrau, den Kindern. »Ach was, die studieren schon?« Wie es Lena geht? Was die Segelei und diverse andere Freizeitvergnügungen denn so machen. Die Geschäfte laufen vorzüglich. Als Walzer allmählich zum Thema kommen will, fragt Gregor nach der Werft. So werden aus dem einen Viertelstündchen eben drei Viertelstündchen Small Talk.

Aber jetzt kommen sie zum Thema. Gregor hat schon recherchiert.

»Du, ich habe da einen Freund in der IT der Bank, der wusste den Namen sofort. Simon Mittelmeier heißt der Typ, kommt aus München, hat die Daten geklaut und ist danach auf der Stelle abgehauen. Damit ist er zumindest schlauer als der letzte Datendieb in Zürich. Der ist geblieben. Hat sich gewundert, wie schnell sie ihm auf die Schliche gekommen sind. Ist doch klar, die Deutschen schicken sofort die Steuerfahnder los, und wenn dann der erste Bankkunde morgens um sieben so ein paar Herren im Haus hat, ruft er sobald wie möglich seinen Bankberater an. Als Nächstes kündigt er die Konten, checkt, ob er die Bank belangen kann, kurz – jede Menge Ärger. Spätestens jetzt sucht die Bank nach dem Loch im System. So blöd sind sie nun auch wieder nicht, dass sie ihn nicht finden. Dann wird Anklage erhoben, und wenn er noch greifbar ist, sitzt er, und zwar länger.«

»Und wenn er nicht mehr da ist, wird er in Deutschland gefeiert und kann ein Buch schreiben«, ergänzt Walzer. »Allerdings verdient er mit dem Buch lange nicht so viel, wie er sich erträumt, da diese IT-Fritzen als Autoren zumeist unterirdisch begabt sind. Weißt du übrigens, dass die deutschen Steuerfahnder genauso viele Befugnisse haben wie die Polizei?«

»Das habe ich schon gehört, ist sehr unangenehm.«

»Na klar, für einen Schweizer unvorstellbar.«

»Eben, Polizeistaat pur.«

»Lass uns zum Essen gehen.«

»Habe im ›Kaufleuten‹ reserviert.«

»Gregor, das kostet mich 300 Franken für uns zwei.«

»Ja, so etwa, aber ich bin mir sicher, die Information ist es wert. Ich habe auch noch seine Adresse in Fällanden, ich glaube, die brauchst du nicht mehr, die Polizei hat die Bude sicher durchsucht.«

»Nein, das langt mir, und ja, du hast vollkommen recht, die Information ist es wert, also los.«

Nach einem sauteuren Essen im »Kaufleuten« fährt Walzer wieder zurück auf seine Werft. In seinem Büro sucht er nach diesem Simon Mittelmeier. In München findet er einen, der so heißt, und den ruft er einfach an. Der nimmt auch gleich ab.

»Mittelmeier.«

»Hier spricht Franz Walzer. Herr Mittelmeier, Sie waren doch bis vor einiger Zeit bei der Indermann-Bank in Zürich.«

Pause am anderen Ende.

»Keine Angst, ich will nichts Böses. Ich bin Anwalt und habe einen Mandanten, der früher ein Konto bei Indermann hatte. Der will jetzt wissen, ob seine Daten beim Finanzministerium sind.«

»Na gut, ich hatte nur baden-württembergische Adressen. Genau 400 Stück. Die habe ich ans Finanzministerium in Stuttgart verkauft. Wie ist denn der Anfangsbuchstabe von Ihrem Mandanten?«

»Genau genommen sind es vier. Die fangen mit K, S, G und W an.«

Ihm ist gerade noch rechtzeitig eingefallen, auch nach W zu fragen. W wie Walzer. Er ist ja auch betroffen. Mensch, aufpassen.

»Dann kann nichts passiert sein, meine Adressen fangen mit A bis D an. Ich habe nur A bis D.«

Walzer muss lachen.

»Ist irgendwie komisch, wenn man mit dem A-bis-D-Datendieb spricht. Entschuldigen Sie, dass ich lache. Wann ist das Ganze abgelaufen?«

»So vor ein paar Monaten.«

Walzer bedankt sich für die Information und ist beruhigt. Er kann seine Kunden anrufen und Entwarnung geben. Und sich selbst auch.

Und jetzt kann er sich wieder seiner Lieblingsbeschäftigung hingeben, der Werft. Die Werft ist Walzers Schätzchen.

Nicht ganz richtig, sein Schätzchen ist eigentlich Lena, mit der er immer noch nicht verheiratet ist, ihr aber immer wieder Heiratsanträge macht. Bisher sind etwa 60 Stück zusammengekommen.

Sie sind seit 18 Jahren zusammen. Lena ist jetzt knapp 50, aber bei ihrem Anblick läuft ihm noch immer das

Wasser im Munde zusammen. Sie ist gut 1,70 Meter groß und hat kurze dunkle Haare.

Wenn sie sich streiten, was auch passiert, nehmen sie beide es nicht so wirklich ernst. Es ist also kein Streit, bei dem man jederzeit befürchten muss, dass er eskaliert. Das bedeutet, dass auf beiden Seiten so ein Grundvertrauen existiert. Walzer sagt zwar immer, wenn es kracht, sie solle sich halt jemand anderen suchen, aber das ist nur so ein Spruch. Er war früher schon mal verheiratet und da hat es genau dieses Grundvertrauen nicht gegeben. Lena hat aus ihrer ersten Ehe eine erwachsene Tochter. Sie betreibt mit einer Freundin zusammen eine Kunstgalerie. Irgendwann hat sie Walzers Drängen nachgegeben, die betriebswirtschaftlichen Sachen auf der Werft auch noch zu übernehmen.

Er hat immer gedacht, sie sei nicht nur seine große Liebe, sondern auch sein bester Freund. Er hat wirklich gute Freunde, wenn auch nicht viele. Aber er hat diese Sache mit der Liebe und dem Freund immer kitschig gefunden. Erst als ein amerikanischer Präsident genau das Gleiche in einem Interview sagte, hat er sich endlich getraut, es auch so zu formulieren.

Die Werft war so ein Jugendtraum von ihm, der ihn seine gesamte Zeit als Rechtsanwalt begleitet oder vielmehr verfolgt hat. Immer wenn sein riesiger Schreibtisch aus Mahagoni komplett mit Ordnern, Akten, Papieren, Tastatur, Maus, Bildschirm zugedeckt war und er sein Gehirn im Intensiv-Modus plagen musste, um die Zusammenhänge nicht zu verlieren und das Wichtigste herauszufiltern, hat er sich danach gesehnt, ein Werkzeug in der Hand zu halten und ein Stück Holz zu bearbeiten.

Vor einigen Jahren hat er sich diesen Traum erfüllt. Damals gab es eine kleine Bootswerft am Schweizer Unterseeufer zu kaufen und da hat er zugeschlagen. Die Werft wirft zwar nicht viel Geld ab, aber das muss sie auch nicht. Er hat zwei Bootsbauer und die sind gut beschäftigt. Ein Vorteil ist, mit der Werft keinen Gewinn erwirtschaften zu müssen, es locker angehen zu können. Er hat seine Stammkunden, manchmal gibt es einen Neubau. Er liebt diesen Job.

Kotelett

Aber dennoch – auch der andere Teil seines Berufslebens macht ihm Spaß, einerseits wegen des Nervenkitzels, andererseits auch wegen des Geldes. Unser Franz Walzer ist schon so ein Materieller. Das weiß er auch.

Leute mit Schwarzgeld-Problemen kommen oft zu ihm. Schon die Lage an der deutsch-schweizerischen Grenze zieht sie magisch an. Das sind nicht immer böse Menschen, als die sich klein Fritzchen so einen Schwarzgeldbesitzer vorstellt, sondern solche wie sein Kunde Bernd Scheuffelmann, der eine Kette von Metzgereien in der Stuttgarter Gegend sein Eigen nennt.

Dessen Opa hat in den 60er-Jahren ein Konto für schwarzes Geld bei der Filiale von Indermann in Kreuzlingen eröffnet. Der hat immer gemosert, die Sozis wollten den Unternehmern das sauer verdiente Geld wegnehmen.

»Des sind alles Kommunischte.«

Es ist ja damals derart einfach gewesen, was abzuzweigen. Wenn der Opa an der Kasse der Metzgerei stand, verschwand das Geld für jedes fünfte Kotelett oder jede fünfte Wurst in der Hosentasche. Der Opa hat sogar schwarz eingekauft, damit das Finanzamt ihm nicht auf die Schliche kam, was für damalige Zeiten sehr vorausschauend war. Die meisten anderen haben sich nicht so viel Mühe gemacht. Beliebt waren Scheinrechnungen für Beratungen durch Schweizer Consulting-Firmen mit tollen Namen. Die wurden bezahlt und ein großer Teil von dem Geld wanderte direkt auf das eigene Schweizer Bankkonto. Ging alles.

Dann hat Scheuffelmanns Vater das Konto geerbt und danach er. Leider hat er das mit seinen 22 Jahren ziemlich gut gefunden und auch wieder neues Geld nach Kreuzlingen gebracht – und zwar nicht zu knapp. Als er das erste Mal was vom Ankauf einer Steuersünder-CD hörte, hat er einen gewaltigen Schrecken bekommen. Aber er hat gleichwohl weitergemacht.

Walzer fällt es schwer, Leute wie diesen Metzger mit dem Namen Bernd Scheuffelmann in die Schublade für Kriminelle zu stecken. Aber dennoch ist er für den Rechtsstaat ein solcher. Da er über eine Million Steuern hinterzogen hat, würde er mit Gefängnis bestraft, falls man ihn erwischte. Das will er eben nicht. Kann man ja verstehen.

Und so ist Scheuffelmann vor ein paar Monaten bei Walzer gelandet. Der hat ihm sein für solche Fälle vorgesehenes Programm angedeihen lassen.

»Du kannst dich selbst anzeigen. Du liegst bei über einer Million hinterzogene Steuern. Was musst du auch so reich sein.« Walzer duzte alle.

Scheuffelmann wollte sich nicht selbst anzeigen.

»Dann bin ich ja vorbestraft.«

»Wenn du es drauf ankommen lassen möchtest, würde ich dir zuerst empfehlen, das Konto verschwinden zu lassen.«

»Wie denn?«

»Das ist ganz einfach. Wir gehen hin, legen das Geld in ein Schließfach und lösen das Konto auf. Wenn dann einer der Mitarbeiter aktuelle Daten klaut, dann erscheinst du nicht mehr. Manchmal haben sie aber auch Daten von alten Datensicherungen. Dann tauchst du immer noch auf. Aber – egal wie – das Konto muss sofort weg. Dann hole ich das Zeug so peu à peu ab, bringe es her und wir fangen mit der Wäsche an, denn du willst es ja vermutlich auch irgendwie benutzen können – oder?«

»Natürlich, das wäre schön. Bisher haben wir höchstens im Urlaub was ausgegeben davon. Wann machen wir das?«

Walzer schaute ihn durchdringend an.

»Dir brennt der Kittel – oder? Also gleich morgen?« Dann nannte er noch seine Tarife.

»Ganz schön teuer«, hat Scheuffelmann gemault.

Mit Walzer zusammen fuhr er am nächsten Vormittag nach Kreuzlingen zur Bank. Sie parkten und wurden in eines der Besprechungszimmer im ersten Stock geleitet. Die Damen waren alle in Dunkelblau. Nylons und gemäßigte High Heels ergänzten das konservative Outfit. Bernd gab Walzer eine Vollmacht, sie eröffneten ein Schließfach, sie kauften Gold, sie kauften sichere Wertpapiere, Obligationen und Ähnliches. Alles wurde im Schließfach deponiert. Bernd staunte, in welchem Tempo sich drei Millionen verwandeln lassen. 100 000 nahmen sie bar mit. Walzer stopfte sie in seinen Rucksack und sie verließen die Bank.

Sie fuhren zu Walzer nach Hause. Zu seiner Bootswerft am Schweizer Unterseeufer. Es gibt auf dem Gelände ein Haus mit dem Büro und einer traumhaft schönen großen Wohnung mit einer riesigen Terrasse über dem See. Sie bestellten zwei Pizzen und jetzt bekam Bernd Scheuffelmann auf dieser Terrasse gleichzeitig mit der hervorragenden Pizza noch ein Seminar in Geldwäsche.

»Früher konnte man eben schwarz eine Finca in Mallorca kaufen oder eine Segeljacht. Kannst du heute alles vergessen. Die Spanier liefern den deutschen Finanzbehörden die Daten der Finca-Besitzer und auf Bootsmessen laufen die vom Finanzamt rum, besorgen sich bei den Werften die Rechnungskopien und schwupps, schon haben sie dich. Alles vorbei. Diese Schulung ist übrigens im Pauschalpreis inbegriffen. Du hast sozusagen die Flatrate bei mir. Die leckere Pizza zusammen mit dem tollen Ausblick hier ist als das kleine Black Money Business Lunch in der Flatrate auch inbegriffen, all inclusive heute.«

Bernd Scheuffelmann grinste gequält.

»Mein lieber Freund«, dozierte Walzer weiter, »die erste Frage ist, was du mit der Kohle machen willst. Sie ist noch da, keiner behelligt dich bisher, aber sie muss weg. Du kannst, sehr vorsichtig und in kleinen Dosen, Geld aus der schwarzen Kasse in deinen Lebensunterhalt einstreuen. Du kannst nicht plötzlich große Mengen Bares ausgeben, das könnte auffallen, du kannst mal hier, mal da einen Tausender drunterschieben. Kauf deiner Frau was Schönes, kauf deinen Kindern was, wirf im Urlaub was raus, aber immer hübsch dosiert. Wem sage ich das, einem Schwaben! Und bloß keine Mitwisser, schon schlimm genug, dass deine Frau das weiß.«

»Aber Franz!«, warf Bernd empört ein.

»Weißt du, wie viele Leute das Finanzamt erwischt hat, weil der Ex-Partner geplaudert hat? Ich wünsche dir eine lange und schöne Ehe, aber wirklich verlassen kannst du dich auf niemanden außer dir selbst.«

Bernd nickte kleinlaut.

»Das stimmt wahrscheinlich schon.«

»Bernd, du kannst noch nicht mal sauer auf deinen Opa sein, denn damals war es kein Problem, mit 100 000 im Sack zur Bank zu gehen und die einzuzahlen. Kein Schwein hat sich für die Herkunft interessiert. Das ist alles vorbei. Was kannst du mit dem Geld machen? Nichts. Selbst wenn du es spendest, kriegt das Finanzamt es irgendwann mit, und dann gibt es eine Kontrollmitteilung an dein Finanzamt und die fragen dich, woher das Geld kommt. Kannst du alles vergessen.«

Er holte tief Luft und setzte seine Lehrstunde fort.

»Beachte stets die Zehn-Prozent-Grenze. Nie mehr als zehn Prozent deines Einkommens aus schwarzen Beständen einfließen lassen, das fällt nicht auf. Gib Handwerkern nur Schwarzgeld, wenn die danach fragen. Wenn du es so machst, brauchst du allerdings 50 Jahre, bis das Geld weg ist. Wie alt bist du?« Er sah ihn kritisch an. »So alt wirst du nicht. Zu viel Rotwein.«

»Sag doch endlich mal, was ich machen kann, und nicht, was ich nicht machen kann. Des isch langweilig«, moserte Bernd dazwischen.

»Jetzt kommt er, der geniale Vorschlag. Hast du auch legales Geld?«

»Ja, schon.«

»Mann, wie viel, muss man dir jeden Wurm einzeln aus der Nase ziehen?«

»So etwa 800 000.«

»Brauchst du davon dringend was?«

»Nein.«

»Pass auf, ich habe einen Kunden, der ist im Immobiliengeschäft. Der hat zwei kleine Mietshäuser für dich, jedes mit drei Wohnungen. Eins davon in Reutlingen, eins in Tübingen. Das in Tübingen ist aus den 60er-Jahren, aber sehr aufwendig renoviert, das in Reutlingen ist keine zehn Jahre alt. Beide sind gut vermietet und bringen eine vernünftige Rendite von über vier Prozent. Er will drei Millionen dafür. Die kaufst du!«

Er sah Bernd durchdringend an.

»Also weiter, jetzt kommt das Entscheidende, sozusagen die Quintessenz.«

»Hast du irgendwas genommen, Franz? Du redest ja wie ein Buch.«

»Ja, das kann ich eben auch. Hör zu. Du kaufsch die Buden offiziell für zwei Komma drei Millionen, die 700 000 Differenz gibst du ihm schwarz, dann sind die schon mal weg.«

Bernds Miene veränderte sich, Walzer sah darin so etwas wie Widerstand.

»Widerschtand isch zwecklos, wenn du zicksch, machen wir ein geiles Schwarzgeschäft mit einem alten Ferrari!«

»Jetzt knallst du total durch, oder? Ich will keinen Ferrari, oder doch? Warum eigentlich nicht. Dann wecke ich die ganze Nachbarschaft auf, wenn ich angerast komme.«

»Ganz einfach, von deinem legalen Geld nimmst du 600 000, das ist bei zwei Komma drei Millionen eine solide Finanzierung, den Rest gibt dir die Bank gern.«

Walzer ließ sich auf einen Stuhl sinken und seufzte. Bernd schoss plötzlich aus seinem Stuhl hoch.

»Das ist ja eine geile Idee. Wir haben noch mehr Häuser, da verkaufe ich eben eins und kaufe auf die Art was Neues, genial.«

»Das ist überhaupt nicht genial, aber es funktioniert immer noch, und es hat schon seit Jahrzehnten funktioniert. Und keiner plaudert, weil alle mit drin hängen.«

»Warum kann der Immobilientyp denn Schwarzgeld brauchen? Ich denke, du musst es für solche Leute entsorgen.«

»Nein, in diesem Fall ist es anders, er bezahlt seine Handwerker zum Teil damit, ich bin nur der Transporter. Kennst du übrigens diese ›Transporter‹-Filme? Könnte man auch mit mir einen drehen. Das wäre wenigstens spannend. Die Handwerker machen noch immer Teile ihrer Umsätze schwarz. Nur nicht mehr so frech wie früher. Aber das Prinzip hat sich nicht geändert. Es wird zum Teil ›BAT‹ bezahlt, ›bar auf Tatze‹. Aber das kennst du ja sicher.«

Bernd nickte zustimmend.

»Ich kann dir eins sagen, es gibt sogenannte offizielle Schätzungen über den schwarzen Anteil an der gesamten Wirtschaftsleistung. Da steht bei Deutschland zwölf Prozent, aber ich habe so meine Zweifel. Ich denke, es sind eher 20. In Ländern wie Griechenland dürften das nach meiner unmaßgeblichen Meinung eher 40 Prozent sein. Nur deshalb leben die noch einigermaßen.«

»Wahnsinn, aber wenn ich das ein paar Mal wiederhole, ist fast alles weg, das ist ja fantastisch, dass ich da nicht selbst draufgekommen bin.«

»Eben, und deswegen bin ich auch so teuer, aber man kann mich ja gottlob schwarz bezahlen. Wenn du was übrig hast, könntest du möglicherweise auch was mit Ferraris machen.«

»Was?«

»Ich bin mir nicht sicher, aber ich könnte mir vorstellen, dass das auch mit Oldtimern geht. Habe ich noch nie probiert.«

»Erzähl!«, sagte Bernd und sah ihn gespannt an.

»Es ist jede Menge unversteuertes Geld auf der Welt unterwegs. Auf den Schweizer und Luxemburger Banken muss es weg. Also, was passiert? Es wandert in Sachanlagen, Kunst, alte Autos, Gold und so weiter. Es gibt sogenannte Freihäfen, da lagern die Wertgegenstände. Zum Beispiel in Zürich oder in Genf. Diese Häfen haben mit Wasser nicht das Geringste zu tun. Wenn du also einen alten Ferrari kaufst, kannst du ihn eventuell auch mit schwarzem Geld bezahlen, zumindest zum Teil.«

»Wow«, entfuhr es Bernd.

»Und noch was, ich nehme dir von deinem Geld jetzt 10 000 weg.«

»Aha, ja nimm nur, nimm, was du brauchst, ist ja genug da, bedient euch nur alle«, jammerte Bernd.

»Die bringe ich nach Indien.«

»Wird ja immer toller.«

»Die spendest du für ein Heim für behinderte Kinder. Weißt du, wie arm die Leute in Indien sind?«

»Mach, das ist gut so, hätte sogar mein Opa gut gefunden und mein Vater sowieso, der hat immer gespendet. Damals waren das SOS-Kinderdörfer. Ich spende viel zu wenig«, lenkte er ein.

»Gut, wenn du das so positiv aufnimmst, machen wir das in einem halben Jahr noch mal. Die werden sich freuen. Ich werde dir den Dank übermitteln, die sind an solche Summen nicht gewöhnt.«

Ja, so ist der Termin gelaufen mit dem Bernd. Anschließend hat er die 100 000 genommen und sie mit seinem gut motorisierten Schlauchboot nach Radolfzell an den Hafen gebracht. Allerdings hat sich Walzer den ersten Teil seiner Gebühren und das Geld für Indien schon abgezogen. Bernd hat den Rest des Geldes in Empfang genommen.

»So einfach«, staunte Bernd und hat als Antwort ein »Genau« bekommen.

Das ist ein typischer Arbeitstag des ehemaligen Rechtsanwalts Franz Walzer gewesen.

Sesselfurzer

Oliver Krammler wird allgemein Olli genannt. Wie sonst. Er sitzt auf einem leicht schäbigen Sofa in seiner Bude in Stuttgart-Degerloch, das Radio läuft. Die Wohnung ist relativ billig und er hat sie als Rückzugsort einfach behalten. In Zürich-Oerlikon hatte er auch eine, die nicht viel schöner und größer war als dieses Loch hier, aber das Vierfache gekostet hat. Zürich ist einfach sauteuer.

Olli ist Informatiker, stammt aus Stuttgart und hat in den letzten sieben Jahren in Zürich bei einer Bank gearbeitet. Er hatte als so eine Art Leiharbeiter bei einer Firma begonnen, die Informatiker als Programmierer an Banken vermietet. Für seine Verhältnisse hat er ordentliches Geld verdient – so um die 100 000 Franken pro Jahr aber keine Boni. Für Schweizer Verhältnisse eher bescheiden. Boni bekommen nur die fest angestellten Mitarbeiter. Für die Banken ist das ideal. Sie können sich für einzelne Projekte Leute zusammensuchen und sie auch schnell wieder loswerden. Meistens ist es um Pflege und Erweiterung von uralten Programmen gegangen, im Grunde so eine Art Reparaturservice. Richtig spannend ist das nicht gewesen.

Im zweiten Jahr ist er zufällig an Kontodaten von deutschen Kunden aus Baden-Württemberg rangekommen und hat fasziniert festgestellt, dass diese Daten echt waren. Da hat er sich schnell eine Kopie gezogen. Natürlich hatte er Schiss, dass man ihn erwischen könnte. Zuerst hat er nur einen leeren USB-Stick mitgenommen – und nichts ist passiert. Beim nächsten Mal ist aber was drauf gewesen. Danach hat Olli was Schlaues gemacht. Er hat gewartet. Und zwar drei Jahre lang, was ihm gar nicht leicht gefallen ist.

Olli ist ein ehrgeiziger Typ. Er hat immer daran gedacht, so eine App zu erfinden, die eben jeder braucht, aber nie ist was draus geworden. Als er vor drei Jahren an die Daten gekommen ist, da war sein erster Reflex, sofort abzuhauen und die Daten den deutschen Behörden anzubieten. Das ist ein einträgliches Geschäft. Manche Datendiebe haben mehr als eine Million kassiert, und zwar steuerfrei. Die zuständigen Länderfinanzministerien packten noch 15 Prozent Steuern drauf, die sie gleich wieder abzogen und so bekam der Dieb alles völlig legal und versteuert. Manche haben dann noch über ihre Tat ein Buch geschrieben und konnten sich mit dem Geld was Neues aufbauen.

Allerdings hat Baden-Württemberg immer gesagt, sie kaufen keine CDs an. Deshalb hätte er damals keine Chance gehabt. Er musste abwarten. Vielleicht würden die ja ihre Haltung ändern.

Und das Warten hatte noch einen Vorteil. Der Datendiebstahl ist von der Bank nicht entdeckt worden. Wenn er die Daten verkaufen würde, bekämen es die deutschen Kunden der Bank mit ihrer Steuerfahndung zu tun und würden sich auf der Stelle bei der Bank beschweren. Also würde es die Bank erfahren. Die würden dann das Leck suchen und auf ihn kommen. Wenn er in der Schweiz bliebe, bekäme er etwa drei Jahre Knast. Also müsste er abhauen. Vermutlich würde er nie wieder einen Job bekommen, er wäre sozusagen verbrannt. Ob das zehnte Buch eines Datendiebs noch ein Renner würde, wäre fraglich. Die Bank würde Schadenersatz fordern, allerdings verglich man sich in der Regel mit den Datendieben, die nicht ausplaudern durften, wie leicht sie an die Daten gekommen sind. Also blieb nur Abwarten übrig. Das Einzige, was er dazu brauchte, war Geduld, auch wenn das nicht unbedingt eine seiner herausragenden Qualitäten ist.

Die IT der Bank wurde damals gerade komplett umgekrempelt. Deswegen ist er ja überhaupt an die Daten gekommen. Wenn er die Daten erst in einigen Jahren verkaufen würde, wäre es schwieriger, Spuren von ihm zu finden. Also blieb er ganz brav in Zürich, arbeitete fleißig, legte Geld zurück, wurde nach zwei Jahren sogar fest angestellt, befördert und bekam endlich auch fette Boni. Die drei Jahre verbrachte er neben der Arbeit mit Planung und Fortbildung. Er eignete sich noch verschiedene Programmiersprachen an und lernte Französisch sowie Italienisch.

Vor einigen Monaten schlug dann Ollis große Stunde. Er hatte Glück. Bei Ollis Bank, dem Bankhaus Indermann, gab es wieder einen Datendieb. Der hat auch deutsche Kundendaten erbeutet und ist sofort getürmt. Die Landesregierung hat die Daten gekauft. Das war nun die Chance für Olli. Seinen Datendiebstahl konnte er auf diese Weise erfolgreich dem Kollegen unterschieben. Seine Daten waren zwar älter und daher nicht ganz aktuell, aber auch ein vor wenigen Jahren aufgelöstes Schwarzgeldkonto in der Schweiz ist für Steuerbehörden sehr interessant. Er ist aber noch ein bisschen bei der Bank geblieben.

Dann hatte er noch mehr Glück. Indermann ging es nicht gut und das Bankhaus wollte Personal in der IT abbauen, die ja jetzt komplett erneuert war. So bekam er ein sehr großzügiges Abfindungsangebot, das er dankbar annahm. Er hat vor lauter Glück sogar einmal ein paar Tränen der Rührung geweint. Danach hat er sich eine Pulle des teuersten Champagners seines Lebens reingezogen, so für etwa 80 Franken. Olli ist eben immer noch Schwabe. In dem Laden hätten sie auch einen für 800 gehabt. Nein, immer auf dem Boden bleiben.

Anschließend ist Olli nach Stuttgart gefahren und hat Kontakt mit dem Finanzministerium aufgenommen. Für das Treffen hat er sich als tätowierter Rocker verkleidet. Auf einem Selfie hat er sich selbst nicht erkannt. Er ist extrem vorsichtig. Die Leute vom Finanzministerium haben ihm berichtet, dass seine Daten detaillierter und vollständiger waren als die von dem anderen Typen. Vor allem hat der andere nur 400 Datensätze gehabt, Olli jedoch mehr als 2000. Im ersten Gespräch hatte er aber gesagt, es seien gut 1000.

Er wollte erst 1,5 Millionen, aber diese Sesselfurzer haben ihn auf 800 000 runtergehandelt.

»Verkaufen Sie die Daten doch an jemand anderen, wenn Ihnen das nicht reicht.«

Dafür haben sie ihm wenigstens zugesichert, den Ankauf geheim zu halten. So hat er den Rest der Adressen behalten. Er hat noch versucht herauszubekommen, ob sie für mehr Adressen mehr bezahlen würden, aber die haben klipp und klar gesagt, mehr sei nicht drin. Selbst schuld. Olli hat das Geld bar bekommen. Jetzt schlummert es gemütlich in drei verschiedenen Bankschließfächern. Das Geld wollte er ganz langsam auf seinen

Konten verteilen. Nach zwei Monaten hat er dann seine Zelte in Zürich abgebrochen.

Olli ist ein Nerd, ein ITler, wie aus dem Bilderbuch. Hat mit acht sein erstes Programm geschrieben, war in Mathe und Physik immer sehr gut, hat sich spät für Mädchen interessiert und wurde erst mit 22 von der sechs Jahre älteren Nachbarin Franziska entjungfert, die das Gespräch diesbezüglich mit der Bemerkung eingeleitet hat:

»Olli, hast du nicht auch auf einem älteren Fahrrad Rad fahren gelernt?«

Ist aber sehr schön gewesen, sie treffen sich immer noch gelegentlich. Das letzte Mal ist allerdings schon ein paar Jährchen her.

Er ist jetzt 38 Jahre alt, 1,75 Meter groß, Brillenträger ungefähr von Geburt an und sieht nicht schlecht aus. Er hat ein wenig das Problem, dass er sich nicht so gut auf eine einzige Sache konzentrieren kann. Sein Schnelldenkerhirn unter den schwarzen Locken macht Schleifen, Sprünge, Verzweigungen, ist immer irgendwohin unterwegs. Auf Deutsch: immer irgendeinen Furz im Hirn. Olli ist nicht risikoscheu, aber das sieht man ja gerade.

Am Abend spürt er einen Mordshunger und geht zu seinem Lieblingsitaliener um die Ecke. Genau, er ist in der schönen Lage, in Stuttgart-Degerloch seinen Lieblingsitaliener um die Ecke zu haben. Er isst zu viel Pizza, trinkt zu viel Merlot aus Sizilien und in befreiter Stimmung fängt er an, den Wirt zu befragen, ob der denn auch »pizzo« bezahle. Der verneint das natürlich. Aber dann funktioniert Ollis restliche Selbstkontrolle doch noch und er hält die Klappe. Beim Rausgehen entschuldigt er sich.

»Giovanni, es war nicht so gemeint, dein Wein schmeckt zu gut.«

»Ciao, Olli«, lächelt der gequält.

Trotz Suff weiß Olli, dass der Wirt »pizzo« zahlt. Das ist der Anteil für die Mafia, damit die ihn vor Organisationen beschützt, wie sie selbst eine sind.

Am nächsten Morgen wacht er mit einem verdammt dicken Kopf auf. Er merkt, dass draußen Frühlingswetter herrscht, die Vögel zwitschern. Ihm schießt ein Gedanke in den Kopf, so ein typischer Olli-Gedanke, sozusagen aus heiterem Himmel mitten in die Birne hinein. 800000 sind zu wenig, um ab sofort für immer ein sorgenfreies Leben zu führen. Wie zum Teufel käme er an mehr Geld?

Er geht aufs Klo. Setzt sich. Denkt einen Moment über das Pinkeln im Sitzen nach. Alle Männer, die alleine leben, sind Sitzpinkler. Wer jemals ein Klo geputzt hat, das hintereinander von fünf Stehpinklern benutzt wurde, der mutiert auf der Stelle zum Sitzpinkler. Es gibt auch welche, die das Klo gar nicht putzen. Olli ist reinlich und penibel. Daher ist er eben ein Sitzpinkler. Als ihm diese Gedanken so locker durch das Gehirn schweben, sich zwischen den Synapsen durchfädeln, da schlägt die Bombe ein.

Klar, die Steuersünder wollen die Daten. Geil. Er hat ja noch knapp 1000 Datensätze. Die spreche ich an, ist doch wesentlich schöner, mir zehn Prozent zu geben als dem Staat das Mehrfache davon und danach auch noch ins Gefängnis zu wandern. Er haut sich an die Stirn.

»Das isses.«

Er rechnet nach, kann es zuerst gar nicht glauben. Er denkt, er habe sich um eine Null verhauen. Wahnsinn, das sind ja deutlich mehr als 100 Millionen für ihn. Jeder von denen hat mindestens eine Million schwarzes Geld, davon zehn Prozent bei 1000 Leuten, das sind ja …

»Ich glaube es nicht, ich glaube es nicht.«

Eigentlich ist er ja ein Schnellrechner, aber bei diesen Summen kann einem leicht schwindlig werden.

Aber dann ist er auch in Deutschland ein Straftäter. Jedoch, welcher Steuerhinterzieher würde es schon wagen, ihn anzuzeigen? Ihm wird seltsam, er hat ein wattiges Körpergefühl. Das wirkt ja wie eine Droge. Er versucht, den Gedanken von sich wegzuschieben. Aber jetzt ist sein Hirn schon bei der Geldübergabe. Das ist der Knackpunkt jeder Erpressung. Er muss sich da was Cleveres einfallen lassen, was sehr Cleveres. Ja, die Übergabe – er muss an den Fall Dagobert denken. Das war ein Kaufhauserpresser, der in den 80er- und 90er-Jahren die Polizei mit intelligenten Geldübergaben genarrt hat. Viel davon ist schiefgegangen und am Ende haben sie ihn geschnappt.

Hier liegt der Fall anders, er kann sich kaum vorstellen, dass jemand die Polizei bemühen würde. Wer brächte sich schon freiwillig mit in den Knast. Dagobert hat es mit Loren probiert, mit Behältern, die an fahrenden Zügen befestigt waren, mit Kieskisten, an die er von unten durch einen Schacht rangekommen ist. Der Polizei ist er so sehr lange entkommen.

Loren, Loren. Was wäre mit fliegenden Loren? – Drohnen! Olli versucht, noch weitere Ideen zu erzeugen, aber sein Hirn hat sich bereits festgelegt. Wie sollten sie ihm da auf die Spur kommen? Das Thema ist durch. Er überlegt, wie er an Drohnen kommt. Die kaufe ich nicht in Deutschland, beschließt er. Er muss in irgendeinem Land so ein Ding besorgen, besser mehrere, und sich bei der

Abholung bis zur totalen Unkenntlichkeit verkleiden. Er darf nicht die geringste Spur hinterlassen. Alles, was zu ihm führen könnte, darf nicht verfolgbar sein. Olli denkt, es könnte ja passieren, dass ihn nicht die Polizei, sondern ein Detektivbüro oder eine kriminelle Organisation verfolgt, und die sind vermutlich besser und auf jeden Fall härter als die Polizei, weil sie auf keine rechtlichen Zwänge Rücksicht nehmen. Er muss tierisch aufpassen.

Wenn er es so gemacht hätte wie alle anderen Datendiebe, ginge das jetzt nicht, denn seinen Namen bekäme man bei Indermann in Zürich leicht heraus. Wie viel Geld will er denn überhaupt, will er 100 Millionen? Mann, Olli, 100 Millionen in bar. Aber wozu? Olli will nicht aufhören zu arbeiten. Er hat bloß überhaupt keine Lust mehr, wie in den letzten Jahren als Reparaturarbeiter an uralten COBOL-Programmen rumzudoktern, die schon vor Jahrzehnten in den Müll gehört hätten. Nein, er will keine 100 Millionen, er will zwei oder drei oder vier. Also kann er sich die Opfer komfortabel aussuchen.

Schwarzgeld

Kneller ruft seinen Steuerberater Wolfgang von Brandstetten an. Der hat offenbar noch mehr Klienten mit Schwarzgeldkonten.

»Habe ich schon gehört, was glaubst du denn. Bei mir ist Hochbetrieb. Nein, nicht am Telefon. Komm her, aber erst in zwei Stunden, andere waren schneller.«

Also muss sich der Kneller gedulden. Das ist nicht seine stärkste Charaktereigenschaft. Aber nach gut zwei Stunden sitzt er ihm gegenüber.

Der Steuermensch hat zwar einen adligen Namen, wirkt aber gar nicht sehr fein. Er ist eher einer von den harten. Klar, wer Kunden wie den Kneller hat, kann nicht wirklich zart besaitet sein. Die üblichen Kunden normaler Steuerberater tun in der Regel nichts Verbotenes. Es sind Handwerker, kleine bis mittlere Unternehmer, Freiberufler wie Architekten und Ärzte. Aber unter der Last des intensiven Wettbewerbs geht es ihnen wirtschaftlich oft nicht so toll und daher muss ihr Steuerberater auch ein wenig Wirtschaftsberater und Beichtvater sein. Die ganzen kleinen Krauter verlassen sich meistens auf den Rat des Steuerberaters, obwohl das in vielen Fällen gar nicht so gut ist, denn er sieht die ganze Wirtschafterei vor allem aus dem steuerlichen Blickwinkel. Er versucht, Steuern zu vermeiden. Für manche wäre es besser, ab und an ein paar Steuern zu zahlen und dafür auch etwas Kapital in der Firma zu haben.

Nun gut, der hier ist ein anderes Kaliber. Knapp zwei Meter groß, bullig und Kampfsportler. Er hat eine ganze Menge Kunden aus dem Rotlichtmilieu und verwandten Berufsständen. Bei ihm liegt der Schwerpunkt weniger auf Steuervermeidung als auf Steuerzahlung. Er muss seine Kunden dazu bringen, dem Finanzamt halbwegs ernsthafte Summen zu überweisen. Die sehen das eigentlich gar nicht ein und würden am liebsten alles schwarz machen. Es ist bei dieser Klientel ziemlich schwer, die Herren – und es sind nur Herren und keine Damen, die Frauenquote ist Null – davon zu überzeugen, dass es besser für sie ist, gelegentlich etwas Geld an den Staat abzudrücken.

Ein normaler Steuerberater hätte vermutlich sofort sein eigenes Büro fluchtartig verlassen, wenn so einer wie Kneller reingekommen wäre. Aber der hier ist mindestens so ein Kaliber. Nur halt die akademische Version. Als Erstes blafft er los.

»I hann dir des gleich gsagd, dass du sälles Scheißkonto abräumen sollsch.«

Kneller nickt demütig.

»Wolfgang, was soll ich machen?«

»Des isch recht einfach. Mach eine Selbschtanzeige, dann hascht du Ruhe, vor allem deswegen, weil du eine Weile im Knascht sitzt. Ich habe dir ja schon gesagt, dass die Selbstanzeige dich nicht mehr sicher vor Strafe bewahrt, wenn der CD-Ankauf bekannt ist. Was soll ich dir sonsch raten? Also, Spaß beiseite. Du hasch Politikern geglaubt, was eigentlich maischdens ein Fehler isch.«

Der Steuerexperte legt eine bedeutungsvolle Pause ein.

Es ist übrigens völlig unmöglich, seinen Dialekt hier in irgendeiner Form zu beschreiben.

»Und jetzt haben die es sich eben anders überlegt«, fährt er fort. »Du brauchsch jemanden, der sich mit so was auskennt.«

»Woisch du äbbr?«, will Kneller wissen.

»Geh zu Manni.«

Verständnisloser Blick.

»Manfred Baumwalder aus Öhningen.«

Noch ein verständnisloser Blick.

»Des isch am Bodensee.«

Genau genommen sagt er:

»Des isch am Bodasee.«

Auf Schwäbisch wird übrigens aus einem »weißt« ein »woisch«. Aber ein Meier bleibt ein Meier, sonst wäre es ja ein Moier.

Wolfgang schreibt die Adresse auf einen Zettel.

»Der kennt sich da wirklich aus. Ich sag ihm Bscheid, dass du kommsch.«

Kneller steht auf, tätschelt Wolfgang die Glatze, nimmt den Zettel, schaut drauf und geht. Er steigt in den Bentley Continental GT Speed. Zuerst wird der Bolide betankt. Deutlich über 30 Liter in der Stadt fordern ihren Tribut.

Bolide kommt von Griechisch bolis, was Geschoss bedeutet. Wie wahr, wie wahr.

Kneller startet und fährt Richtung Süden los. Nach zwei Stunden steht er vor dem Gasthaus »Zum Ochsen« in Öhningen am Untersee, dem südwestlichen Zipfel des Bodensees. Aha, denkt er, ein Gastronom. Der Gasthof ist schon älter, aber bestens in Schuss, nicht überrenoviert, aber schick. Er geht rein. Es ist Nachmittag. An einem Tisch in der Ecke sitzen zwei Männer so um die Mitte 50.

Sonst ist der Gastraum leer. Beide haben graue Haare, der eine mit der Hakennase hat so kurze wirre und der andere einen Pferdeschwanz. Der mit dem Pferdeschwanz steht auf, geht auf Kneller zu und gibt ihm die Hand. Er stellt sich als Manfred Baumwalder vor. Der andere sei der Franz Walzer. Der ist in der Zwischenzeit aufgestanden und hat ihm auch die Hand geschüttelt.

»Dein Steuerberater, der Wolfgang von Brandstetten hat angerufen, dass du kommsch. Es ist nur so, dass ich nicht viel für dich tun kann. Habe früher mal Leuten beim Geleit von Schwarzgeld in die Schweiz geholfen, aber das ist lange her. Mittlerweile ist es gottlob verjährt«, sagt Manni.

Kneller sieht ihn erschrocken an.

»Aber wenn der Wolfgang mich zu dir schickt, dann …«

Er vollendet den Satz nicht, der fehlende Teil klingt aber schwer nach Drohung.

Manni ergreift das Wort.

»Ich kann dir natürlich ein bisschen was aus dem reichen Schatz meiner Erfahrungen erzählen, aber helfen kann ich dir nicht. Setz dich zu uns.«

»Erzähl«, sagt Walzer.

Kneller sieht ihn etwas unsicher an. Diese Art der Kommunikation ist er nicht gewohnt. Nein, er ist es gewohnt, jede Unterhaltung zu dominieren. Wobei Unterhaltung ein Begriff ist, der nicht oft auf ihn zutrifft. Seine normale Kommunikation ist eher die Befehlsausgabe. Ein Gespräch mit ihm ist schon selten und Unterhaltung – na ja, eher nie. Er erzählt, wie lange er das Konto schon hat. Als Manni nach der Herkunft des Geldes fragt, will er nicht mit der Sprache raus.

»Wenn du zum Chirurgen gehst, dann musst du auch die Hosen runterlassen. Also rede oder geh wieder«, fordert Manni ihn auf.

Kneller merkt, dass er es bei Manni nicht schafft, sich aus der geistigen Umklammerung dieses badischen Egos zu lösen. Das scheint ein ziemlich großes Ego zu sein. Na gut. Er erzählt ihm eine Geschichte. Aber nicht die ganze Wahrheit. Manni holt Luft.

»Bisch fertig?«

Kneller nickt.

»Viel machen kannst du jetzt nicht mehr. Dein Steuerberater hat vollkommen recht, du kannst dich selbst anzeigen und dann sitzt du im schlimmsten Fall. Aber du musst auch wissen, dass so ein Datendieb selten an alle Adressen rankommt. Meistens sind es nur Teile, die Banken haben ziemlich in ihre IT-Sicherheit investiert. Wenn du also Glück hast, bist du nicht dabei. Ich schätze, dass die Wahrscheinlichkeit dafür etwa 50 Prozent ist. Dann passiert es auch mal, dass die Adressen nicht vollständig sind, also der berühmte Peter Müller ohne Adresse nützt den Behörden gar nichts. Wobei der Name Wilfried Kneller leider nicht so häufig ist. Ich meine, du kannst es riskieren, aber du entscheidest das ganz alleine.«

Walzer empfiehlt, das Konto zu löschen.

»Das hätte ich schon lange machen sollen«, sagt Kneller und nickt.

»Kneller, als Nächstes kommt der automatische Informationsaustausch und spätestens dann ist dein Konto in der Schweiz gläsern.«

Kneller sagt, er wolle einfach nur wissen, ob seine Daten beim Finanzministerium seien. Aber dazu müsse man den Datendieb aufspüren und das sei ja nicht so einfach.

Walzer denkt, so weit sei er auch schon, erzählt aber nichts davon. Er traut diesem Kneller nicht über den Weg.

Kneller steht auf, bedankt sich und geht. Als Nächstes fährt er zur Indermann-Bank nach Kreuzlingen. Er hat zwar keinen Termin ausgemacht, aber als sie unten bei der Anmeldung seiner ansichtig werden, hat der Herr Wetzinger sofort Zeit für ihn. Der Herr Specht hat den Besuch mitbekommen, da er gerade bei der Anmeldung stand. Er ist sehr froh, schon einen anderen Kunden zu haben.

Als Kneller Wetzinger gegenübersitzt, bollert er sofort los.

»Also hören Sie mal, des isch ja so ein Saftladen hier. Nix hend Sie im Griff.«

Wetzinger versucht, sich zu verteidigen.

Kneller verlangt sofort das ganze Geld in bar. Haben sie natürlich nicht. Aber als Wetzinger ihm dann zusagt, am nächsten Tag alles in bar in sein Schließfach zu legen und das Konto zu löschen, da gibt er Ruhe. Er unterschreibt ein bisschen Papier und verlässt den Besprechungsraum.

Wetzinger wischt sich mit dem Ärmel den Schweiß von der Stirn. Dabei sind es draußen noch unter 20 Grad.

Als Kneller durch die Automatik-Tür geht, kann er sich ein Wort nicht verkneifen:

»Arschlöcher.«

Auf der Heimfahrt fällt Kneller ein alter Witz ein, der besagt, dass der Spätzle-Highway, gemeint ist die Bodensee-Autobahn von Stuttgart nach Singen, hauptsächlich zum Transport von schwäbischem Schwarzgeld in die Schweiz gebaut worden sei. Da ist was dran, zumindest mal gewesen.

Franzi

Olli hat es sich anders überlegt. Das passiert bei ihm öfter. In einem Moment donnert ihm eine Idee ins Hirn, zwei Stunden später ist sie schon Geschichte. Er wird nicht zum Erpresser. Das ist ihm viel zu gefährlich. Er hat 800 000 und muss die nicht mal mehr versteuern. Das Geld liegt völlig legal im Schließfach. Damit kann er jetzt machen, was er will. Wer hat schon ein solches Startkapital. Er ist glücklich. Außerdem hat er noch die Abfindung. Er ist Millionär. Keine Situation, in der man kriminell werden müsste.

Nach dem Abitur in Konstanz hatte er an der Fachhochschule begonnen, Informatik zu studieren. Es war sozusagen genau sein Ding. Während des Studiums begann er, nebenher Software zu schreiben. Ein Freund hatte Kontakt zu einem Kunden und fragte ihn, ob er mitmachen wolle, alleine schaffe er es nicht. Sie erstellten Shopsoftware. Olli hat dabei vermutlich mehr gelernt als im Studium. Die beiden gründeten noch als Studenten zusammen eine Firma und betrieben sie nach dem Studium weiter. Ollis Kollege brachte seine Freundin mit rein, die über etwas Geld verfügte. Deshalb lag Ollis Anteil nur bei einem Drittel.

Als der Laden plötzlich gut lief, haben die zwei ihn rausgekickt. Das sitzt heute noch tief in ihm. Es ist ihm weniger um das Geld gegangen. Das Gefühl, betrogen zu werden, ist etwas Scheußliches. Dabei war die treibende Kraft gar nicht sein Kumpel, sondern dessen Freundin. Sein Freund hat sich bloß nicht dagegen gewehrt und sie hat Olli einfach so lange gemobbt, bis es ihm gereicht hat. Danach hatte Olli in Stuttgart verschiedene Jobs, und als wieder mal eine Beziehung vorbei war, verzog er sich in die Schweiz.

Und nun sitzt er da, sein Konto ist wohl gefüllt und die Welt steht ihm offen. Er spricht sehr gut Englisch, Italienisch und Französisch, hat gut zehn Jahre Berufserfahrung in verschiedenen Bereichen der IT. Er kann sich auch einen Job in Australien suchen oder in Amerika. Er kann sich selbstständig machen, er kann sich sogar eine kleine Softwarefirma kaufen. Oder er macht ein paar Monate Ferien. Kleine Weltreise oder so. Olli schaut sich in seiner Wohnung um. Das sieht aus wie ein liebloses Kinderzimmer, lauter ausgediente Möbel. Aber bevor er weiß, wohin es ihn als Nächstes verschlägt, braucht er sich darüber keine Gedanken zu machen.

Olli ist über sich selbst ein wenig entsetzt. Wie kann es sein, dass er überhaupt in Erwägung gezogen hat, ein Verbrechen zu begehen? Schnell wird ihm klar, was für Beweggründe dahinter stehen und dass er damit beileibe nicht alleine ist. Es war einfach die Gier. Die Gier hat er immer wieder getroffen. Da muss man gar nicht auf Investmentbanker mit Millionen-Boni schauen.

Da reicht es, einen schwäbischen Kleinunternehmer zu betrachten, der sich mit 30 geschworen hat, nach der ersten Million aufzuhören, und stattdessen mit 70 immer noch in den Sielen seines kleinen Imperiums ackert, um zwei Jahre später verfettet, von Bluthochdruck und Diabetes gezeichnet in denselben zu krepieren.

Man fand den Unternehmer auf dem Boden seines Büros liegend. Der Mann verstarb zwei Tage später im Krankenhaus an den Folgen des schweren Schlaganfalls.

So oder ähnlich steht es dann in der Zeitung.

Auch Politiker und Sportler verhalten sich auf diese Weise. Politiker kleben so lange an ihren Stühlen, bis das Volk sie in Schande davonjagt. Wie oft sieht man Sportstars, die immer weiter nach hinten durchgereicht werden, bis der Verband irgendwann sagt: »Giorgio, du schaffst kaum noch die Qualifikation, wir nehmen dich nicht mehr mit.« Und dann fallen sie erst mal in ein ganz tiefes Loch.

Olli sinniert weiter. Der Topmanager, der sich dann zurückzieht, wenn sein Laden optimal dasteht, ist ebenso selten wie der Politiker, der dann geht, wenn er erfolgreich ist, oder der Sportler, der mit dem Weltmeistertitel in der Hand verkündet, er höre jetzt auf. Das sind aber auch diejenigen, die so viel Fantasie besitzen zu sehen, dass es noch andere Dinge gibt, die sie glücklich machen können.

Olli erkennt, dass er an sich arbeiten muss. Er hat in den letzten Jahren immerzu gedacht, jetzt gleich ganz schnell weiterkommen zu müssen. Er sollte sich genauer beobachten, ein wenig mehr auf sich selbst aufpassen. Ab sofort. Wie sagen die beim Yoga? Achtsamkeit! Er war so besessen gewesen von der Jagd nach dem Geld, dass er jetzt um ein Haar weitergemacht hätte. Das hätte zu einem Desaster werden können.

Ihm kommt spontan ein Gedanke. Er schüttelt den Kopf. Aber der Gedanke kommt wieder. Dann geht er an sein Festnetztelefon. Sieht es an. Auch nicht mehr das neueste. Er nimmt den Hörer in die Hand und meint erst, er wisse vermutlich die Nummer gar nicht mehr. Doch schon hüpfen seine Finger über die Telefontastatur. Sie nimmt gleich ab.

»Franziska Schulmanns.«

»Hier ist Olli.«

»Ja, habe die Nummer erkannt.«

Sie unterhalten sich ein wenig. Schließlich geht er runter, holt den alten Golf aus der Garage und fährt zu ihr.

Aus Autos macht er sich nicht viel, aber er muss den mal in die Waschstraße bringen, so verdreckt, wie der ist. Er hat ihn nie umgemeldet und mit der Stuttgarter Nummer gelegentlich auch in Zürich benutzt. Auf der Fahrt ist er ein bisschen aufgeregt.

Franziska ist jetzt 44. Sie haben sich vor drei Jahren zum letzten Mal gesehen. Sie ist für ihn eigentlich immer so was wie ein weiblicher Kumpel gewesen, allerdings ein Kumpel, mit dem man leidenschaftlichen Sex haben konnte. Er hatte einige Freundinnen, auch in Zürich, aber da ist keine dabei gewesen, mit der er sich was Längeres hätte vorstellen können. Ihm fehlt das schon, aber Olli schafft es auch mit seiner schwäbischen Disziplin, sich mit interessanten Sachen von seiner Einsamkeit abzulenken, und Franziska war für ihn rein altersmäßig außerhalb seines beuteschematischen Altersbereichs.

Er stellt das Auto ab, klingelt. Er ist jetzt noch etwas aufgeregter. Sie öffnet.

»Hallo Franzi.«

Sie nimmt ihn in den Arm.

»Hey Olli.«

Franzi hat ein kleines, hübsches Haus. Sie macht einen Tee, sie setzen sich, er schaut sie an. Hat sich nicht sehr verändert. Franzi ist etwas kleiner als er, hat halblange dunkle Locken und ist ein ziemlich sportlicher Typ. Sie waren mal zusammen wandern und da hat sie ihn ziemlich rangenommen. Er kann sich nur erinnern, dass sie immer 100 Meter vor ihm war und gerufen hat: »Gib alles, Olli.« Er fand sie schon immer sehr attraktiv – und das hat sich nicht geändert, im Gegenteil. Sie ist so der sehnige Typ Frau, sehr konturiert. Überall, wie er gerade denkt. Da wird ihm ganz warm ums Herz.

Auch sie schaut ihn an.

»Olli, du bist älter geworden. Klar, du bist ja auch drei Jahre älter, aber du siehst irgendwie mitgenommen aus, was ist passiert?«

Diese besorgte Ansprache löst etwas in ihm aus. Er fängt an zu erzählen. Nach ein paar Sätzen denkt er: Mist, was tue ich hier, ich will keine Mitwisser. Er macht eine Pause und spricht dann weiter. Die ganze Geschichte sprudelt aus ihm raus und – seltsam – er fühlt sich wohl dabei.

»Franzi, du bist die Einzige, die das weiß und ich habe keine Ahnung, warum ich dir das erzähle.«

Sie sieht ihn nur an.

»Olli, du bist komplett irre.«

Transporter

Walzer geht einer seiner Spezialdisziplinen nach, er transportiert. Die Schmuggelei hat ihm schon immer einen Kick gegeben. Er kann sich noch an sein erstes Mal erinnern – mit dem Fahrrad von Stein am Rhein nach Öhningen.

Ihm ist schleierhaft, wie dämlich die meisten Schwarzgeldbesitzer sich anstellen, wenn sie die Penunze oder Teile davon wieder heim ins Reich holen. Im Normalfall fährt ein älteres Ehepaar mit der frisch geputzten Mercedes-Limousine oder mit dem Porsche Cayenne nach Zürich, um die Kohle abzuheben. Die Scheine verstauen sie in irgendeiner versteckten Ecke im Auto und fahren an den Grenzübergang. Dort steht – nicht immer, aber manchmal – ein Mann in einer hübschen grünen Uniform und mustert das Pärchen. Wenn die jetzt in das Raster des Zöllners passen, fragt er sie, ob sie was anzumelden haben. Schon eine etwas unsichere Reaktion, ein kleines Tremolo in der Stimme des Befragten, genügt und der Zöllner bittet höflich, rechts ranzufahren, was das Zittern in der Stimme noch mehr stimuliert.

Am Basler Grenzübergang setzen sie auch Geldschnüffelhunde ein. Der Wuffi wird geholt, hopst in den Kofferraum, und wenn er das riecht, was vermutet wird, sind sie erledigt. Wenn Leute sich einbilden, die Zöllner wüssten nicht, in welchen Autos es welche Verstecke gibt, dann sind sie schief gewickelt.

Wenn Walzer den Transport auf dem Landweg abwickelt, setzt er einen Helfer ein – oft seinen Freund Manni. Der fährt mit dem Fahrrad einen Kilometer voraus und ruft ihn an, wenn ein Kontrolleur an der Grenze steht, oder er beobachtet die Grenze von Weitem, was allerdings sehr selten vorkommt. Gibt es Hindernisse, verschiebt Walzer die Aktion. Meistens nimmt er aber den Wasserweg. Wenn er keine Zeit hat, hilft Manni aus. In Schwierigkeiten ist er in über 20 Jahren nie gekommen. Nur seinen Kumpel Manni haben sie einmal fast erwischt.

Walzer bringt wieder mal eine Fuhre Geld für Bernd nach Öhningen zu Manni. Dort holt Bernd sie dann ab. Früher hat er mal das komplette schwarze Vermögen eines Kunden auf einmal rübergebracht. Auf dem Rückweg hat ihn ein Polizeiboot routinemäßig kontrolliert. Passiert ist zwar nichts, aber er hat einen gehörigen Schrecken bekommen. In seinem Boot stand der Alukoffer mit den zwei Millionen so prominent herum, dass jeder ihn sehen konnte. Sie sind nicht auf die Idee gekommen, ihn zu fragen, was denn da drin sei. Da wäre er schön ins Schleudern gekommen. Seither fährt er lieber öfter. Wenn es wider Erwarten dann doch mal schiefginge, wäre es kein Totalschaden.

Manchmal isst er nach dem Transport auch mit Manni zusammen. Wozu hat der ein Gasthaus? Und Manni lädt ihn immer ein. Das hat für einen Schwaben wie Walzer schon was. So geschah es auch heute. Und dann kam noch der Kneller. Beide waren froh, als er wieder draußen war.

»Das ist aber ein unangenehmer Typ. Ich habe von dem schon viel gehört, aber noch nie was Gutes. So schlimm habe ich ihn mir nicht vorgestellt. Bin froh, dass wir mit dem nichts zu tun haben. Der macht mir Angst – und das ist gar nicht so einfach. Aber toll, wie du ihm sofort gesagt hast, du wärst nicht mehr aktiv«, sagt Walzer.

»Ja, Franz, eine Reaktion wie ein junger Hirsch, gell? Ich arbeite doch nicht für Verbrecher.«

Walzer erzählt ihm, was er über Mittelmeier herausgefunden hat. Er berichtet ihm auch, dass er gestern einige seiner Kunden darüber informiert habe.

»War keiner mit Buchstaben A bis D dabei?«

»Nein, kein Einziger.«

Walzer geht an den Hafen runter. Als Werftbesitzer fährt man standesgemäß mit dem Boot zu seinen Freunden. Er zuckelt gemütlich zur Werft zurück. Ist ja nicht weit. Er bindet das Schlauchboot an. Einer der beiden Bootsbauer kommt und sagt ihm, er solle mal in sein Büro schauen, da habe einer angerufen, der dringend zurückgerufen werden wolle.

»Mache ich.«

In seinem Büro liegt ein Zettel mit Name und Telefonnummer auf dem Schreibtisch. Er ruft an und bekommt eine Tirade sondergleichen zu hören. Er habe doch gesagt, es seien nur die Buchstaben A bis D betroffen. Er jedoch fange mit K an, wie er wisse, und bei ihm sei heute früh um sieben die Steuerfahndung gewesen. Die Leute hätten alle PCs aus dem Büro mitgenommen und kistenweise Ordner. Sie hätten ihn nach dem Indermann-Konto gefragt, das es doch seit zwei Jahren nicht mehr gebe.

»Hör bitte mal zu«, gibt Walzer zurück. »Ich habe dir immer gesagt, es könne passieren, dass auch ältere Daten auftauchen. Die Sache mit A bis D habe ich von dem

Datendieb selbst. Ja, du hörst richtig. Ich habe den Kerl aufgetrieben und er hat mir die Auskunft selbst gegeben. Die scheint falsch zu sein. Es ist gut, dass ich es weiß, aber dir kann ich jetzt nicht mehr helfen. Ich habe dir nie Garantien gegeben. Außerdem habe ich dir seinerzeit auch zur Selbstanzeige geraten. Das mache ich nämlich grundsätzlich immer. Bei dir ist der hinterzogene Betrag deutlich unter 200 000. Du bekommst auf jeden Fall nur eine Geldstrafe. Das wirst du überleben. Hast du deinen Anwalt informiert?«

Sein Gesprächspartner hat sich etwas abgeregt und bestätigt das. Selbstverständlich hat Walzer noch nie Unmögliches versprochen. Er hat probiert, den Leuten zu helfen, so gut es eben ging. Dieser hier hat auch keine großen Summen hinterzogen. Es ist um geerbtes Geld gegangen, das man damals gerne übernommen hat. Knast droht ihm nicht.

Aber er ist doch sehr verwundert über die Tatsache, dass offenbar auch andere Buchstaben betroffen sind. Wie zum Teufel kann das sein? Da hat der Mittelmeier Unsinn erzählt. Er muss nachdenken. Es muss eine gute Erklärung geben. Aber nach seiner Erfahrung nützt es wenig, sich den Kopf zu zermartern. Manchmal fällt einem die Erklärung dann ein, wenn man was ganz anderes macht.

Und so kümmert er sich jetzt um seine Werft. Schaut seinen von Papier übersäten Schreibtisch an und macht sich daran, sich mit dem ganzen Kram zu befassen. Das meiste geht eh in den Papierkorb.

Walzer ist ein pingeliger Mensch. Er hat einen Freund, dessen Schreibtisch dauerhaft mit einem etwa zehn Zentimeter hohen Papierbelag bedeckt ist. Wie man so arbeiten kann, ist ihm schlicht schleierhaft.

Der Bootsbauer ruft nach ihm. Er geht raus und hilft beim Kranen von Booten und dem Stellen von Masten. Sitzt auf dem Traktor und tuckert auf dem Gelände rum. Das ist das, was er unter Alternativprogramm versteht. Wenn am Abend fünf Boote eingewassert sind, empfindet er jedes Mal ein Gefühl der Befriedigung. Man sieht den Erfolg seiner Tätigkeit. Schön ist das.

In ein paar Tagen kommt Lena wieder. Die ist auf einer Kunstausstellung. Das Boot, das gerade am Kran hängt, ist ein knapp zehn Meter langer Lacustre. Das ist ein Segelboot, ein Klassiker, der für Binnenseen gemacht ist. Schlank und schön, aber wahrlich kein Wohnschiff. Also wenig umbauter Raum, dafür aber von hinreißender Schönheit, denkt Walzer. Sogleich fallen ihm Analogien zum weiblichen Körperbau ein und er sinnt darüber nach, dass er schon eher auf etwas mehr umbauten Raum steht.

Der Kahn lässt sich einfach nicht drehen.

»Ist die Leine noch irgendwo fest?«

Normalerweise macht man an so einem in den Gurten hängenden Boot eine Leine am Bug fest, damit man ihn daran in die richtige Richtung drehen kann.

»Nein, habe ich gelöst«, antwortet der Bootsbauer.

Seltsam, der Kahn steht in der Längsachse um 40 Grad verdreht unter dem Kran und will sich nicht gerade ziehen lassen. So können sie ihn nicht kranen. Himmel noch mal, wo klemmt es denn?

Er geht um das Boot herum und entdeckt die Ursache: Von dem Mast, der auf dem Boot liegt, hängt eine ganz dünne Flaggenleine runter, die sich an einem der vier Räder verhakt hat, auf denen der Kran steht. Sie lösen die Leine und schon bewegt sich das Boot in die richtige Richtung.

Gleichzeitig fällt Walzer etwas ein: Es muss in der Bank einen zweiten Datendieb geben. Dafür sprechen zwei Dinge. Erstens ist Mittelmeier glaubwürdig. Warum sollte er lügen? Seine Daten sind ziemlich frisch und einige der Konten, um die es geht, gibt es schon seit Jahren nicht mehr. Zweitens klingt die Sache mit den Buchstaben ziemlich überzeugend. Also schließt er daraus, dass der erste Datendieb die Bank vor einigen Jahren beklaut und dann einfach gewartet hat, bis sich eine Gelegenheit ergibt. Die hat Mittelmeier ihm geliefert.

Er muss nachdenken, wie er weiterkommt. Aber erst später. Jetzt muss das Boot ins Wasser. Die Analogie ist interessant. Hinter der einen Leine verbirgt sich eine zweite, hinter dem einen Datendieb ein anderer.

Am nächsten Morgen telefoniert Walzer zuerst mit seinen Kunden, die er über die A-bis-D-Geschichte informiert hat, und warnt sie, dass es offenbar einen weiteren Datendiebstahl gegeben hat.

Dann denkt er über Kneller nach. Es kursieren Geschichten im Raum Stuttgart, von denen der Vorwurf schwerer Körperverletzung noch der sanfteste ist. Angeblich ist ein Anwalt, der für Kneller gearbeitet hat, nie wieder aufgetaucht. Walzer hat einige gute Kontakte zur Polizei. Einer der Polizisten hat ihm erzählt, dass erst kürzlich eine Zwangsprostituierte in Knellers Puff verschwunden sein soll. Der Mann ist gefährlich. Der einzige Vorteil an ihm ist, dass man es ihm ansieht. Es soll ja Serienmörder geben, die aussehen wie brave Familienväter und auch welche sind. Beim Kneller ist es wenigstens auf den ersten Blick klar, wer vor einem steht. Angeblich hat er eine schwere Kindheit gehabt. Aber nicht alle mit einer schweren Kindheit werden so wie der Kneller. Gottlob.

Danach fährt Walzer zu Manni rüber. Sie haben sich am Hafen verabredet. Auf einen Kaffee.

»Manni, es gibt einen zweiten Datendieb.«

»Echt?«

Walzer erklärt ihm genau, wie er draufgekommen ist und was dafür spricht.

»Ihr Schwaben seid schon Käpsele.«

Der so Angesprochene nickt mit einem gewissen Stolz. Ein Käpsele ist in Schwaben ein cleverer Typ.

Der Schwabe ist ja bekanntlich der Erzfeind des Badeners. Die meisten Norddeutschen kennen ihn ja nicht, den feinen Unterschied zwischen den Schwaben und den Badenern. Für sie ist jeder im Südwesten Schwabe. Aber nein, man sagt, der Badener sei eher der faule Genussmensch, der Schwabe der Fleißige, der nicht in der Lage sei zu genießen. Baden ist der westliche Landesteil vom Bodensee bis nördlich von Heidelberg, die Schwaben sind im Osten angesiedelt. Erstaunlich, dass sich der in die Schweiz ausgewanderte Schwabe Walzer und Manni, der Erz-Badener, so gut verstehen. Sie sind ja sogar Konkurrenten. Aber das sehen sie völlig anders.

»Franz, wir müssen den Mann finden, oder?«

»Richtig. Das sind wir unseren Kunden schuldig und ich bin es mir selbst auch«, sagt er bedeutungsschwer.

»Wie, du auch? Du hast doch nicht etwa ein Indermann-Konto?«

»Gehabt. Leider. Scheiße.«

»Oh, Mann. Wir müssen ihn finden. Aber wie?«

»Beim Ministerium hätte ich einen Kontakt, aber der weiß den Namen vermutlich auch nicht. Die besten Chancen haben wir bei Indermann. Ich habe schon mit meinem Ex-Kollegen in Zürich telefoniert. Der kann mir diesmal nicht helfen. Ich versuche es nachher noch mal bei Datendieb Nummer eins. Kennst du nicht jemanden bei Indermann?«

»Nein, nicht dass ich wüsste.«

Sie sehen sich etwas ratlos an und beschließen, die Sache zu vertagen, bis Walzer mit Mittelmeier gesprochen hat. Im Augenblick ist der die beste Option.

Am Nachmittag telefoniert Walzer mit Mittelmeier. Er konfrontiert ihn mit der neuen Erkenntnis.

»Herr Mittelmeier, ich war ja froh, dass Sie mir so bereitwillig Auskunft gegeben haben, aber ich kenne einige Leute mit Indermann-Konten, die nicht mit A bis D anfangen und Besuch von der Steuerfahndung hatten.«

»Das kann nicht sein«, sagt der empört.

Walzer versucht, ihn zu beruhigen.

»Das ist kein Angriff. Ich will für mich und ein paar Mandanten einfach wissen, ob ihre Daten beim Finanzministerium sind. Ich schließe aus der Tatsache, dass die Steuerfahnder morgens um sieben bei Indermann-Kunden mit anderen Anfangsbuchstaben als A bis D vor der Tür stehen, dass es noch eine weitere Daten-CD gibt. Ich nehme an, ein Kollege von Ihnen versteckt sich hinter Ihnen.«

»Ah.« Man hört, wie sehr Mittelmeier diese Neuigkeit erstaunt. »Das ist ja der Hammer.«

»Genau. Ich will ja keinem was Böses. Um mit dem Kollegen sprechen zu können, müsste ich erst mal wissen, wer es ist.«

Schweigen am anderen Ende.

»Herr Mittelmeier. Wäre es Ihnen recht, wenn ich Sie morgen besuche? Dann können wir das persönlich besprechen.«

Datendieb

Jürg Wetzinger kommt von der Arbeit nach Hause in sein typisches altertümliches Wohnquartier in Kreuzlingen. Er hat es nicht weit zur Indermann-Bank. Da ist er vor zwei Jahren gelandet. Eigentlich hat ihm ja eine Karriere im Investmentbanking vorgeschwebt, aber daraus ist bis jetzt nichts geworden. Zuerst war er in der Zentrale in Zürich eingesetzt. Dann haben sie ihm einen etwas besseren Job angeboten – ausgerechnet in Kreuzlingen. Das ist für einen Großstädter wie ihn die tiefste Provinz. Aber gut. Er würde das noch eine Weile machen, aber nicht ewig. Kundenberater ist ein Mist-Job. Ganz gut bezahlt, jedoch nichts im Vergleich zum Investmentbanking. Nur ist es derzeit nicht einfach, in diesen Bereich reinzukommen.

Er hat hier eine schöne Dreizimmerwohnung. Vor dem Haus parkt ein riesiger Mercedes, den er hier noch nie gesehen hat. Soweit er das in der Dunkelheit erkennen kann, ist die Kalesche schwarz. Eine Straßenlaterne spendet ein wenig Licht. Er hört hinter sich ein Geräusch. Aus der gleichen Richtung legt sich ein Arm um seinen Hals. Der Arm drückt zu. Er bekommt keine Luft mehr. Vor ihm steht plötzlich ein großer Mann in schwarzen Klamotten. Der Typ hat kein einziges Haar auf dem Kopf. Wetzinger ist völlig überrascht. Die zwei Männer waren vorher nicht zu sehen. Der Druck des Arms wird etwas lockerer.

»Ich will von dir den Namen des Datendiebs.«

Der Druck des Arms lockert sich noch weiter. Er ist froh, dass er den Namen kennt.

»Soweit ich weiß, heißt der Simon Mittelmeier.«

»Und weiter, wo wohnt er?«

»Ich glaube, in München.«

Der Arm löst sich von seinem Hals.

»Brav. Wenn du auf dumme Gedanken kommst, kannst du sicher sein, dass wir uns wiedersehen. Wir wissen auch, dass deine Freundin zwei Straßen weiter wohnt. Also pass auf.«

Der Typ hinter ihm geht auf die rechte Seite des Mercedes, der Glatzkopf auf die linke. Sie sehen ihn noch einmal drohend an, steigen ein und fahren davon. Das Autokennzeichen ist nicht lesbar. Es handelt sich offensichtlich um eine deutsche Nummer, aber er kann die Buchstaben und Zahlen nicht erkennen. Es sieht so aus, als ob da was drübergeklebt worden ist.

Wetzinger atmet ein paar Mal tief durch, geht in seine Wohnung und gießt sich entgegen seiner sonstigen Gewohnheiten einen großen Grappa ein. Was ganz feines. Er denkt nach. Die Typen haben schwäbisch gesprochen. Könnten zu diesem Kneller gehören, der kürzlich in der Bank bei ihm war. Er hat schlimme Sachen über ihn gehört. Das würde passen. Natürlich wird er nicht zur Polizei gehen. Vor solchen Typen kann die einen nicht schützen.

Schoofseggl

»Aber woher kommen die Adressen? Sie müssen ja aus der Bank sein.«

Mittelmeier sagt, das wüsste er auch zu gerne. Walzer und er sitzen in Mittelmeiers Münchener Wohnung und quatschen jetzt schon eine Stunde über das Thema. Walzer hat ihn zuerst gefragt, wie er sich denn seine berufliche Zukunft vorstelle. Diese Frage kam für Mittelmeier offenbar überraschend. Er wohnt ziemlich bescheiden.

»Herr Walzer, die Bude habe ich noch von früher. Habe sie einfach behalten. Ich wollte eh nicht lange in Zürich bleiben.«

Er ist ein Mittdreißiger, man würde ihn als fesch bezeichnen. Sie verstehen sich gut. Jetzt schildert er Walzer seinen Plan.

»Mein Thema war schon immer Datensicherheit. Ich wüsste auch, wie man bei Banken nachhaltig verhindern kann, dass Daten das Haus verlassen. Ich habe eine GmbH gegründet und es gibt schon die ersten Kontakte mit potenziellen Kunden. Und wissen Sie was? Mein Diebstahl ist bei den Banken der Türöffner schlechthin. Ich habe nächste Woche einen Termin mit Leuten von Indermann.«

»In Zürich?«

Sie lachen beide schallend.

»Nein, hier natürlich. Bin doch nicht lebensmüde. Aber die haben bei der Terminvereinbarung schon gefragt, ob sie Rabatt bekommen. Ich hätte ihnen ja einiges zu verdanken. Ich habe zugesagt. 30 Prozent kriegen die. Startkapital habe ich ja reichlich.«

Mittelmeier scheint Walzer jetzt zu glauben, dass der nichts gegen ihn unternehmen möchte.

»Sie haben es ja gesagt, dass vermutlich noch jemand aus der Bank Daten besitzt und sich hinter mir versteckt.«

Walzer stimmt ihm zu.

»Sagen Sie mal, kennen Sie die anderen IT-Mitarbeiter der Bank?«

»Klar, alle. Die haben eigene Leute und welche von einer Agentur, darunter viele Deutsche. Vor drei Jahren haben sie ein neues IT-System eingeführt. Ich könnte mir vorstellen, dass man währenddessen leichter an die Daten herangekommen ist. Ich würde nach Leuten suchen, die damals schon dabei waren.«

»Herr Mittelmeier, ach was, Simon. Ich heiße Franz. Ich kann dich ja mit Geld schlecht bestechen, weil du mutmaßlich so ungefähr eine halbe Million für die Daten bekommen hast.«

»Korrekt.«

»Aber ich habe gute Beziehungen in die Chefetagen von einigen Banken, weil ich manchmal die Drecksarbeit für sie mache. Dinge, die ein aktiver Anwalt nicht tun darf. Du verstehst? Und die Kontakte würde ich für dich einsetzen, wenn du mir jetzt hilfst, eine Liste von den Leuten zu erstellen, die bei Indermann waren oder sind. Da wäre ich dir wahnsinnig dankbar.«

Mittelmeier berichtet, Indermann sei eine kleine Bank und die IT-Abteilung bestehe nur aus weniger als

50 Leuten. Walzer ist um elf bei ihm eingetroffen und nachmittags um vier sind sie fertig. Mittelmeier hat einige Male mit einem ehemaligen Kollegen bei Indermann telefoniert, der demnächst bei ihm anfangen wird. Der hat ihm die fehlenden Informationen gegeben. Einige Leute hat Mittelmeier nicht mehr im Kopf gehabt.

Walzer bekommt eine Liste mit deutlich über 50 Namen zusammen, weil auch Ehemalige aufgeführt werden. Er erfährt die Nationalität, wie lange sie etwa dabei sind oder waren und ob sie noch bei Indermann beschäftigt sind, und wenn nicht, wann sie gegangen sind. Weniger als die Hälfte der Leute sind Schweizer, gut ein Drittel Deutsche und dann gibt es noch einen Franzosen, vier Spanier und sieben Inder. Sie halten auch fest, ob die Leute verheiratet sind und Familie haben oder alleine leben. In der Liste steht bei den meisten dabei, wo sie herkommen oder früher gewohnt haben.

Am Ende haben sie drei Namen, von denen Mittelmeier sagt, er würde es ihnen zutrauen. Raphael Erle, Frank Beerenbaum und Oliver Krammler. Alle sind Deutsche, unverheiratet, waren oder sind länger als drei Jahre dabei. Krammler war fest angestellt und hat die Abfindung genommen. Die anderen beiden sind bei der Agentur beschäftigt. Erle ist noch bei Indermann, aber Beerenbaum nicht mehr.

Zum Abschluss warnt Walzer Mittelmeier noch vor Kneller.

»Das ist ein gefährlicher Mann und er ist auch auf der Suche nach dem Datendieb. Also aufpassen, wem du die Tür öffnest.«

Walzer geht. Das war ein erfolgreicher Nachmittag. Er fährt nach Stuttgart. Ist ja nicht so weit. In Stuttgart wird er Lena, seinen Freund Volker Lachenmann und dessen Frau Katrin in der Weinstube »Dingel« treffen. Lena war ja seit ein paar Tagen in Stuttgart. Sie ist mit ihrer Freundin zusammen hingefahren. Walzer freut sich auf sie und gibt dem Boliden wieder die Sporen, soweit das erlaubt ist, also eher selten bis so gut wie gar nicht.

Vier Stunden später steht Walzer auf dem Klo der Stuttgarter Weinstube und uriniert. Leise schwäbelnd schimpft er vor sich hin.

»I bleeder Schoofseggl. Scheiß Alkohol.«

Leider hat Walzer ein paar Viertele getrunken und dann ist ihm im Gespräch mit Volker die Geschichte mit dem zweiten Datendieb rausgerutscht.

Schoofseggl bedeutet Geschlechtsorgan des Schafbocks und wird gerne als Synonym für einen Deppen oder Vollidioten benutzt.

Sein Freund Volker Lachenmann ist dummerweise Chef des Wirtschaftsressorts einer großen Stuttgarter Tageszeitung. So steht Walzer jetzt hier am Pinkelbecken und denkt nach, wie er sich wohl am geschicktesten verhält. Der Inhalt seiner Blase hat ihn schon längst verlassen und er steht noch immer sinnierend da. Wenn er jetzt sagt, der solle das für sich behalten, dann macht er ihn erst recht neugierig. Aber wenn er nichts sagt, kann der das auch in seinem Blatt bringen. Was tun?

Volker hat vorhin sofort nachgefragt, aber Walzer hat abgewimmelt:

»Unbedeutend.«

Er geht wieder zurück an den Tisch, vermeidet das Thema. Volker probiert es noch mal, aber Walzer geht nicht darauf ein.

Den Rest des Abends unterhalten sie sich über die Abschaffung des Bargeldes. Walzer ist natürlich komplett dagegen, sein Freund etwas unentschlossen. Einig sind sich beide nur darin, dass bei Abschaffung des Bargeldes sofort ein Ersatzmedium gefunden würde. Die Ideen reichen von ausländischen Währungen bis hin zu Krypto-Geld.

»Franz, ich bin mir ziemlich sicher, dass digitale Währungen auf dem Vormarsch sind, Bitcoins oder so was. Ich denke, dass die große Zeit der Banken vorüber ist und die Zentralbanken ebenfalls ihre Macht verlieren werden. Das wird noch spannend, aber ich kapiere sowieso nicht, wieso manche Leute Währungen in religiöser Weise anbeten. Ist doch eigentlich bloß ein Tauschmittel. Was machen die um den Euro ein Geschiss, aber das ist ein anderes Thema.«

Am Tag danach kauft Walzer auf der Heimfahrt beim Tanken mit einem mulmigen Gefühl die Zeitung, bei der Volker arbeitet. Daheim blättert er darin und gibt ein leises »Heilandsack« von sich. Wieder mal. Lena, die mit ihm zurückgefahren ist, erkundigt sich erstaunt, was denn los sei.

»Mir ist gestern Abend die Sache mit dem zweiten Datendieb rausgerutscht und jetzt steht sie in der Zeitung. Volker schreibt: A*us gewöhnlich gut unterrichteten Kreisen war gestern in Stuttgart zu erfahren, dass vom Land Baden-Württemberg nicht eine, sondern zwei Daten-CDs der Indermann-Bank angekauft worden sind.* Dann denkt Volker in der Meldung laut darüber nach, wie das gelaufen sein könnte, und er trifft leider den Nagel sozusagen voll auf den Kopf, auch die Sache mit den Anfangsbuchstaben schildert er richtig.«

Lena lacht schallend.

»Das war klar, oder?«

Walzer denkt nach.

»Vielleicht ist das gar nicht so schlecht. Ich warte einfach mal ab, was passiert. Kann es eh nicht mehr ändern.«

Anfangsbuchstaben

Simon Mittelmeier kehrt von seiner morgendlichen Joggingrunde zurück. Er geht in die Küche seines kleinen Appartements und macht sich einen Kaffee, so einen aus der Kapsel. Ist eine Umweltsauerei und richtig teuer, schmeckt aber auch sehr gut. Er hat schon länger den Verdacht, dass diese Dinger mit irgendwelchen Aromen so gekonnt verfeinert sind, dass sie geradezu süchtig machen. Da ertönt der melodische Türgong.

Er geht an die Sprechanlage und nimmt den Hörer ab, spricht hinein. Keine Antwort. Jemand klopft an die Tür. Er öffnet und wird nach hinten geschubst. Ein Mann hat sich mit Vehemenz gegen die Tür geworfen. Mittelmeier strauchelt, fällt fast hin und kann sich gerade noch mit den Händen hinten auf dem Boden abstützen. Da ist der Mann schon über ihm. Es ist ein Glatzkopf mit Bart, Anzug, Krawatte. Er hat ihn am Kragen. Mittelmeier sieht, wie hinter ihm noch ein Glatzkopf die Wohnung betritt und die Tür schließt. Er will schreien. Die erste Glatze hält ihm den Mund zu. Der andere tritt hinter ihn, sie schleifen ihn ins Wohnzimmer. Der zweite Mann hat eine Rolle breites Klebeband in der Hand, reißt ein Stück ab und klebt ihm den Mund zu. Er liegt auf dem Boden, kann nicht schreien und die erste Glatze sitzt rittlings auf seinem Bauch. Der schlägt zu. Mit der flachen Hand ins Gesicht. Blut spritzt. Mittelmeier denkt in diesem Moment, das könnte dieser Kneller sein.

»Spuck es aus, du hast meine Daten bei Indermann geklaut.«

Er reißt das Klebeband ab.

»Habe nur Daten mit Anfangsbuchstaben A bis D«, antwortet Mittelmeier.

Er stutzt.

»Was?«

»Anfangsbuchstaben vom Nachnamen. Sie haben ja K.«

Jetzt wird klar, dass es sich tatsächlich um Kneller handelt, denn er schlägt blindwütig zu.

»Woher weißt du das?«

Mittelmeier liegt stöhnend am Boden. Er spürt das Blut in seinem Mund, er spürt, wie Teile seines Gesichts anschwellen. Schon wieder haut dieser Typ zu. Das ist ein gefährlicher Psychopath. Der ist durchgeknallt. Kneller – Knaller. Der würde auch aus purer Lust morden, denkt er.

»Der Walzer hat gesagt, du könntest kommen.«

Kneller hört den Namen Walzer und schlägt noch dreimal zu. Diesmal mit der Faust mitten ins Gesicht. Mittelmeier verliert das Bewusstsein. Kneller will weiter schlagen, aber sein Gorilla greift ihm von hinten an den Arm.

»Wilfried, das langt.«

Nach ein paar Minuten wacht Mittelmeier wieder auf.

»Gib mir die Daten.«

Sie ziehen ihn hoch, er geht an seinen PC, holt aus einem Schrank einen Stick und kopiert die Daten drauf.

Dann verschwinden die zwei. Simon Mittelmeier schleppt sich auf seine Couch, bleibt zwei Stunden liegen, schläft. Danach geht er in das Badezimmer, legt sich eine Stunde in die Wanne. Dann rappelt er sich hoch, versucht zu essen.

Am nächsten Morgen geht es ihm etwas besser. Er ruft den Walzer an und erzählt ihm alles. Der ist ziemlich erschrocken und berichtet Mittelmeier, dass er sich verquatscht habe und die Geschichte mit dem zweiten Datendieb in der Zeitung stand.

»Franz, es sieht so aus, als ob dieses Arschloch keine Zeitung liest. Man weiß nicht genau, ob der überhaupt was liest.«

Sie lachen beide. Mittelmeier hat höllische Schmerzen dabei. Trotzdem ist er froh, schon wieder lachen zu können. Er muss im tiefsten Inneren Masochist sein. Er wird sich eine andere Bleibe suchen. Und zwar schnell. So lange, bis die Sache vorbei ist. Tja, Herr Kneller, manchmal hälfe Zeitunglesen einem weiter. Er überlegt – heißt das wirklich hälfe? Aber was sonst – hülfe? Nein.

Detektive

»Manni, der Kneller hat den Mittelmeier zusammengeschlagen.«

Mit dieser Nachricht begrüßt Walzer den Manni in seinem Werftbüro. Draußen herrscht der schönste Sonnenschein, die zwei Werftmitarbeiter wassern gerade Schiffe ein. Manni ist mit seiner Fischergundel über den See gekommen. Eine Fischergundel ist ein offenes motorisiertes Ruderboot von knapp fünf bis sechs Metern Länge. Mannis Exemplar ist sehr gut motorisiert.

»So eine Scheiße.«

»Und ich habe ihn noch vor Kneller gewarnt«, sagt Walzer. »Keine Ahnung, woher der den Namen von Mittelmeier hat. Aber er wusste nichts von dem zweiten Datendieb. Mittelmeier meint, der sehe aus, als ob er nicht so viel lese. Zumindest keine Zeitungen. Irgendwann kommt er drauf. Blöd ist er nicht. Aber es kann leider auch sein, dass er mich besucht und versucht, etwas aus mir herauszuprügeln. Ich sollte mir vielleicht ein paar Gorillas zulegen.«

Sie denken darüber nach, wie sie weitermachen.

»Manni, wir haben drei Namen – Raphael Erle, Frank Beerenbaum und Oliver Krammler. Es ist zwar nicht sicher, dass der Datendieb einer von denen ist, aber es ist wahrscheinlich. Erle ist immer noch bei Indermann.

Der wäre nicht meine erste Wahl, denn so ein Dieb will irgendwann weg vom Ort der Tat. Beerenbaum wohnt möglicherweise in Sindelfingen, von Krammler haben wir eine Adresse in Degerloch. Wir fahren da hin und schauen mal rein.«

Dieses Schauen-mal-rein ist eine von Walzers Lieblingsfloskeln.

»Wir können doch nicht bei denen klingeln und fragen: ›Bist du der Datendieb?‹«

»Wieso eigentlich nicht? Einfach auf den Busch klopfen. Ich habe sonst keine Idee.«

Nachdem dem Manni auch nichts Besseres einfällt, fahren sie los. Zuerst geht es zu Beerenbaum nach Sindelfingen. Die zwei Adressen sind problemlos zu finden gewesen.

»Franz, das gefällt mir«, meint Manni und lehnt sich genüsslich zurück. »Wir spielen Detektiv und zu Weihnachten schenke ich dir so einen Kasten mit Geheimtinte, Handschellen aus Plastik und so was.«

Sie sitzen in Walzers Auto in Sindelfingen und beobachten das Haus des ersten Kandidaten.

Sie haben geklingelt, aber es hat keiner aufgemacht. Sie wollen ein bisschen abwarten. Es ist ein älteres Haus in einem Wohnviertel. Tiefgarage gibt es keine. Also wird er durch die Haustür müssen.

Drei Stunden später gefällt es Manni schon weniger.

»Mir tun der Arsch und das Kreuz weh. Diese Hockerei. Ich muss hier raus.«

Er steigt aus und geht ein paar Schritte. In dem Moment kommt ein Mann von etwa Mitte 30 angeradelt, stellt das Rad ab und geht an die Tür. Manni ist nur ein paar Meter von ihm entfernt. Er spricht ihn an.

»Sind Sie der Frank Beerenbaum?«

Walzer ist bereits hinzugetreten.

»Der bin ich. Was kann ich für euch tun?«

Manni erklärt, dass sie einen Datendieb suchen, der bei Indermann Kundendaten geklaut hat.

»Keine Angst – nicht für die Bank, wir sollen für Betroffene herausfinden, ob ihre Daten beim Finanzministerium in Stuttgart sind.«

Beerenbaum sieht sie entwaffnend offen an.

»Ach so, weiß ich natürlich. Ich war es nicht. Aber kommt mit.«

Sie folgen ihm in die erste Etage. Das Treppenhaus riecht muffig, aber er hat eine gut renovierte und schön eingerichtete Wohnung. Sie nehmen im Wohnzimmer Platz.

»Es muss noch einen Datendieb geben, der sich quasi hinter dem ersten versteckt«, erklärt Walzer.

»Woher wisst ihr das?«

»Datendieb Nummer eins hat nur Buchstaben A bis D geklaut, aber es haben Leute mit anderen Anfangsbuchstaben Besuch von der Steuerfahndung bekommen.«

»Jetzt verstehe ich auch, was ihr von mir wollt.« Er grinst sie an. »Noch mal – ich war es nicht. Das werden aber alle erzählen. Wie wollt ihr es denn herausfinden?«

»Wir versuchen es einfach nur«, sagt Walzer.

»Da habt ihr was vor.«

»Beerenbaum, wir sind die Guten. Wir lassen uns bloß unsere sauer erworbenen Informationen vergolden. Aber da ist noch ein ganz übler Strolch unterwegs. Wenn der den Dieb in die Finger bekommt, wird das sehr gefährlich für ihn. Der Name des Herrn ist Wilfried Kneller. Stuttgart-Rotlicht. Wenn wir dich finden, dann kann der das auch. Also pass bitte auf oder verschwinde besser für eine Weile.«

»Danke für die Warnung. Der, den ihr sucht, müsste bis vor Kurzem bei Indermann gewesen sein. Ich nehme an, er ist Deutscher und ungebunden. Er muss auch während der Umstellung vor einigen Jahren schon da gewesen sein. Das sind aber immer noch einige.«

Walzer zieht die Liste heraus und zeigt sie ihm.

Beerenbaum lacht schallend, als er sie anschaut.

»Nicht schlecht. Wie kommt ihr denn da dran?«

Walzer grinst spitzbübisch.

»Betriebsgeheimnis.«

»Die habt ihr von Mittelmeier, da bin ich mir sicher.«

Walzer nickt.

Beerenbaum holt Kaffee. Sie gehen die Liste durch.

»Ihm wird nichts passieren? Ihr wollt nur reden?«

Walzer bestätigt das.

»Dem da würde ich es zutrauen, das ist so ein kleiner Dynamiker.«

Beerenbaum hat auf einen Namen getippt. Oliver Krammler. Er sieht die restlichen Namen durch.

»Nein, andere fallen mir nicht ein. Aber das ist nur meine Einschätzung.«

Dann gehen sie.

»Tja«, sagt Walzer, »das ist viel besser gelaufen als erwartet.«

Sie fahren nach Stuttgart-Degerloch. Ist nicht weit.

»Hat der Kneller wirklich Zwangsnutten bei sich?«

»Klar«, sagt Walzer.

»Ich habe immer gedacht, das wären Einzelfälle. Wie kann man denn solche Mädels dazu zwingen? Die können doch jederzeit auf die Straße laufen und zur Polizei gehen. Ich habe das nie so richtig verstanden. Weißt du das?«

»Auch nur, was man so liest«, entgegnet Walzer. »Laut EU-Kommission werden pro Jahr rund 100 000 Mädchen und Frauen aus Afrika, Osteuropa, Südostasien nach Westeuropa verschleppt oder unter falschen Versprechungen hierher gelockt und zur Prostitution gezwungen. Das musst du dir so vorstellen, dass da so ein hübsches Kerlchen mit einem schicken Auto in ein Dorf in der Ukraine kommt. Die meisten Jugendlichen sind da arbeitslos, Hoffnungslosigkeit überall. Der erzählt was von Jobs als Kellnerin in Deutschland. Oder sie machen Model-Wettbewerbe und dann sagt einer zu denen: ›Schatzi, du bist die Allerschönste‹, und die Mädchen kommen mit. Das ist Sklavenhandel und angeblich neben Drogen oder Waffen das lukrativste Geschäft der organisierten Kriminalität. Es gibt verschiedene Arten, sie zu zwingen. Zuerst kriegen sie die Pässe abgenommen. Sie wissen, dass sie illegal hier sind und bei einem Gang zur Polizei sofort abgeschoben werden. Das wollen sie nicht, denn dann stehen sie vor ihrer Familie schlecht da. Die haben einen viel stärkeren Bezug zu ihrer Familie als wir.«

Walzer unterbricht seinen Redefluss, weil plötzlich ein Wagen vor ihm unmotiviert bremst und er selbst voll in die Eisen steigen muss, um einen Auffahrunfall zu vermeiden.

»Außerdem wird ihnen angedroht, dass die Familie erfährt, was sie hier machen, und die Schande wollen sie vermeiden. Man lässt ihnen so viel Geld, dass sie noch genug an ihre Familien schicken können. Die aus Afrika werden mit Voodoo-Drohungen unter Druck gesetzt – Voodoo gegen ihre Familien. Denen aus Osteuropa wird angedroht, dass man ihre kleinen Geschwister holt und anschaffen lässt, wenn sie nicht spuren. Dann gibt es noch die Loverboy-Methode – das gut aussehende Kerlchen mit dem Sportwagen spielt ihr die große Liebe vor und für ihn tut sie alles. Sie müssen zuerst die angeblichen Kosten für ihre Reise und den Schleuser abarbeiten, das sind mal so eben 50 000. Für das Zimmer zahlen sie 150 pro Tag. Pro Nummer bekommen die heute im Schnitt um die 40 Euro, da kannst du dir vorstellen, wie viele die bedienen müssen. Man rechnet minimal 70 pro Woche. Direkt nach ihrer Ankunft werden sie mit Gewalt gefügig gemacht, danach leisten die meisten keinen Widerstand mehr.«

Manni schaut betroffen drein.

»Überhaupt gibt es in den Herkunftsländern für Frauen wenig Rechte«, berichtet Walzer weiter. »Das ist alles so ein Scheiß. Deswegen sagen sie auch fast nie gegen die Zuhälter aus. Weißt du, dass es Flatrate-Bordelle gibt? Einmal zahlen und dann sooft, wie es geht. Der Puffbetreiber ist heute eigentlich nur Zimmervermieter. Ich glaube, das Geschäft mit Bordellen ist noch besser als das mit Parkhäusern. Du würdest dich wundern, wie viele honorige Leute da Anteile besitzen. Offiziell gibt es 100 000 Pferdchen in Deutschland, man schätzt aber, dass es eher 400 000 sind.«

»Mann, bist du Experte?«

»Nee, habe ich neulich gelesen. Warst du mal in einem Puff?«

Manni läuft leicht rot an.

»Hey, du errötest, ich lach mich tot. Also ja.«

»Ja, ein Mal und ich war volltrunken. In Kiel war das.«

»Manni, Manni. Da sind wir eher die Ausnahmen. Angeblich besuchen pro Tag in Deutschland über eine Million Männer eine Prostituierte.«

»Wow. Habe ich alles nicht gewusst.«

»Das mit den Zwangsnutten ist ein Trauerspiel. Dazu kommen noch die Angebote für die Pädophilen, das ist noch schlimmer. Und alles unter unseren Augen.«

Sie sind da. Wieder beobachten sie eine Weile ein Haus – diesmal in Degerloch. Ist nichts Besonderes. Einfach nur ein schäbiges dreistöckiges Mietshaus aus den 80er- oder 90er-Jahren. Später mogeln sie sich rein, als eine Frau mit Kinderwagen raus will. Sie markieren die Gentlemen, die der jungen Mutter helfen wollen, und schleichen sich rein, diese Ganoven. Kein Klingelschild, auf dem so was wie Krammler steht.

Aber im dritten Stock finden sie die einzige Tür ohne Namensschild. Das muss er sein. Sie lauschen an der Tür. Nichts, kein Mucks. Sie klingeln. Auch nichts. Also nimmt Walzer einen Umschlag und schiebt ihn unter der Tür durch. In dem Brief steht, wer er ist und dass er annimmt, Olli sei der zweite Datendieb. Das habe auch schon in der Zeitung gestanden. Er erklärt ihm haarklein, dass er gerne wüsste, ob bestimmte Adressen beim Finanzministerium seien, was bisher passiert sei, und er warnt ihn auch vor dem Kneller. Der wolle auch wissen, ob seine Daten beim Finanzministerium seien. Ursprünglich wollte Walzer sogar zugeben, dass er selbst so ein Konto bei Indermann gehabt habe, aber das ging ihm dann doch zu weit. Er kennt diesen Krammler ja gar nicht.

Und dann verschwinden sie wieder. Abwarten.

Pazifischte

Wilfried Kneller sitzt im Puff. Eigentlich sitzt er meistens im Puff. Er stöpselt den Stick von Mittelmeier in seinen PC ein. Er findet die Datei, die draufkopiert worden ist. Schaut die Steuersünder-Daten an. Manche Leute auf der Liste kennt er namentlich, manche persönlich. Bei manchen freut er sich, dass die bald Besuch von der Steuerfahndung bekommen. Politiker und bekannte Unternehmer sind dabei.

»Das wird Heulen und Zähneklappern geben in Stuttgart«, sagt er leise. Aber vor allem ist er froh, dass er nicht dabei ist. Es sind wirklich nur Daten von A bis D.

Sein Telefon klingelt. Ein Freund ist dran. Na gut, eher ein Kollege aus demselben Milieu. Er hatte Besuch von der Steuerfahndung.

»Aber Riegsinger, du fangsch doch mit einem R an.«

»Häh?«

»Soweit ich weiß, hat der Datendieb nur Adressen mit A bis D geklaut«, verkündet der Kneller.

»Und wieso stehen die dann heute Morgen bei mir vor der Tür? Hätte ich Idiot bloß das Konto abgeräumt.«

»Das wäre besser gewesen. Ich habe meines aufgelöst.«

Und dann beenden sie das Gespräch.

Kneller rollt seinen Stuhl zurück und gießt sich ein großes Glas Cognac ein. Langsam schlürft er das Zeug runter. Ein wohliges Gefühl. Wenn der Riegsinger gefilzt wird, dann stimmt das mit A bis D nicht. Dann hat der Mittelmeier gelogen. Oder er weiß es selbst nicht. Dann ist er ja auch in Gefahr.

»Bruno!«, schreit er.

Der kommt angerannt. Er weiß, wenn der Chef so laut wird, dann ist es eilig und ernst.

»Chef, was isch?«

»Bruno, ihr fahrt noch mal zu diesem Mittelmeier. Jetzt sofort. Ich bin sicher, dass der uns belogen hat. Der Mittelmeier hat gesagt, es gebe nur Adressen mit A bis D, aber ich kenne mindestens einen, der mit R anfängt, und den haben sie erwischt. Der Einzige, der das wissen kann, ist der Mittelmeier.«

»Aber Chef, das hat doch in der Zeitung gestanden. Es gibt noch eine zweite Steuer-CD.«

»Was? Warum sagt mir das keiner?«

»Du hast ja nicht gefragt.«

»Bring mir die Zeitung und dann ab nach München.«

Bruno tut wie befohlen. Kneller liest den Artikel. Dann holt Bruno den anderen Gorilla. Von Weitem sind Kneller und seine zwei Primaten schwer zu unterscheiden. Alle sind zwischen kurz unter 1,90 und knapp zwei Meter groß. Sie haben unterschiedliche Ranzen, wobei der Kneller den größten hat, und alle sind komplett kahl.

Am Nachmittag ruft Bruno an. Der Mittelmeier sei ausgeflogen.

»Chef, was sollen wir machen?«

»Mann, ihr Idioten, fragt im Haus rum. Wer isch seine Freundin, wo wohnen die Eltern, wer sind seine Freunde? Arbeitet er irgendwo? Haltet den Leuten eure falschen Dienstausweise von der Polizei unter die Nase.«

Nach zwei Stunden melden sie sich. Mittelmeier habe ein Büro. Dort hätten sie ihn aufgetrieben. Und er habe geredet.

»Wir mussten nicht ein einziges Mal zuschlagen.«

»Ja, ihr seid wahre Pazifischte.«

Sie nennen ihm drei Namen. Raphael Erle, Frank Beerenbaum und Oliver Krammler. Die Adressen haben sie auch.

»Kommt sofort wieder her.«

Aber an diesem Tag schaffen sie es nicht mehr. Der Besuch bei den drei Kandidaten muss bis zum nächsten Morgen warten.

Kneller nimmt einen Gorilla mit und fährt zuerst nach Sindelfingen. Hier ist keiner da. Also fahren sie nach Degerloch.

Zuerst inspizieren sie die Klingeln, kein Krammler. Die Haustür ist offen, sie schleichen die Treppe hoch. Da sie nicht wissen, in welcher Etage der Krammler wohnt, müssen sie alle drei Stockwerke abklappern. Ist aber halb so wild, es gibt pro Etage bloß vier Wohnungen. Sie finden überall Namen an den Türen, aber keinen Krammler. Allerdings gibt es im obersten Stock eine Tür, an der das Schild abgeschraubt worden war.

»Das ist er wohl.«

Sie lauschen an der Tür, kein Mucks. Dann prüfen sie von außen, ob man etwas sieht. Nichts. Sie warten weiter, geben aber nach einigen Stunden auf.

Am nächsten Morgen gehen sie wieder hin. Jetzt sind Geräusche aus der Wohnung zu vernehmen. Kneller nickt seinem Gorilla zu. Der klingelt. Sie hören Schritte. Keiner macht auf. Nach einigen Minuten stellt sich Kneller vor die Tür, hebt das rechte Bein und tritt mit aller Kraft gegen das Schloss. Es passiert nicht viel. Er versucht es nochmals. Wieder nichts. Da sind vermutlich massive Riegel an der Innenseite angebracht worden. Sie warten noch ein wenig, verlassen dann zornig das Haus und gehen außen herum. Hinten finden sie ein Seil, das von einem Balkon am dritten Stock runterhängt.

Sie fahren wieder in den Puff. Kneller gießt sich einen großen Cognac ein und legt die Füße auf den Tisch. Sehen nicht schlecht aus, die Budapester. Maßarbeit, über 1000 Euro das Paar. Er ist stolz auf seine Leistung als Geschäftsmann.

Wenn man es objektiv betrachtet, hat er sogar recht. In jedem Unternehmen geht es ja nicht um Umsatz, sondern um Gewinn. Ohne Gewinn hat eine Firma kein Geld, und wenn einmal in einer auftragsschwachen Zeit irgendeine kostspielige Reparatur an einer Maschine anfällt, kann man sie nicht bezahlen. Oder man braucht etwas Neues, um seine Dienstleistungen oder Produkte billiger oder besser anbieten zu können. Es ist erstaunlich, wie schlecht die Lage an der Gewinnfront bei den meisten kleinen und mittleren Unternehmen ist. Viele schleppen sich nur so dahin.

Ganz anders bei der Wilfried Kneller Gastro-Betriebs-GmbH. Die läuft wie geschmiert. Er hat Einnahmen von über sechs Millionen im Jahr. Ein Teil davon läuft offiziell, einen Teil steckt er so in die Tasche. Bezahlen muss er sein Personal, wobei die Nutten auf eigene Rechnung arbeiten. Die Gebäude gehören ihm. Natürlich hat er Aufwendungen für den Unterhalt und für Reparaturen, Gas, Wasser, Heizung. Von den sechs Millionen bleibt fast die Hälfte bei ihm hängen. Das ist gewaltig. Er kriegt nie genug. Einmal hat er so einen Durchhänger gehabt, da hat er sich gefragt, ob er nicht besser aufhören sollte. Das Problem ist nur gewesen, dass ihm kein anderer Job eingefallen ist, aber dafür ein Standortwechsel. So hat der Durchhänger doch was gebracht.

Er hat beschlossen, seine Aktivitäten in absehbarer Zeit in die Dominikanische Republik zu verlegen. Da ist es immer schön warm, die Mädchen sind willig und die Polizisten alle korrupt. Er freut sich drauf.

Camouflage

Olli steckt der Schreck in den Gliedern. Er ist heute früh bloß hergefahren, um ein paar Sachen zu holen. Da lag der Brief von diesem Franz Walzer auf dem Boden. Er hat ihn gelesen und einen Mords-Schreck bekommen. Er ist enttarnt. Sein ganzer schöner Plan ist in die Hose gegangen. Auf die Idee, dass der Mittelmeier nur A bis D erbeutet hat, ist er nicht gekommen. Genau das hat ihm das Genick gebrochen.

Und in dem Augenblick, als er seine Situation analysieren wollte, klingelte es an der Tür. Erst sah er diese Vögel durch den Spion und als Nächstes warf sich dieser vierschrötige Schrank von einem Kerl mit seinen zwei Zentnern gegen die Tür. Was war er froh, dass er früher die massiven Riegel hatte einbauen lassen.

Da ist er sofort abgehauen. Schuhe an, Jacke übergeworfen, ein Blick in die Runde, raus auf den Balkon, das dort vorbereitete Seil über die Brüstung geschmissen, daran runtergerutscht, was er geübt hatte, und nichts wie weg. Fachmännisch abgeseilt! Sein Auto stand in der Garage. Die haben natürlich vor der Tür gewartet. Auf die Idee mit dem Seil sind sie nicht gekommen. Das doppelte Seil wollte er eigentlich runterziehen, aber es hat sich irgendwo oben am Balkon verklemmt. Jetzt baumelt es da noch. Scheißegal.

Olli ist das, was man im Schwäbischen ein Cleverle nennt. Zwar übersieht auch er die Folgen mancher Taten, aber er versucht immer, sich auf alle Eventualitäten vorzubereiten. Er hat seit seinem Datendiebstahl immer einen mit seinen wichtigsten Sachen gepackten Rucksack in der Wohnung liegen. Der ist aber schon bei Franzi. Olli bemüht sich sowieso ständig, nicht zu viel Zeug anzusammeln, schmeißt alles weg, was überflüssig ist. Gelesene Bücher verschenkt er sofort. Einen Bücherschrank gibt es bei ihm nicht, obwohl er viel liest. Er gehörte zu den Ersten, die sich einen E-Book-Reader anschafften. Wenn er etwas findet, das überflüssig sein könnte, überlegt er, wann er es zuletzt benutzt hat oder ob eine Situation vorstellbar ist, in der er es wieder brauchen wird. Wenn nicht, fliegt das Teil weg.

Auf dem Weg zu Franzi achtet er sorgfältig darauf, dass ihm niemand folgt. Er fährt einen riesigen Umweg, bleibt zwischendrin auch mal fünf Minuten irgendwo stehen. Erst als er ganz sicher ist, legt er den Rest der Strecke zu ihr zurück. Er erzählt ihr sofort alles und auch, dass er sicher ist, keinen Verfolger zu haben.

»Franzi, wer weiß über uns Bescheid?«

Sie kommen darauf, dass tatsächlich niemand von ihrer Beziehung weiß. Er will sie natürlich keinem Risiko aussetzen.

Er könnte auch für ein paar Tage in die Wohnung eines Freundes in Bad Cannstatt gehen. Der ist für ein halbes Jahr in Australien und hat Olli den Schlüssel gegeben. Die Gefahr, dass die Verfolger den Freund finden, ist aber relativ groß. Sie müssten nur auf Ollis Facebook-Seite schauen. Er ist nämlich dort mit ihm befreundet. Das geht nicht. Zu seinen Eltern kann er auch nicht. Die fingen sofort an, Fragen zu stellen, Ratschläge zu geben, und bei denen würde ihn jeder zuerst suchen. Zu seiner Schwester kann er aus denselben Gründen nicht. Ganz enge Freunde hat er sonst nicht. Eigentlich ist er immer so ein wenig ein Eigenbrötler gewesen. Er ist gern alleine, hat immer irgendein Projekt im Kopf, Olli langweilt sich nie.

Er erklärt Franzi, was der Brief von Walzer bedeutet. Er gibt ihn ihr. Sie liest ihn aufmerksam durch.

»Klingt doch nett.«

»Ja, Franzi. Das heißt, dass ich nicht mehr in die Schweiz kann, denn die bei Indermann werden auch irgendwann draufkommen. Das wissen zu viele Leute. Sonst heißt das nichts. Nur habe ich eben diesen Walzer auf den Hacken und diesen Kneller noch dazu, was viel schlimmer ist. Die wollen aber beide nur wissen, ob ihre Daten beim Finanzministerium sind.«

»Und, sind sie?«

»Weiß ich doch nicht aus dem Kopf. Ich schau nachher nach. Dann sehen wir weiter. Aber jetzt gehen wir nett essen.«

Das ist eine neue Situation für Olli. Er war es immer gewohnt, über seine Angelegenheiten allein nachzudenken. Jetzt spricht er plötzlich mit einem anderen Menschen darüber. Daran muss er sich erst gewöhnen.

Später googelt Olli den Kneller und ist nicht sehr überrascht, als er ein Foto findet, das den Mann zeigt, der vor seiner Tür stand. Er erzählt es Franziska.

»Olli, für mich fühlt sich das gefährlich an. Ich weiß zwar nicht wie, aber irgendwie müssen wir das Problem lösen. Ich habe keine Lust, mit dir zusammen von einem rachsüchtigen Stuttgarter Puffbesitzer ermordet zu werden.«

Olli googelt weiter. Über Kneller liest er einiges, was ihm nicht gefällt.

Den Walzer findet man kaum, außer als Besitzer dieser Bootswerft. Einige alte Einträge, die Olli entdeckt, lassen allerdings den Schluss zu, dass er das ist oder war, was man gemeinhin als windigen Anwalt bezeichnet. Na gut, das ist im Zweifel besser als ein Krimineller wie der Kneller. Aber die beiden wollen ja eigentlich nur wissen, ob die Behörden ihre Daten haben. Die Idee macht sich in seinem Kopf breit, setzt sich fest. Er nimmt sich die Daten vor. Er muss 2000 Namen durchsehen. Das hat er bisher noch nicht gemacht. Er fängt an, kapiert aber nach den ersten 1000, dass der Mensch auch mal schlafen sollte.

Am Morgen macht er schon ganz früh weiter. Schleicht sich aus dem Bett und setzt sich an sein MacBook Pro. Natürlich die schnellste Version, wie es sich für einen echten ITler gehört.

Nach einer Stunde kommt Franzi runter. Vor zehn Jahren hat sie ihren Job als Lehrerin an den Nagel gehängt und sich mit einem Outdoor-Laden selbstständig gemacht. Der ist ziemlich gewachsen. Sie hat ihn so gut organisiert, dass sie nicht dauernd anwesend sein muss. Das ist ihr Ziel gewesen.

Diese Datenklauberei ist mühsam. Er findet weitere Adressen von Leuten, die in der Öffentlichkeit als perfekte Saubermänner dastehen, und den Namen Carola Gerstenmeier. Das ist die Freundin von seinem Kumpel, die ihn damals aus der gemeinsamen Firma rausgeekelt hat. Olli schüttelt den Kopf. Mittags ist er fertig. Ihm raucht der Kopf. Er ruft Franzi an.

»Franzi, da sind Leute dabei, von denen würdest du so etwas niemals denken. Politiker, Unternehmer, Vorstände von großen Unternehmen und sogar welche von der Kirche. Ich bin entsetzt. Die Daten vom Kneller und vom Walzer sind nicht darunter. Das ist gut für sie. Ich schreibe denen das jetzt und dann ist hoffentlich Ruhe im Karton.«

»Olli, das klingt gut.«

Und so legt er los. Die E-Mail-Adresse von Kneller findet Olli auf der Puff-Webseite. Er verschickt die E-Mail anonym.

Sehr geehrter Herr Kneller, Ihre Daten sind nicht beim Finanzministerium. Ich habe nur etwa 1000 von den 2000 Adressen an das Finanzministerium gegeben. Ich werde Ihre Adresse löschen, sodass Sie sich keine Sorgen mehr machen müssen. Ich hoffe, dass Sie somit aufhören werden, mich zu verfolgen.
Oliver Krammler

Zack, abgeschickt. Walzer bekommt die gleiche E-Mail. So, das hat er hinter sich.

Fünf Minuten später ist die Antwort von Kneller da. Klingt sehr freundlich. Ja, er gehe darauf ein. Unterschreibt sogar *Mit freundlichen Grüßen, Ihr Wilfried Kneller.* Olli glaubt nicht daran, hier einen Freund fürs Leben gefunden zu haben, aber immerhin.

Eine Stunde später kommt die Antwort von Walzer. Er bedankt sich auch, bittet aber noch um einen Gefallen. Ob Olli ihm die gleiche Information noch für die folgenden Damen und Herren besorgen könnte. Es folgt eine Liste mit acht Namen. Klar, Olli kann. Ein paar Minuten danach schickt er ihm die Antwort. Die Adresse des Herrn Grau und der Frau Schulze seien beim Ministerium, die anderen nicht. Ob ihm damit gedient sei. Die Summen der beiden hätten sich in Grenzen gehalten. Er schreibt sogar hin, wie viel es war.

Walzer schreibt sofort zurück. Er bedanke sich noch mal und Olli sei herzlich eingeladen, ihn auf der Werft zu besuchen. Wenn Walzer das nächste Mal nach Stuttgart komme, würde er sich gerne mit Olli treffen. Olli antwortet, das würde er auch gerne machen. Zwei Tage später kommt noch eine E-Mail von Kneller.

Lieber Herr Krammler, vielen Dank für Ihre Nachricht. Da wir jetzt miteinander im Reinen sind, lade ich Sie auf ein Friedensbier zu mir ein.

Darunter folgen die Anschrift und die Öffnungszeiten vom Puff. Olli fällt eine riesige Last von der Seele.

Er will es schnell hinter sich bringen und fährt am selben Tag hin.

Der Puff ist ein zweistöckiger unscheinbarer Zweckbau in einem Industriegebiet. Er sieht von innen so aus, wie Olli sich so etwas vorgestellt hat. Goldene Treppengeländer, schwere Vorhänge. Jetzt bei Tageslicht wirkt es schäbig. Unten ist eine Bar, oben sind die Zimmer. Einige Türen stehen offen. Ein Mädchen kommt die Treppe runter auf ihn zu. Wirkt bei Tageslicht völlig unscheinbar und sicher nicht so, wie sich Olli eine Nutte vorstellt. Eigentlich ziemlich hübsch. Lange schwarze Haare zu einem Pferdeschwanz vereint, Bademantel, Flip-Flops. Oben schaut der Busen ein wenig raus. Entweder sehr stramm oder operiert, denkt Olli, der Fachmann – ausgerechnet er. Sie fragt ihn mit einem osteuropäischen Akzent, wen er suche.

»Den Kneller.«

Sie macht eine Geste, ihr zu folgen, geht an der Bar vorbei in den hinteren Teil und klopft an eine Tür aus Metall. Ein »Herein« ertönt. Sie öffnet ihm die Tür. Olli betritt das Büro. Es ist genauso schäbig wie der Rest des Gebäudes. Überall liegen Sachen rum, wahllos sind Aktenschränke verteilt. Auf einem der Aktenschränke stehen drei große Monitore, auf denen in einzelnen Fenstern Aufnahmen aus den Zimmern laufen. Hinter einem riesigen Mahagoni-Schreibtisch sitzt Kneller. Genauso hässlich wie zuletzt vor dem Spion an seiner Tür in Degerloch.

»Ah, der Herr Krammler. Olga, bring zwei Bier. Setzen Sie sich.«

Er weist auf einen der zwei Sessel vor seinem Schreibtisch. Olli setzt sich. Wohl ist ihm nicht. Olga bringt zwei gezapfte Bier. Kneller steht auf und stößt mit ihm an.

»Auf gute Geschäfte.«

Olli trinkt, Kneller trinkt.

»Herr Kneller, welche Geschäfte?«

Die Tür öffnet sich. Es treten noch zwei Glatzköpfe ein. Beide in schwarzen Anzügen. Klamotten wie die Blues Brothers. Man könnte denken, zwei Killer aus amerikanischen Filmen stehen da. Bei dem Gedanken muss er grinsen.

Da meldet sich Kneller zu Wort.

»Herr Krammler, du sitzt auf einer Goldmine und merkst es nicht.«

Olli sieht ihn fragend an.

»Wie viel Adressen hast du geklaut? Und versuch nicht, zu lügen.«

»Insgesamt 2000.«

»Und wie viel sind beim Land?«

»1000.«

»Ich will alle.«

Olli schöpft so was wie Hoffnung. Könnte es sein, dass die ihn in Ruhe lassen, wenn er ihnen die Adressen gibt?

»Klar, kann ich Ihnen per E-Mail schicken.«

Olli dämmert, dass der Kneller in den letzten beiden Tagen auf dieselbe Idee gekommen ist wie er vor Kurzem. Man kann die Leute erpressen. O, Mann.

»Du wirst für mich die Leute erpressen.«

Olli wird schwindlig. Er stottert.

»Warum sollte ich das tun?«

»Darum.«

Einer der Gorillas zieht ihn aus dem Sessel hoch. Der andere schlägt ihm mit voller Wucht zweimal in die Magengrube. Olli sackt zusammen.

»Hascht du das verschtanden?«

Olli nickt.

»Wie würdest du so eine Erpressung ausführen?«

Der eine Gorilla steht neben ihm und ballt eine Hand zur Faust. Das langt für Olli.

»Mit Drohnen.«

»Mit Drohnen. Wie soll das gehen?«

Olli erklärt es ihm. Ihm tut der ganze Bauch weh.

»Man ruft die Leute mit Prepaid-Handys und verfremdeter Stimme an. Dann verabredet man die Übergabe irgendwo, wo es einsam ist. Man steuert die Drohne von einem mehrere Kilometer entfernten Standort dorthin, holt das Geld und fliegt die Drohne wieder zurück. Fertig.«

Kneller schiebt seinen Stuhl zurück, steht auf und holt zwei Gläser aus dem Schrank, gießt zwei Cognacs ein und kommt um den Schreibtisch herum auf Olli zu. Er gibt ihm eins von den Gläsern. Olli ist zu keiner Gegenwehr mehr fähig. Er stößt mit Kneller an und trinkt den Cognac.

»Hör zu, Olli, wenn du nicht spurst, ist deine Schwester dran oder ihr Kind. Weil ich ein netter Onkel bin, gebe ich dir 20 Prozent von allem, was du bei mir ablieferst. Damit kannst du abhauen, wenn wir fertig sind. Du nimmst den Leuten 20 Prozent von dem Geld ab, das sie bei Indermann haben. Schick mir nachher die Daten.«

Olli will aufstehen. Der Gorilla neben ihm drückt ihn wieder in den Sessel.

»Olli, du gibst mir jetzt die Adresse, wo du die letzten Tage warst.«

Er hält ihm einen Zettel hin. Olli schreibt die Adresse von seinem Freund in Bad Cannstatt auf. Kneller und seine Gorillas fallen drauf rein.

»Olli, beeil dich. Ich werde schnell ungeduldig«, gibt ihm Kneller zum Abschied noch mit.

Am nächsten Mittag klingelt Ollis Handy. Seine Schwester heult.

»Olli, Leonie ist nicht von der Schule nach Hause gekommen. Eben hat jemand angerufen, ich soll meinen Bruder fragen.«

Er habe keine Ahnung, was los sei, sagt er ihr. Nach der Lüge fühlt er sich so richtig schlecht. Nach 20 Minuten ruft sie wieder an. Leonie sei wieder da. Eine Frau habe sie von der Schule abgeholt und ihr erzählt, sie solle sie zur Mama bringen. Dann sei sie mit ihr Eis essen gewesen und habe sie nach Hause gebracht.

»Olli. Was ist da los?«

Doch Olli sagt nichts. O Gott, die zeigen ihm, dass sie vor gar nichts zurückschrecken. Er fühlt sich scheußlich.

Olli kann seine Bude in Degerloch wieder benutzen. Er wird ja nicht mehr verfolgt. Tagsüber ist er jetzt hier. Bisher hat er Franzi noch nichts über seinen neuen Job als erpresster Erpresser gesagt und das fällt ihm sehr schwer. Er hat ihr erzählt, er müsse die Daten für den Walzer und den Kneller auseinanderklauben, was arbeitsintensive Handarbeit sei und daher zeitaufwendig. Sie hat ihn seltsam angesehen dabei. Olli hat keine Idee, wie er der Bedrohung durch Kneller entkommen könnte. Der ist im Vorteil. Die Polizei kann ihn nicht schützen und er kann nicht die ganze Verwandtschaft und seine Freunde verstecken.

Er schiebt seinen alten Bürostuhl nach hinten, legt die Füße hoch, atmet tief durch und kippt den Stuhl nach hinten. In dem Moment kracht der Stuhl unter ihm zusammen. Olli liegt krumm auf dem Boden. Er rappelt sich hoch und reibt sich das Hinterteil. Das kennt er eigentlich. Wenn er den Stuhl kippt, fällt er auseinander. Ist ihm schon zehnmal passiert. Aber er ist so geschockt von den aktuellen Ereignissen, dass er im Moment nicht daran gedacht hat. Irgendwann muss ein neuer Stuhl her.

Er sieht die Daten durch. Mit irgendeinem Steuersünder muss er anfangen. Carola. Er wundert sich zunächst, dass sie immer noch Gerstenmeier heißt. Dann wundert er sich über die gut zwei Millionen, die da stehen. Kann es sein, dass ihre alte Firma so erfolgreich ist? Und wenn ja, wieso haben die Schwarzgeld? Sie haben doch nur Geschäfte mit Unternehmen gemacht. Olli googelt. Die Firma gibt es sehr wohl noch. Im letzten Geschäftsjahr haben sie 30 Millionen Umsatz gemacht. Meine Güte. Da können sie ja froh sein, dass er weg ist. Er hat das letzte Mal vor etwa fünf Jahren nachgeschaut, da lag der Umsatz noch bei vier Millionen. Das hat er nicht so erstaunlich gefunden. Aber dieser Umsatzsprung ist ja gewaltig. Sie sind immer noch mit Shopsoftware unterwegs.

Olli hat damals Rachepläne geschmiedet. Leider ist ihm nicht viel eingefallen. Er ist böse gewesen, dass man ihn auf so eine miese Art rausgeekelt hat. Carola ist mit abstrusen Vorwürfen auf ihn losgegangen. Er erscheine nicht pünktlich zur Arbeit. Klar, hat er geantwortet, wenn man bis zwei Uhr morgens vor dem Computer hocke, könne man wohl auch mal eine Stunde später kommen. Spitzfindig hat sie darauf hingewiesen, dass die Kernzeiten in seinem Vertrag stünden. Nach ein paar Wochen hat sie die nächste Stufe gezündet. Olli hat vom Anwalt eine Abmahnung wegen seiner Verspätungen erhalten. So hat sie weitergemacht, bis es ihm zu bunt geworden ist.

Er hat von der Software mehr geschrieben als sein Kumpel, doch der hat über jedes Detail auch Bescheid gewusst. Leider. So ist Olli ersetzbar gewesen. Ein kluger Programmierer baut in seiner Software Dinge ein, die nur er durchblickt und davon möglichst viele. Das ist ungemein arbeitsplatzsichernd. Sein Kumpel und dessen Freundin haben sich hohe Fixgehälter bezahlt. Olli hat darauf gepfiffen und sich dafür eine hohe Erfolgsbeteiligung gesichert. Da der Laden schon am Anfang gut gelaufen ist, ist Olli für die beiden sehr schnell sehr teuer geworden. Und Carola, mit der Olli nie wirklich gut konnte, ist das aufgestoßen. Olli hat damals oft seinen Freund gefragt, wie er denn mit so einer Giftspritze klarkomme. Thomas hat immer nur mit den Achseln gezuckt.

Jetzt schaut Olli nach, wer im Unternehmen was zu sagen hat. Klar, Carola ist der oberste Chef. Die anderen Namen kennt er nicht. Dann sucht er nach Thomas. Den findet er bei Bosch in Stuttgart. Aha, hat sie ihn auch rausgemobbt? Olli prüft, seit wann sie das Schwarzgeldkonto hat. Er hat die gemeinsame Firma vor zehn Jahren verlassen. Das Konto existiert seit sechs Jahren. Dann hat sie tatsächlich irgendwie Geld am Fiskus vorbeigeschleust. Interessant.

Und jetzt passiert etwas im Kopf von Olli. Die Sache hat ihn jahrelang gewurmt. Das war so was von ungerecht und an dieser Ziege wird er sich jetzt rächen. Sie ist die Erste.

Olli macht in den folgenden Tagen eine Tour durch einige der östlichen Departements von Frankreich und kauft in vier verschiedenen Läden vier Drohnen ein. Man sollte ja immer eine in Reserve haben. Zum Glück ist sein Französisch hervorragend. Im ersten Laden tritt er als distinguierter Fünfzigjähriger mit sechs Zentimeter hohen Absätzen, einer grauen Kurzhaarperücke und Bart auf. Dazu klemmt er sich blaue Kontaktlinsen vor die braunen Augen. Mit einem Stift hat er sich Falten aufgemalt, wo sonst keine sind. Dazu ein dezenter grauer Anzug, Hemd, Krawatte.

Im zweiten Laden gibt er den Mechaniker. Blaumann, grüne Augen, schwarzer Schnauz und eine Baskenmütze sind die perfekte Verkleidung. Olli ist sich sicher, dass er nicht identifizierbar ist. Sein Auto hat er in Stuttgart gelassen. Er hat sich – ebenfalls verkleidet – einen Mercedes-Sprinter gemietet, den er etwas entfernt von den Geschäften parkt. Den Sprinter hat er bar bezahlt. Außerdem hat

Olli einen gefälschten Führerschein benutzt. Den hatte er im Darknet gekauft.

Selbst wenn einer seine Drohne schnappte, den Hersteller herausfände und sie zum Händler zurückverfolgte, niemand wäre in der Lage, eine Beschreibung abzugeben, die ihn identifizieren könnte.

Cappuccino

Carolas Telefon klingelt.

»Ja?«

»Ische will zwansisch Prosent von die Swarzgeld in Sweiz, 400 000.«

Sie schweigt.

»Hassu verschtande?«

»Ja.«

»Dann nixe Finanzeamte. Ische ruf disch wieder an wegen die Übergabe.«

Der Anrufer legt auf.

Carola sitzt in ihrem schicken Büro im Zettachring in Stuttgart. Von hier aus dem sechsten Stock hat man einen schönen Blick auf Äcker und einen kleinen Wald. Sie kippt ihren Charles-Eames-Bürostuhl nach hinten. Im Gegensatz zu dem, auf dem Olli manchmal sitzt, hält ihrer der Belastung stand. Kostet auch das Zehnfache. Mindestens.

Wer zum Teufel ist das? Woher weiß der von dem Geld? Na klar, das ist der Datendieb. Sie hat natürlich davon gehört. Carola ist eine kühle Person. Die meisten Leute hätte so ein Anruf in Panik versetzt. Nicht sie. Ihr ist diese Fähigkeit bewusst. Auf diese Weise ist sie zu einer Menge Geld gekommen. Das bedeutet ihr sehr viel. Carola weiß seit geraumer Zeit von dem Datendiebstahl. Was bedeutet es, dass jetzt jemand 400 000 von ihr haben möchte? Das bedeutet zunächst, dass er weiß, wie viel sie hat. Es kann eigentlich nur der Datendieb sein. Die Tatsache, dass sie erpresst wird, empfindet sie nach einigem Nachdenken als Glücksfall.

Ein Anruf kommt rein. Sie nimmt ab und gibt Anweisung, sie heute nicht mehr zu stören. Es ist früher Nachmittag. Sie hat auch schon mit ihrem Steuerberater und dem Bankhaus Indermann gesprochen. Die Bank hat alles zugegeben und der Steuerberater wusste keinen Rat. Also hat sie beschlossen zu warten. Schön ist das nicht gewesen. Aber wenn der Erpresser sein Geld bekommt, erhält das Finanzministerium ihre Daten wohl nicht. Das ist gut so. Er will 20 Prozent. Das geht. Sie wird zahlen.

Das Geld stammt aus dem Verkauf einer Wiese. Sie hat vor vielen Jahren von ihren Eltern ein kleines Haus und einiges Land in der Filderebene geerbt. Einige Zeit später ist es zu Bauland geworden. Carola – mit guten Nerven gesegnet – hat lange gewartet und wirklich viel Geld dafür bekommen. Einen großen Teil davon hat sie für die Übernahme eines anderen Unternehmens im selben Marktsegment eingesetzt. Der Käufer hat – wie im Immobiliengewerbe verbreitet – zwei Millionen schwarz loswerden wollen und die hat sie in die Schweiz gebracht. Ein Bekannter ihres Bruders – eher ein zwielichtiger Typ – hat ihr zum Bankhaus Indermann in Kreuzlingen geraten und auch noch gleich den Transport übernommen. Mit seiner Motorjacht hat er das Geld über den Bodensee gebracht. Die nutzt er gelegentlich auch für Ausfahrten mit jeweils einer seiner weiblichen Angestellten, den Nutten aus seinem Puff.

Carola mochte ihn nicht, aber ab und an fragte sie ihn um Rat. Einmal hat sie ihn auch an sich rangelassen. Hat wohl gedacht, ihrem Sexleben würde die Erfahrung mit so einem animalischen und rohen Typen guttun. War aber nicht so. Seither ekelt sie sich vor ihm. Er war sehr seltsam. Hat sich eher mechanisch abgerackert. Aber dennoch wird sie ihn anrufen, denn er ist sehr gut in zwielichtigen Geschäften, der Knaller.

»Kneller.«

»Wilfried, hier ist Carola.«

Er begrüßt sie ohne große Empathie. Carola berichtet von ihrem angeblich italienischen Anrufer. Er unterbricht sie sofort.

»Nicht am Telefon. Ich komme zu dir, jetzt gleich.« Legt auf.

Carola versteht. Das ist am Telefon zu gefährlich.

Kneller kreuzt eine halbe Stunde später bei ihr auf.

»Du wirst erpresst? Das ist jedenfalls besser, als morgens um halb sieben einige Leute von der Steuerfahndung im Haus zu haben. Ich würde zahlen. Soll ich dir dabei helfen? Ich habe es bar in meinem Büro liegen. Du solltest das Konto bei Indermann leer machen. Fahr hin und lass das Geld erst mal im Schließfach verschwinden. Danach kündigst du das Konto. Das Geld in der Schweiz wird immer gefährlicher. Das Land ist nicht mehr sicher. Ich helfe dir dann gerne beim Abtransport.«

Carola ist angenehm überrascht von seiner Hilfsbereitschaft. Tja, wenn die nur wüsste.

Später fährt sie zum Knaller und holt die 400 000. Der ist immer sehr flüssig. Sechsstellige Summen scheint er einfach so im Tresor zu haben. Er ist immer noch friedlich, begrüßt sie ausnehmend freundlich.

Auf der Heimfahrt denkt Carola noch einmal alles durch. Hat sie was vergessen? Nein, sie glaubt nicht.

Am nächsten Tag ruft er an, der Erpresser. Er erteilt ihr Anweisung, am kommenden Freitagnachmittag um drei Uhr alleine in dem Wäldchen hinter ihrem Büro bei einem Grillplatz zu warten. Er käme da vorbei. Auf gar keinen Fall dürfe sie die Polizei informieren.

Carola fragt ganz cool:

»Und wenn doch?«

Das verschlägt dem Anrufer für einen Moment die künstlich verzerrte Aussprache.

»Danne gebe ische deine Daten anne die Finanzeamte. Und immere Handy dabei.«

Er täuscht einen albernen italienischen Akzent vor, aber die Grammatik ist vollkommen korrekt. Das ist mit Sicherheit kein Italiener. Sie erinnert sich plötzlich an eine frühere Werbung für Cappuccino. Der Italiener in diesem Werbespot hat so geklungen wie der hier.

Punktlandung

Am Freitag hat sich Olli wieder einen Sprinter gemietet. Er achtet peinlich darauf, keine Spuren im Auto zu hinterlassen. Die ganze Zeit über trägt er Handschuhe. Er fährt in Richtung Vaihingen an den Rand eines Waldes. Dort parkt er den Sprinter, holt die Kamera-Drohne raus, stellt sie um kurz vor drei nachmittags vor das Fahrzeug. Kein Mensch ist zu sehen. Dann steigt er in den Sprinter, setzt sich die Datenbrille auf und klettert nach hinten. Da ist es schön dunkel und von außen sieht ihn kein Mensch.

Er startet die Drohne und schließt die Schiebetür. Es muss ihm ja keiner zusehen dabei. Olli hat sich sogar eine Lösung mit einer Antenne außen am Fahrzeug zugelegt, damit er nicht plötzlich die Kontrolle über die Drohne verliert. Funksignale durchqueren ja Stahlblech nicht so ganz problemlos. Er fliegt das Gerät entlang der Autobahn, findet sofort das Wäldchen und den Grillplatz. Carola ist da, sie hat ein Bündel in der Hand. Er legt direkt vor ihr eine gekonnte Punktlandung hin und ruft sie an.

»Legge die Geld in die Korb an die Drohne. Mache mit die Gummi fest.«

Carola tut brav, was er ihr befiehlt. Er startet die Drohne wieder und steuert sie zurück. Nach wenigen Minuten ist sie da, er landet sie, öffnet die Tür, packt sie in den Sprinter und fährt zum Autoverleiher. Die Drohne und das Geld verstaut er in einer großen Sporttasche und fährt mit der Stadtbahn nach Hause.

Am nächsten Morgen macht Olli Termine für drei Übergaben an drei aufeinanderfolgenden Tagen ab. Er googelt die Leute vorher gründlich. Hat keine Lust, sich mit Verbrechern anzulegen. Am liebsten sind ihm brave Unternehmer. Der Triumph über Carola – diese Freude hat nicht lange angehalten.

Olli fragt sich, wie das hier weitergehen könnte. Der Kneller wird ihn erst loslassen, wenn die 1000 Adressen erledigt sind. Gut, sagen wir 900, weil es bei manchen Schwierigkeiten geben wird. Aber bei dem höchsten Tempo, das er vorlegen kann, wird er maximal zehn in der Woche schaffen. Zwei lange Jahre bräuchte er, um das Pensum zu erledigen, in denen er garantiert irgendwann von Polizisten erwischt und dann 15 Jahre in den Knast wandern würde. Der Kneller wird sich rechtzeitig absetzen. Er muss einen Ausweg finden. Aber er sieht ihn nicht.

Wenn er über die Summen nachdenkt, wird ihm fast schwindlig. Er schätzt, dass auf den Konten ein bis zwei Milliarden liegen. Dann sind das für Kneller mindestens 200 und für ihn 40 Millionen. Wie kann einer so viel Kohle wollen? Da könnte der Kneller ganze Kleinstaaten sanieren. Olli versteht so viel Gier nicht.

Er kann auch Franzi nicht einweihen. Wieso denkt er eigentlich dauernd an Franzi? Die ist ihm doch immer zu alt gewesen. Am Abend sagt er ihr das.

»Franzi, früher kam mir unsere Beziehung anders vor als heute. Ich bin erwachsener geworden. Kann das sein?«

Sie lacht ihn an.

»Du bist ja ein ganz Gescheiter. Als wir mal länger miteinander zu tun hatten, warst du Anfang 20 und ich knapp 30. Von deinem Alter ausgehend war ich um beinahe die Hälfte deiner Jahre älter. Jetzt gehst du auf Ende 30 zu, da ist es dann nur noch wenig mehr als ein Viertel. Ich denke, du bist so ein mathematischer Typ, aber mit Grundrechenarten hast du es nicht so – oder?«

Ah ja, das leuchtet ihm ein. Daher das veränderte Gefühl. Auf einmal erscheint sie ihm gar nicht mehr so out of range.

Hühnerdieb

»Arnie, du alter Hühnerdieb, wie geht's, wie steht's?«

»Ja, Franz, gestern stand es noch.«

Mit dieser uralten rituellen Begrüßung, deren Kern manche für eine positive Aussage über die eigene sexuelle Standfestigkeit halten – was aber nicht stimmt –, eröffnet Franz Walzer sein Telefongespräch mit Arnulf Miller. Er will mit ihm über die Häuser für den Großmetzger Bernd Scheuffelmann sprechen. Selbstverständlich wird Walzer auch hier wieder ein wenig dran verdienen, aber immer im Rahmen. Den Arnulf Miller kennt er schon lange. Er hat früher auch mal eines von dessen Problemen auf dem Landweg von Stein am Rhein nach Öhningen gelöst.

Arnie ist ein netter Typ. Sein Äußeres ist vielleicht ein wenig übertrieben. Ihm sind schon früh die Haare ausgegangen und da hat er aus der Not eine Tugend gemacht und den Rest gleich mit abgeholzt. Und er zieht sich an wie ein Gockel. Mit Frauen hat er kein Glück. Jedes Mal, wenn Walzer mit ihm zu tun hat, gibt es eine neue. Es sind immer Hingucker, aber Walzer hatte nicht bei einer Einzigen das Gefühl, dass er sie wiedersehen würde. Seltsam. Sonst ist Arnie ein guter Typ. Er ist bodenständig, ein Handschlag gilt bei ihm und Walzer hat die im Immobiliengewerbe verbreitete Tendenz zum Größenwahn bei ihm noch nie auch nur erahnen können. Arnie besitzt so einen Über-Porsche mit einem halben Tausend PS, was in Stuttgart heutzutage fast schon normal ist. Auch wenn Walzer das viel zu auffällig wäre. Sie verständigen sich auf das weitere Prozedere mit den zwei Häusern.

»Arnie, wenn du noch mehr vernünftige Sachen hast, wäre für den Kunden eine gelegentliche Wiederholung von Vorteil.«

Keine Rückfrage. Das ist für Walzer das Schöne an Leuten wie Arnie. Sie kapieren schnell und verzichten auf Blabla.

»Bist du noch mit deiner Freundin zusammen, mit der ich dich mal getroffen habe – so vor etwa einem halben Jahr? Ich glaube, sie hieß Carola.«

»Ja, schon. Es ist aber schwierig, sie ist irgendwie so unnahbar. Ich bin immer etwas weg von ihr, auch wenn ich ganz nah dran bin. Verstehst du?«

»Klar, Arnie. Mir erschien sie auch ein wenig kühl und fast abweisend. Da kannst du nichts machen.«

»Franz, weißt du was? Dir kann ich es ja sagen. Sie wurde erpresst.«

»Ach was? Und warum?«

»Na Mensch, Franz, ausgerechnet du fragst das?«

»Ach so? Wegen der Steuer-CD. Hat sie gezahlt?«

»Ja.«

»Ich kenne auch einen, der wegen der CD Schiss vor der Steuerfahndung hatte. Der war froh, als er erfahren hat, dass die Daten nicht beim Finanzamt sind. Arnie, wir müssen uns dringend treffen, so was bespricht man nicht am Telefon.«

»Heute Abend bei Carola.«

Arnulf gibt ihm die Adresse und sie vereinbaren eine Uhrzeit.

Am Abend öffnet ihm Arnie zusammen mit Carola die Tür ihres Hauses. Sie begrüßen sich, kerniger Handschlag bei den Herren, Bussi rechts, Bussi links für Carola wie üblich.

»Komm rein.«

»Du bist erpresst worden und hast gezahlt?«, fragt Walzer.

Sie bestätigt es.

»Das ist seltsam. Ich habe davon gehört, aber da ist nicht von Erpressung die Rede gewesen. Damit macht der sich ja richtig strafbar. Der Datendiebstahl ist nur in der Schweiz ein Straftatbestand. In Deutschland werden sie als Retter gefeiert. Sie bekommen einen Batzen Geld und die Sache ist erledigt. Das sind meistens Informatiker. Und da soll einer jetzt noch den Erpresser machen? Komisch, sehr komisch.«

»Franz, ich bin froh, dass es vorbei ist. Ich habe mit dem Kneller darüber gesprochen.«

»Mit *dem* Kneller?«

»Ja, mit dem Knaller. Der war sehr hilfsbereit. Hat mir sogar das Geld geliehen. Er hat mir geraten, das Konto aufzulösen, und er hilft mir, das Geld wieder zu holen. Mit seiner Motorjacht in Gottlieben.«

»Der hat eine Motorjacht?«

Walzer kratzt sich am Kopf.

»Leute, das ist sehr interessant. Carola, du hast recht. Die Sache ist für dich erledigt. Sei froh. Aber vor dem Kneller würde ich mich hüten.«

»Franz, er hat damals für mich das Geld sogar nach Kreuzlingen gebracht.«

»Carola, zu dir ist er ja äußerst zuvorkommend. Da kenne ich andere Fälle.«

Walzer fragt dann, wie die Geldübergabe abgelaufen ist. Carola erzählt und Walzer pfeift anerkennend durch die Zähne. Er hat da so eine Lücke zwischen zwei Zähnen genau an der richtigen Stelle.

»Nicht schlecht. Ganz schön clever.«

Walzer berichtet von Bernd Scheuffelmann, ohne dessen Namen zu nennen.

»Der macht sich jetzt seit Wochen ins Hemd, schläft kaum noch.«

»War bei mir ähnlich«, wirft Carola ein. »Habe es mir zwar nicht so anmerken lassen, aber innerlich macht einen das fertig.« Carola redet weiter und lässt auch ihre Abneigung gegen Kneller nicht aus. »Deswegen habe ich das auch gesagt. Es gibt ja in diesem Raum hier keinen, der nicht davon ausgehen würde, dass der Kneller jede Menge Dreck am Stecken hat – oder?«

Beifälliges Nicken.

Dann will sie noch wissen, was für Fälle Walzer denn so bearbeite. Der antwortet, er mache nur noch die ganz heiklen.

»Habe meine Zulassung als Anwalt zurückgegeben, weil sie mir die sonst entzogen hätten. Zuerst war ich todtraurig darüber, bis ich gemerkt habe, dass ich dadurch an die wirklich spannenden Fälle komme – so was wie das hier ist wesentlich aufregender als ein Autounfall oder eine Ehescheidung. Also wenn du was Kniffliges hasch, wäre ich schon interessiert.«

Da es noch nicht so spät ist, fährt Walzer auf dem Rückweg noch bei Manni in Öhningen vorbei. Er meldet sich telefonisch an und gibt dem Boliden so lange die Sporen, bis er merkt, dass alles über 160 im Dunkeln Unsinn ist. Manni wartet schon am Stammtisch auf ihn.

»Manni, du kennst doch den Arnie aus Stuttgart.«

»Ja, klar.«

»Dessen Freundin Carola ist so eine kühle blonde Schönheit. Sie hat eine Software-Firma und scheinbar jede Menge Geld und ein Konto bei Indermann.«

»Ja und?«

»Die ist erpresst worden und der Erpresser wusste genau, wie viel Geld sie in Kreuzlingen hat. Er hat ihr 20 Prozent davon abgenommen, und zwar mit einer Drohne.«

Manni sieht ihn fragend an.

»Er hat die Geldübergabe mit einer Drohne gemacht, irgendwo im Grünen.«

Immer noch fragender Blick von Manni.

»Am Waldrand, im Freien.«

»Aha. Du meinst, der Krammler erpresst Leute?«, fragt Manni.

»Eben nicht. Dem würde ich die Idee noch zutrauen, aber nicht die Umsetzung. Für mich sieht es so aus, als ob der Kneller den Krammler gefunden hat und ihn zu den Erpressungen zwingt. Das wäre typisch für ihn, sich nicht selbst die Finger schmutzig zu machen. Außerdem berät der Kneller diese Carola und gleichzeitig steckt er hinter ihrer Erpressung. Das ist frech. Der Kneller ist nett zur Carola. Der muss mal was mit ihr gehabt haben. Anders kann es nicht sein. Manni, ich bin müde. Ich fahr' heim.«

Kopfkino

Bernd Scheuffelmann kann nicht einschlafen. Er hat auch gestern nicht einschlafen können ebenso wie vorgestern. Er denkt über Walzer nach. Nach kürzester Zeit ist er auf dessen Duzerei eingestiegen.

»Wie stellen Sie sich das vor?«, hat er am Anfang mal zu Walzer gesagt.

Darauf hat Walzer ihn seltsam angesehen.

»Des säg i dir gleich.«

Da hat er es aufgegeben.

Mittlerweile ist er schon morgens müde. Seine Frau Anita hat gemeint, er sehe schlecht aus. Er hat Schiss – sowohl vor der Steuerfahndung als auch vor dem Erpresser. Er glaubt auch Walzer nicht ganz, dass seine Daten nicht beim Land sind. Der hat selbst gesagt, dass er sich schon mal geirrt hat. Vor dem Erpresser hat er sogar noch mehr Angst. So gegen zwei Uhr morgens geht das Kopfkino dann aus und er schläft ein, um gegen sechs Uhr wieder aufzuwachen. Also bleiben ihm vier Stunden und genauso fühlt er sich. Etwas in ihm will was unternehmen, was machen. Aber ihm bleibt nichts übrig als abzuwarten. Zuerst hat er sich abends eine gehörige Dosis Rotwein eingeflößt, aber damit wurde es nur noch schlimmer. Da ist er morgens noch fertiger gewesen. Dann hat er den Rotwein weggelassen und es ist etwas besser geworden.

Das Schlafpensum ist auf über fünf Stunden geklettert. Zuletzt hat er es mit Schlaftabletten probiert, die haben gewirkt, aber er fühlte sich beschissen. Er ging immer früher ins Bett und irgendwann erreichte er ab und zu wieder seine üblichen sieben bis acht Stunden.

Bernd Scheuffelmann ist ein Mann von 48, eher so der kantige dunkelhaarige Typ mit einem kleinen Bauchansatz. Er vermutet, dass sein Ururopa Italiener auf Durchreise war. Es gab für ihn nie die Überlegung, etwas anderes zu werden außer Metzger, denn als er Abitur machte, erkrankte sein Vater und einer musste die damals schon drei Metzgereien weiterführen; seine beiden Schwestern waren zu der Zeit noch klein. Also machte er eine Lehre.

Er hat die Firma auf zwölf Metzgereien und mittlerweile vier Bioläden ausgebaut. Es ist lange her, dass er das letzte Mal ein Schlachtermesser in der Hand gehabt hat. Das Unternehmerdasein ist ganz nach seinem Geschmack. Frei und selbstständig, auch wenn frei eher bedeutet, dass er selten weniger als zehn oder zwölf Stunden am Tag ackert.

Er ist mit besagter Anita aus Neumünster verheiratet, sie haben zwei Jungs und ein Mädchen. Das Mädchen ist mittlerweile 20, die Brüder sind 14 und 16, zwei Buben, die sich seit Jahren erfolglos bemühen, dem strengen Regiment der großen Schwester zu entkommen. Da die jetzt nach Hamburg zum Studieren geht, haben sie es endlich geschafft. Er hat mal einen Versuch gestartet auszuloten, ob einer der Jungs oder das Mädchen in sein Geschäft einsteigen würde.

»Papa, wenn es nur noch Bioläden sind, dann ja, aber Leichenteile verkaufen, nein danke.«

Sie essen kaum Fleisch. Seitdem denkt Bernd auch, dass im Fleisch die Zukunft nicht alleine liegen sollte. Er hat sich schon mal bei dem Gedanken ertappt, die Steaks und Schnitzel in einer seiner Theken als Leichenteile zu betrachten. Des isch für einen Metzger vermutlich der Anfang vom Ende, hat er aber dann zu sich gesagt und die Idee wieder fallen lassen.

Bernd Scheuffelmann ist geschockt. Er steht in seinem Büro und lässt den Hörer des Telefons nach unten sinken. Da hat eben einer angerufen und mit einem italienischen Akzent erzählt, seine Daten seien nicht beim Finanzamt, sondern bei ihm und er müsse 600 000 bezahlen. Er würde sich wieder melden. Bernd ruft Walzer an und berichtet.

»Bernd, da kosch dich jetzt richtig freue. Das ist gut für dich.«

Bernd fragt sich, wie man es anstellen soll, sich darüber zu freuen.

»Des isch ja entsetzlich!«

»Nein, ganz und gar nicht. Du zahlst und die Sache ist für dich erledigt.«

Das Problem ist, dass der Schwabe auf jede Forderung nach Geld instinktiv mit Brechreiz reagiert. Er zahlt gar nicht gerne und schon gar nicht so viel. Bernd stottert.

»Abe...abe...aber i vrschdeh nedd ganz.«

»Jetzt stotterst du schon. Setz dich hin.«

Er setzt sich brav hin. Woher weiß dieser Walzer, dass er gerade steht? Sieht der ihn durch das Telefon? Also seine Daten sind bei einem Erpresser. Er muss dem was abgeben und dann... Jetzt dämmert es ihm langsam.

»Jetzt verstehe ich es. Das ist ja gut für mich.«

»Bingo, der Groschen ist gefallen.«

Bernd steht da wie vom Donner gerührt. Er fährt vom Büro nach Hause und erzählt es Anita. Sie meint, das sei ja wunderbar.

»Geben wir ihm das Geld. Wenn dann nichts mehr kommt, ist es erledigt. Dann ist es eben anders, als wir gedacht haben. Er hat Adressen abgezweigt und kassiert von privat ab. Ziemlich mutig.«

»Wieso?«, fragt Bernd.

»Das ist schon was anderes, als Schweizer Banken ihre Daten klauen, das ist Erpressung in Deutschland.«

»Ach so.«

»Wäre interessant zu wissen, wer der Datendieb ist. Es könnte ja auch sein, dass der Erpresser einer aus dem Ministerium ist. Auch durch deren Hände gehen die Daten. Oder es ist irgendein Steuerfahnder, der mal eben reich werden will. Aber das ist eigentlich auch egal. Hauptsache, die Finanzbehörden lassen dich in Ruhe. Freu dich einfach drüber.«

Bernd ist erleichtert. Er staunt gerade über die rasche Auffassungsgabe seiner Frau. Sind doch fix im Kopf, die Nordlichter. Gegen diesen schnellen Durchsatz waren seine Gehirnwindungen vorhin regelrecht verkleistert. Er liebt seine Anita gerade eben noch mehr als normal, nicht nur wegen ihrer attraktiven Erscheinung, sondern wegen ihrer Intelligenz. Klar, Walzer hat recht, jetzt ist er sicher, dass vom Finanzamt nichts kommt, denn wenn der Datendieb denen seinen Namen gegeben hätte, dann hätte er ihn nicht mehr erpressen können. Er ist wieder glücklich. Er beugt sich zu Anita rüber und küsst sie inniglich.

Schon einen Tag später kommt der zweite Anruf des Erpressers. Er bestellt ihn zu einem Grillplatz in der

Nähe der A 8. Übermorgen. Walzer hat sein Geld geholt und bei Manni deponiert. Also muss er wieder nach Öhningen, aber da ist er ja Dauergast.

Bei der Geldübergabe sind Walzer und Manni dabei. Bernd hat das Geldbündel in einer Papiertüte bei sich. Sie haben sich bei Bernd in einem Industriegebiet in Sindelfingen getroffen und sind zeitig da. Der Grillplatz ist von Wald umgeben. Der Zeitpunkt der Übergabe ist um drei am Nachmittag, es ist Mittwoch. Die Drohne kommt pünktlich, das Handy muht. Bernd als Metzger findet, das sei für ihn der passende Klingelton. Er legt das Bündel in den Korb an der Drohne und befestigt es mit dem Gummiband. Spricht am Handy mit dem Erpresser, nickt und sagt einige Male »ja«. Dann startet die Drohne und entschwindet in Richtung Wald.

»Wie läuft so was eigentlich ab, wenn der Datendieb die CD übergibt?«, fragt Bernd den Walzer.

»Unterschiedlich. Manchmal ist ein Vermittler dabei, manchmal nicht. Der Datendieb tritt entweder über den Vermittler oder direkt an das Ministerium heran. Die wollen erst mal Testdaten sehen, und wenn die gut sind, bekommen sie alle Daten und der Vermittler oder der Dieb das Geld, manchmal per Überweisung, manchmal bar. Bei dem hier kann ich mir nicht vorstellen, dass er sich namentlich im Ministerium vorgestellt hat, denn dann liefe er Gefahr, dass ein anderer seinen Namen herausbekommt. Irgendein Beamter quatscht immer, wenn er nur gut genug geschmiert wird.«

»Und weiter?«

»Die CD oder der Stick werden natürlich sofort gesichert. Dann werden sie ausgewertet und letztendlich an die Finanzämter und dort an die einzelnen Steuerfahnder verteilt. Konten mit weniger als 100 000 werden kaum bearbeitet, das lohnt sich nicht. Da mangelt es den Steuerbehörden und -fahndern einfach an Personal.«

Dukatenscheißer

Olli staunt ein wenig über sich selbst. Er zermartert sich zwar immer noch jeden Tag mindestens drei Stunden lang den Kopf, wie er aus der Sache herauskommen könnte – und zwar am liebsten unbeschadet. Aber es will ihm nichts einfallen. Auf der anderen Seite hat er sich in den letzten paar Tagen an seinen neuen Job gewöhnt. So schnell geht das. Die letzten drei Übergaben sind völlig problemlos abgelaufen. Er beginnt zu glauben, seine Methode sei tatsächlich genial. Aber immer, wenn solche Gedanken auftauchen, mahnt er sich selbst zur Vorsicht. Sein ernüchterndes Fazit der Situation ist: Ich bin für Kneller das beste Geschäft seines Lebens und er macht sich nicht mal die Finger schmutzig. Allerdings hat Olli kurz danach zu sich selbst auch gesagt: Meine einzige Waffe ist, dass ich schlauer bin als er. Nur hat diese Gewissheit bisher leider nichts gebracht.

Wenn er Kneller anzeigt, hängt er selbst mit drin. Er könnte Kneller umbringen oder umbringen lassen. Sollten sie ihn dabei erwischen, ist es ziemlich endgültig aus. Wenn er einfach nicht mitspielen würde, könnte Kneller seiner Schwester oder deren Tochter oder jemand anderem was antun. Olli sitzt am kürzeren Hebel. Diese teuflische Mafia-Methode läuft ganz einfach so: »Ich weiß, wo deine Kinder in die Schule gehen.«

Kneller hat bestimmt jede Menge Dreck am Stecken. Möglicherweise könnte Olli ihn mit einem anderen Delikt erpressen. Das wäre eine Option, dazu müsste er das aber erst herausfinden.

Weiter fällt dem Olli nichts ein. Er ist ein Dukatenscheißer erster Güte für Kneller. Er ist sein Sklave – und das wird auch so bleiben, wenn nichts passiert. Vielleicht gibt es eine Lösung, aber er sieht sie nicht. Es ist ein Duell zwischen Kneller und ihm und er ist der Verlierer, denn Kneller ist allemal härter und brutaler. Also wird er weiter erpressen und er ist sich sicher, dass sie ihn eines Tages erwischen werden.

Am folgenden Wochenende macht Olli noch drei Übergaben, die alle perfekt funktionieren. Er bringt Kneller das Geld. Eigentlich müsste Kneller ihm gar nichts abgeben. Warum tut er das? Vielleicht ist das Ausdruck der Tatsache, dass er doch irgendwo unsicher ist.

Kneller grapscht sich das Geldbündel an der Eingangstür vom Puff. Er lässt ihn nicht mal mehr rein. Allerdings vermisst Olli das auch nicht.

»Ab sofort machst du fünf Übergaben pro Woche, das dauert zu lange.«

Er knallt die Tür zu und lässt Olli einfach stehen.

Zu Ollis eigenem Erstaunen klappen die fünf Übergaben in der nächsten Woche reibungslos. Er bringt das Geld zu Kneller.

»Ab sofort zehn pro Woche.«

Olli will was sagen, doch die Tür ist schon zu.

Er fühlt sich hilflos. Aber er hat sich ja alles selbst eingebrockt. Auch diese zehn Übergaben klappen einwandfrei. Er bringt das Geld zu Kneller und der erhöht das Pensum zu seinem Erstaunen nicht.

»Braver Junge.«

Olli geht nach Hause und zählt das Geld aus den Erpressungen für Kneller. Er kommt auf ungefähr 700 000. Dann hat der Kneller jetzt also etwa drei Millionen. Olli denkt wieder über einen Auftragsmord nach. Oder soll er doch zur Polizei gehen? Er hat auch schon über eine Selbstanzeige nachgedacht, könnte ja sein, dass er mildernde Umstände bekäme, und auf Erpressung gibt es nach seinen Informationen bloß fünf Jahre – aber es gibt auch die räuberische Erpressung und dafür gibt es mehr.

Das Gefühl der Hilflosigkeit wird immer schlimmer. Olli würde sich gerne von dem Geld trennen, er würde fast alles für seine Ruhe geben. Aber nein, er hat die nächsten zehn Fälle schon wieder am Laufen. In drei Tagen wird er über eine Million mehr verfügen. Die zehn Übergaben pro Woche sind kaum zu schaffen. Er muss zuerst alle erreichen, was nie auf Anhieb klappt. Dann macht er die Termine. Er muss die Drohnen aufladen. Ab und zu gibt es einen Defekt. Mit An- und Abfahrt braucht er pro Übergabe so an die drei Stunden. Olli ist an seine Grenzen angelangt. Physisch und psychisch schon lange. Mittlerweile lässt er den Sprinter schon in der Nähe von Franzis Haus stehen, für lange Fußwege hat er keine Zeit mehr. Den Kastenwagen hat er für einen Monat gemietet.

Die nächste Übergabe läuft anfänglich bei schönstem Frühsommerwetter bestens ab. Eine gewisse Routine ist da. Nervös ist er dennoch. Olli lässt die Drohne langsam einschweben, er hat jetzt ziemlich viel Übung. Sie setzt auf, er nimmt die Leistung weg. Auf dem Monitor sieht man, wie sie aufsetzt, jetzt steht sie auf festem Boden. Er ruft das Opfer an, der Mann meldet sich. Olli erklärt, wie er die Geldbündel auf die Drohne packen soll. Der hier scheint etwas begriffsstutzig zu sein.

»Wie soll ich das Geld befestigen? Und wo ist das? Ich sehe nichts.«

Auf dem Monitor sieht Olli die Hosenbeine seines Opfers.

»So, jetzt habe ich es gefunden. Jetzt ist es fertig, alles verpackt.«

Er steht neben dem gemieteten Sprinter. Sein Standort ist ziemlich nah bei dem des aktuellen Opfers. Das hat den Vorteil, dass der Flug der Drohne kurz ist.

Olli gibt Gas. Eigentlich ist es ja kein Gas, sondern der Batteriestrom der Drohne. Auf dem Monitor sieht er keine Bewegung, Olli dreht weiter auf, die Drohne hebt langsam ab. Auf dem Monitor sieht Olli, wie langsam die Hose und das Sakko des Opfers vorbeiziehen. Irgendwas ist komisch, die Drohne reagiert nicht wie gewohnt auf Steuerbefehle und sie hebt viel zu langsam ab. Dann sieht er auf dem Monitor ein Gesicht auftauchen. Mann, was für ein hässlicher Kerl, feist, wirre Haare, unrasiert. Das Gesicht grinst höhnisch. Neben dem Gesicht sieht man die Hand mit dem Handy.

»Jetzt hör mir mal zu, du ausgefranstes Arschloch. Ich zahle dir gar nichts, das Teil hier behalte ich, und wenn du dich traust, mich beim Finanzamt anzuschwärzen, dann steh ich mit der Drohne und den mitgeschnittenen Handy-Gesprächen bei der Polizei. Vielleicht bekommen wir im Knast dieselbe Zelle, da kannst du dich schon mal auf was gefasst machen«, sagt das Gesicht.

Olli sieht noch ein paar Hände vor der Kamera, dann ist es dunkel, kein Ton mehr. Da hat der Typ wohl den Stecker gezogen oder vielmehr das Kabel abgerissen. Olli schüttelt sich nur kurz. Da muss er eben wieder neue Drohnen besorgen.

Von dieser Panne hat Olli sich schnell erholt. Die nächsten drei Übergaben laufen wie geschmiert. An einem Dienstag um drei Uhr nachmittags hat er die zweite an diesem Tag. Er fährt zu einer anderen Stelle. Die Drohne startet, sie kommt zurück, das Geld liegt drin, alles bestens. Olli packt sie ein und fährt mit dem Sprinter zu einem Parkplatz, etwa einen Kilometer entfernt von Franzis Haus. Er steigt aus und nimmt das Geld aus der Drohne.

Dabei fällt aus dem Geldbündel etwas raus, was da nicht reingehört. Er hebt es auf. Es ist ein ganz stinknormaler GPS-Tracker. Mein Gott, jetzt haben sie seinen Standort! Er will den Sprinter nehmen und abhauen. Da hört er einen näherkommenden hochdrehenden Automotor. Er nimmt an, der Motor gehört zu einem Wagen, in dem seine Jäger sitzen. Wenn er den Sprinter nimmt, dann ist seins das einzige Auto, das herumfährt.

Das hier ist eine ruhige Straße in einem Wohngebiet. Es gibt viele alte Häuschen aus den 70er- und 80er-Jahren, Tomatenbeete im Vorgarten, nicht schön, aber gemütlich. Allerdings befindet sich schon das eine oder andere moderne Haus zwischen den alten Hütten. Das ist die Folge des knappen Wohnraums in den Großstädten. Nach und nach werden alle Stadtteile von Neubauten erobert. Aber für solche Gedanken hat er jetzt keine Zeit.

Den Sprinter lässt er stehen. Er legt die Drohne hinten so rein, dass man sie durch die Scheiben nicht sehen kann. Dann wirft er sich den Rucksack über die Schulter, sieht noch mal in den Sprinter, ob er was vergessen hat. Nichts da. Er schließt das Auto ab. Zum Glück hat der so einen

Funkschlüssel. Hat ihm ein paar Sekunden gebracht. Das Auto steht ganz normal am Straßenrand zwischen anderen. Da gibt es noch ähnliche Transporter mit Stuttgarter Kennzeichen. Der fällt nicht auf. Den Tracker hat er in der Jackentasche.

Olli sieht sich um. Das Motorengeräusch wird lauter. Schräg gegenüber gibt es einen schmalen Durchgang zwischen zwei Häusern. Rechts ein Jägerzaun, links ein Jägerzaun. Alles schön spießig. Da geht er rein. Auf beiden Seiten ist hinter dem Jägerzaun eine Hecke. Sobald er auf der Höhe der Hecke ist, rennt er gebückt los. Am anderen Ende der Kombination aus Hecke und Jägerzaun schlägt er einen Haken nach rechts. Hinter sich hört er den Motor. Die sind jetzt sehr nah.

Er überlegt gerade, ob sie anhalten, aussteigen und ihn zu Fuß verfolgen werden, als sich ihm von rechts das große Glück nähert. Es ist ein Transporter mit Pritsche und der Aufschrift eines Bauunternehmens. Drin sitzen zwei Typen, die ziemlich kräftig aussehen. Das Motorengeräusch seiner mutmaßlichen Verfolger ist immer lauter geworden, während er zwischen den Jägerzäunen entlanggelaufen ist. Nachdem er um die Ecke war, ist es schlagartig leiser geworden. Klingt nach Vollbremsung. Jetzt ist die Pritsche neben ihm und er wirft den Tracker hintendrauf. Olli geht flott ein paar Schritte weiter. Er passiert so einen ähnlichen Kastenwagen wie seinen und macht einen schnellen Schritt hinter ihn. Hier hat er etwas Deckung. Er linst um die Ecke des Kastenwagens zurück.

Da sind sie. Zwei Kerle mit Lederjacken, Rockerfrisuren und Tattoos biegen um die letzte Ecke, schauen nach links, schauen nach rechts. Der eine hält ein Handy in der Hand und schaut drauf. Er zeigt in die entgegengesetzte

Richtung. Dann rennen sie zurück. Klar, die sehen das Signal schnell verschwinden und gehen davon aus, dass er mit einem Auto türmt.

Olli nimmt sein Prepaid-Handy raus und sucht nach dem Namen des Baugeschäfts, der auf dem Transporter draufstand. Er ruft dort an.

»Zwei Ihrer Leute fahren mit einem Mercedes-Pritschenwagen durch die Birkenstraße in Kornwestheim. Die haben einen Tracker hintendrauf. Warnen Sie sie und rufen Sie die Polizei an. Die beiden werden verfolgt.«

So, mehr kann er nicht tun. Er will keine unschuldigen Opfer. Die können den Tracker ruhig finden, er hat Handschuhe getragen.

Einer spontanen Eingebung folgend, läuft Olli die Birkenstraße entlang Richtung Norden und wechselt an der nächsten Kreuzung auf die Stuttgarter Straße. Er hat nicht damit gerechnet, aber einige Minuten später bietet sich ihm ein sehenswertes Schauspiel, besser als jeder Tatort im Fernsehen.

Die Stuttgarter Straße ist ziemlich belebt. Aber es ist unmöglich, den in die höchstmöglichen Drehzahlen gequälten Motor des leicht altersschwachen Mercedes-Pritschenwagens zu überhören, der hinter ihm ankommt. Olli bleibt stehen und dreht sich um.

Mit mindestens 70 Sachen kommt die Karre angebraust. Dahinter drängelt so ein fetter Chrysler. Ein solches Modell wird gerne von Leuten benutzt, die was hermachen wollen, aber das Geld dazu eigentlich nicht haben. Der hier hat auch noch abgedunkelte Scheiben und extrem dicke Reifen. Fehlt eigentlich nur der Fuchsschwanz. Drinnen sitzen die beiden Burschen von eben. Der Chrysler hängt dem Mercedes fast auf der

Stoßstange. Jetzt versucht er sogar zu überholen. Klappt aber nicht, weil die Herren vom Bau nach links ziehen und ein paar Autos entgegenkommen. Olli grinst. Die Bauarbeiter haben Nerven und Ortskenntnis.

Weiter vorne ist so ein kantiges Haus. Aus dem Haus laufen gerade im gestreckten Galopp ein paar Leute heraus. Sie tragen alle die gleichen dunklen Klamotten. Der Pritschenwagen bremst bei dem Haus scharf und fährt rechts ran. Das ist das Polizeirevier Kornwestheim. Die Kostüme der Herren und Damen entpuppen sich bei näherem Hinsehen als Uniformen. Der Chrysler bremst auch und der Fahrer merkt zu spät, dass das ein Fehler war, als drei Polizeibeamte mit Waffen in der Hand auf die Straße treten. Da bleibt ihnen nichts anderes mehr übrig, als anzuhalten und auszusteigen. Dumm gelaufen.

Olli lacht sich scheckig – mitten auf der Straße.

An der Ecke gibt es ein Straßencafé. Olli setzt sich draußen so hin, dass er den Fortgang der Aktion beobachten kann. Er bestellt einen Cappuccino bei der hübschen Kellnerin.

Danach kauft er sich in einem Kiosk an der nächsten Ecke noch einen »Spiegel« und geht zu Fuß zu Franzi. Den Sprinter lässt er stehen, wo er ist.

Cognac

Kneller hat viel zu tun. Heute werden vier Mädchen ausgetauscht. Er bekommt regelmäßig Nachschub. Die Organisation, die die Mädchen anschleppt, kümmert sich um alles. Ärger gibt es nur in Ausnahmefällen wie neulich bei der Russenschlampe. Eigentlich war sie ja aus der Ukraine, aber das ist für ihn alles dasselbe, ob aus Rumänien, Bulgarien, Moldawien, Russland, Ukraine oder Weißrussland, für ihn sind das alle Russen. Tja, das ist Bildung.

Die Russenschlampe hat ständig nur Ärger gemacht. Die sollten doch froh sein, dass sie hier anschaffen gehen dürfen. Er hat Puffs in Osteuropa gesehen, da muss man sich nach dem Besuch desinfizieren, Drecklöcher. Bei ihm haben sie ein ordentliches Zimmer, sie können was trinken, es gibt auch ein Näschen voll Koks, wenn es einer zu langweilig wird. Seine Ladys schicken alle Geld nach Hause und da lebt die ganze Sippschaft davon. Wenn eine ordentlich arbeitet und gut aussieht, behält sie im Monat mehr als 2000 über, das ist besser als in den meisten anderen Puffs. Nur so eine undankbare Zicke wie die neulich, die kriegt, was sie verdient. Das ist halt ein Unfall gewesen. Jetzt muss er die Neuen erst mal ausprobieren. Na gut, nicht alle. Er schaut sie erst an und nimmt sich die Besten davon vor. Die anderen können die Gorillas haben.

Kneller schaut auf seine Rolex. Es ist halb vier. Er steht auf, geht zu seinem Schrank und holt sich die Cognac-Flasche raus. Er schenkt sich einen tüchtigen Schluck ein. Betrachtet die Flasche. Das ist ein Courvoisier für 800 Euro. Es ist sozusagen die Luxusausgabe. Er gießt ihn in den Rachen. Geil. Dann sieht er sich in seinem Büro um. Das sieht schäbig aus. Überhaupt nicht standesgemäß. Er hat überall auf der Welt in Banken Geld geparkt. Eigentlich müsste er nie wieder arbeiten. Aber seine Arbeit ist das Einzige, mit dem er sich jeden Tag beschäftigen kann. Jetzt hat er dieses Projekt in Thailand. Ein weiteres Standbein, aber was für eins.

Und den Olli. Kneller nimmt den Cognacschwenker in die Hand, geht zu seinem Schreibtisch, setzt sich auf den Stuhl, kippt ihn nach hinten und legt die Füße auf den Tisch. Er schüttet sich noch einen Schluck für etwa 50 Euro in den Hals. Das mit dem Olli ist so was von genial. Olli hat ihm die Daten gemailt. Der traut sich eben nicht zu ihm rein, lacht er. Er hat sie oberflächlich durchgesehen. Es sind gut 900 Adressen mit zusammen wesentlich mehr als einer Milliarde Guthaben. Davon 20 Prozent, das wären über 200 Millionen. Oder soll er mehr als 20 Prozent nehmen? Nein, das tut den Leuten echt weh, da werden sie aktiv und unternehmen was gegen ihn. Vielmehr gegen den Olli, grinst er. Nein, er bleibt konservativ. Wenn einige nicht zahlen und der Olli auch noch was abbekommt, dann bleiben ihm immer noch über 150 Millionen übrig. Was für ein Geldsegen.

Er steht auf und holt sich noch einen Cognac. Aber das Ganze geht viel zu langsam. Er kalkuliert: Wenn der Olli zehn pro Woche macht, dann sind das 500 im Jahr. Also dauert die Sache zwei Jahre. Das hat so keinen Sinn.

Man könnte sich die Frage stellen, ob Olli mehr schafft. Der kann schließlich froh sein, dass er auf die Art unglaublich reich wird. Er gibt ihm ja was ab. Für ihn als seriösen Geschäftsmann stellt sich die Frage gar nicht. Wenn einer an einer Sache beteiligt ist, dann bekommt er auch was.

Aber wie könnte man es beschleunigen? Sind die zehn pro Woche zu steigern? Ginge man davon aus, dass er ja auch die Leute aussuchen, die Termine machen und sich um die Drohnen und das Auto kümmern muss, dann wäre ein Tag pro Woche dafür angemessen. Einen Tag muss er auch freimachen. Kneller schätzt, dass so eine Übergabe mit An- und Abfahrt drei Stunden dauert, dann sind nicht mehr als zwei pro Tag drin. Damit ist der Olli an seiner Leistungsgrenze. Also müsste er personell aufstocken. Aber mit wem? Zu viele Mitwisser sind immer gefährlich. Kneller beginnt gerade, sich unwohl zu fühlen. Soll er auf das Geld verzichten? Nein.

Jetzt aber erst noch einen Cognac. Aber dennoch – zwei Jahre sind einfach zu lang. Wer weiß, auf was für dumme Gedanken der Olli in der Zeit kommt. Der stöhnt ja jetzt schon. Er ist sich sicher, dass der Olli auch schon an die Erpressung gedacht hat. Woher hatte er so spontan die Idee mit den Drohnen? Das kam ja wie aus der Pistole geschossen. Nee, Bürschchen, der hat bloß nicht solche Eier in der Hose wie er, der Wilfried Kneller. Er prostet der Wand zu, an der ein Kalender mit lauter kurvigen nackten Frauen hängt. So etwas sieht man sonst meistens in Autowerkstätten.

Er könnte ja Leute vom Olli trainieren lassen. Am besten wäre jemand, der gar nicht weiß, was er tut. Aber wie soll das gehen? Kneller bildet sich was auf seine

Kreativität ein. Objektiv gesehen hat er damit recht. Er hat ein Modell zum – sagen wir mal – Umgang mit gewissem Geld entwickelt, das sagenhaft kreativ ist. Das muss ihm erst einmal einer nachmachen. Er denkt darüber nach, wie er in manchen anderen Ländern empfangen wird. Das ist schon eine Diskrepanz zu seinem Leben hier in Stuttgart. Da behandeln sie ihn wie einen König, streuen Blumen, transportieren ihn im Rolls-Royce und in Privatfliegern und er bekommt die teuersten Suiten in den teuersten Hotels. Und Weiber – zum Träumen. Wer – denkt er – außer ihm weiß denn schon, wie eine Cessna Challenger von innen aussieht? Koiner.

Er ist immer noch nicht weitergekommen. Schenkt sich noch einen ein. Schmeckt einfach zu gut, das Zeug. Das mit den Drohnen isch übrigens genial. Deshalb kriegt der Olli auch so viel ab. Für den Job kann er nicht irgendeinen Penner oder Kleinkriminellen nehmen. Zuerst müssen die mal mit diesem Zeug umgehen können. Der Olli hat erzählt, dass er schon vorher so eine Drohne zu Hause hatte. Er konnte das schon. Kneller macht sich selbst sicher die Finger nicht dreckig. Wenn er einen findet, der damit umgehen kann, dann könnte der ja erwischt werden. Dann plaudern diese Idioten. Das kann er gar nicht gebrauchen. Also sollte es jemand sein, der den Mund halten kann. Aber woher nehmen?

Und der Zoran ist aufgetaucht. Vielmehr hat Bruno ihn gefunden. Dafür hat der Bruno heute früh einen satten Bonus bekommen. Sie haben Zoran in einer Wohnung in Stuttgart-Feuerbach gefunden. Mussten nur die Tür aufbrechen. Von den 40 000 waren noch knapp 30 000 vorhanden. Hat irgendwas erzählt, was aber keinen interessiert hat. Zu dritt sind sie da rein marschiert. Er, Bruno und Dragan. Der Zoran hat von ihnen gewaltig eine aufs Maul bekommen. Wird einen guten Zahnarzt brauchen, der Zoran. Der bescheißt ihn nie wieder.

Luftkampf

So hat sich Olli diese Geldübergabe nicht vorgestellt. Er hat es genauso gemacht wie beim letzten Mal. Für alle Fälle ist er wie immer verkleidet gewesen. Hat den Blaumann mit der Aufschrift eines angeblichen Energieversorgers und einen gelben Schutzhelm getragen. Dazu einen falschen Schnauzbart und eine gelbe Schutzbrille. Mit der sah er fast aus wie Bono, der Sänger von U2. Für das Mietauto hat er sich Magnetschilder mit einem Fantasienamen besorgt. *Energy Power GmbH* stand drauf. Was für ein dämlicher Name. Wenn einer blöd fragen würde, hätte er ihm was von Kontrollen von Strommasten erzählt. Ach ja, er hat sich auch einen Schaumgummi-Bauch zugelegt, so einen richtigen Ranzen. Jeder hätte Olli locker auf 100 Kilo geschätzt. Er hat die Drohne losgeschickt, dann wurde sie beladen und kam zurück. So weit, so gut.

Aber sie hat unterwegs offensichtlich ein Geschwisterchen gefunden. Als er die Verfolgerdrohne entdeckt hat, kamen zu allem Überfluss noch zwei Spaziergänger am Sprinter vorbei und warfen neugierige Blicke in die geöffnete Tür. Er muss seine Sicherheitsvorkehrungen verbessern. Man wird verdammt schnell nachlässig, wenn etwas gut geht.

Aber Olli, der chronische Zappelphilipp, hat schnell reagiert. Zuerst mal weg hier. Er hat die Drohne in den

Sprinter geworfen und ist abgerauscht. Dann bog er in den Wald ab und hat die andere Drohne immer noch über sich gesehen. Er war einfach weitergefahren. Die einzige Gefahr war, dass sie ihn mit Motorrädern verfolgen würden. Die sind schneller als so ein Transporter. Er nahm an, dass die am Ort der Übergabe gewartet haben, bis seine Drohne ankam. Dann wurde die Verfolger-Drohne losgeschickt und sie haben den Sprinter entdeckt. Der Übergabeort war drei Kilometer von ihm entfernt. Er hält es für unwahrscheinlich, dass einer so schnell drei Kilometer Vorsprung auf öffentlichen Straßen auf ihn rausholen kann. Vielleicht auf dem Nürburgring, aber nicht hier. Die Drohnen haben begrenzte Flugzeiten von vielleicht einer halben Stunde. Er sieht auf seine Uhr. Schon zehn Minuten unterwegs. Er fährt flott weiter. Nach weiteren zehn Minuten hält er kurz an und schaut nach oben. Da ist nichts. Geschafft.

Aber das heißt ja, dass sich die Methode mit der Drohne rumspricht. Genau deshalb hat er Angst, dass es irgendwann schiefgeht. Was wäre, wenn ihn Polizisten mit einem Helikopter und zwei Motorrädern verfolgten? Dann wäre es aus. Das wird über kurz oder lang passieren.

Beim nächsten Mal wird er es so machen, dass eine Autobahn zwischen dem Übergabeort und ihm liegt und die Brücken und Unterführungen möglichst weit weg sind.

Olli ist ziemlich fertig. Das ist schon jetzt ein Räuber-und-Gendarm-Spiel. Er muss mit dem Kneller reden. Davor hat er allerdings grausam Schiss. Aber leider hat er nachher und morgen früh noch eine Übergabe.

Die am Nachmittag läuft einwandfrei ab. Am nächsten Morgen hat er sich ein wenig erholt. Er hat sich gestern einen neuen Standort gesucht, sodass die Autobahn

A 8 dazwischen liegt. Dann hat er mehr Zeit, wenn was schiefgeht.

Olli steigt bei der Rückkehr der Drohne aus dem Transporter aus, damit er hört, ob sie von einer anderen verfolgt wird. Er steht vor dem Sprinter im Wald. Kein Mensch ist zu sehen.

Schon von Weitem hört Olli die Bescherung. Seine Drohne wird schon wieder verfolgt. Er nimmt die Brille kurz ab.

»Verdammt.« Er verlangsamt seine, die andere wird auch langsamer. »Objektverfolgung. Ihr Mistkerle.«

Er kennt das. Man muss der Drohne nur ein Foto des zu verfolgenden Objekts zeigen und schon hängt sie sich selbstständig dran. Man kann sogar den Abstand einstellen. Er lässt seine in der Luft stehen. Jetzt ist er in der Zwickmühle. Verschwinden ist erst mal unmöglich, denn Autofahren und Drohnensteuern geht nicht gleichzeitig. Wie löst er das Problem? Dadurch, dass seine nicht weiterfliegt, gewinnt er Zeit zum Nachdenken. Auf jeden Fall wäre bei dem Vorhaben eine gewisse Eile geboten, von hier wegzukommen.

Da schießt ihm ein Gedanke in den Kopf. Soweit er weiß, können frei käufliche Drohnen mit Objektverfolgung keine Hindernisse erkennen. Olli setzt die Brille wieder auf, lässt seine Drohne langsam in Richtung auf die Baumgruppe unter ihr absinken. Er steuert seine Drohne extrem vorsichtig zwischen einigen Ästen durch. Schon hört er, was er hören will. Ein Kreischen, die Rotoren der gegnerischen Drohne haben Äste getroffen und sie schmiert ab. Olli lässt seine zu sich runter, packt sie ein und verschwindet. Die andere ist abgestürzt. Geld liegt keins im Korb.

Spätburgunder

»Manni, warum sind wir so, wie wir sind?«

»Wieso«, fragt Manni zurück, »möchtest du anders sein?«

Walzer und Manni sitzen in der Gaststube des »Ochsen« in Öhningen. Um auf der Terrasse zu essen, ist es noch ein wenig zu kühl. Mit großem Genuss verzehren sie ihr Menü und genießen dazu einen wunderbar im Kerzenlicht schimmernden Spätburgunder. Genau genommen hat jeder schon das zweite Glas davon. Wohlige Wärme breitet sich im Hirn aus, die Kontrolle über die Rede wird etwas laxer, die Gedanken flattern herum.

»Wir haben beide Spaß an so leicht kriminellen Jobs, immer mit einem gewissen Kick. Man könnte jederzeit auffliegen und bewegt sich immer so leicht am Gesetz vorbei. Was ist das, sind wir krank, verrückt oder nur einfach kriminell oder gar blöd?«

»Franz, wirrsch du jetzt tiefsinnig? Den Staat zu bescheißen ist seit Jahrhunderten Volkssport, das ist nichts Neues.«

»Du bist ja viel schlimmer als ich, du schmuggelst, du wäschst, du bist total kriminell. Ich berate höchstens mal einen und zeige ihm einen Weg durch das Dickicht der deutschen Gesetze.«

»Ha, du und einen Weg da durch, dein Weg führt immer daran vorbei, ohne Ausnahme.«

»Ja gut, aber ich mach es nicht immer selbst.«

»Franz, meistens schon. Irgendwie ist das so wie Äpfel klauen. Es ist vermutlich ähnlich, wie manche Typen mit dem Wingsuit mit 200 Sachen durch Löcher in Felsen rasen, aber nicht so extrem. Außerdem habe ich einfach nur einen Hass auf den Staat.«

»Manni, das Loch im Felsen, durch das du mitsamt einem Wingsuit durchpasst, muss ein großes Loch sein.«

Sie prusten vor Lachen.

»Aber sag mal, Franz, wie hoch schätzt du das Risiko ein, erwischt zu werden?«

»Eher niedrig. Alle meine Kunden schweigen wie die Gräber – verständlich. Und dass sie mich beim Schmuggeln erwischen, kann ich mir nicht vorstellen. Da bin ich übervorsichtig. Meine Waschmethoden sind nicht nachvollziehbar. Es kann immer was passieren und dann müsste ich verduften, aber ich habe es ja nicht weit, muss nur das gegenüberliegende Ufer erreichen. Allerdings werde ich in Zukunft langsam dazu übergehen, nur noch die Anleitungen zu liefern. Ich sage denen, wie sie es zu machen haben, und lasse mir ein Honorar zahlen, schwarz natürlich.«

»Klar doch, wie denn sonst.«

Sie lachen wieder.

»Mir geht die Sache mit den Erpressungen nicht aus dem Kopf. Ich denke, der Kneller hat den Krammler erwischt und der muss für ihn die Drecksarbeit machen«, stellt Walzer fest.

»Wie soll er ihn denn dazu bringen?«, fragt Manni.

»Du kennst die Methoden doch. Einmal verprügeln und die Eltern bedrohen oder sonst einen Verwandten oder die Freundin für ein paar Stunden entführen. Mafiöse Methoden eben.«

Sie bestellen sich noch ein Glas und dann wird auch noch ein leckeres Williams-Birnchen hinterhergeschüttet. Walzer bekommt ein Hotelzimmer.

»Du fährst nicht mehr Auto.«

Walzer kennt den Manfred Baumwalder seit 25 Jahren. Der hat sich mit knapp 30 Jahren an einer Werkstatt für Landmaschinen beteiligt. Der Inhaber der Werkstatt – Manni hat dort seine Lehre als Landmaschinenmechaniker gemacht – wollte einen Teil verkaufen und er hat zugegriffen. Sie haben eine Gesellschaft bürgerlichen Rechts gegründet und Manni hat recht spät erkannt, dass in dem Betrieb eine Reihe von wirtschaftlichen Leichen im Keller gelegen hat. Eine Steuerprüfung hat ihnen endgültig das Genick gebrochen. Er hat dem Prüfer die Situation geschildert und auf Aufschub oder so etwas gehofft oder zumindest ein wenig Gnade, aber der hat sie eiskalt in den Ruin geschickt. Jahrelang hat er die Schulden abstottern müssen. Deshalb hat er sich wieder einen Job gesucht, diesmal in der Schweiz, und nebenher an Wochenenden Hecken geschnitten und Autos repariert.

Irgendwann hat ein Schweizer ihn gefragt, ob er ihm seinen Bootsmotor flicken könnte. Er hatte zwar keine Ahnung davon, aber vorsichtshalber »Ja« gesagt. Das hat ihn gerettet, denn von diesem Zeitpunkt an ging es ihm besser. Er hat sich in die Materie eingearbeitet, was ihm schon dank Ausbildung und technischem Geschick leicht gefallen ist. Es gab damals wenige Leute, die in der Lage waren, Bootsmotoren richtig gut zu warten und zu reparieren. Nach zwei Jahren beschäftigte er drei Mitarbeiter und nach vier Jahren besaß er ein größeres Motorboot, das zu einer schwimmenden Werkstatt umgebaut wurde. Er schnitt nur noch seine eigene Hecke. Nach acht Jahren verkaufte er den Laden für eine halbe Million.

Den Staat hasst er seit der Steuerprüfung aus tiefster Seele. Manni hält sich nicht wirklich für kriminell, nur so ein wenig. Er würde auch niemanden beklauen, nur den Staat eben. Vor ein paar Jahren hat er das Gasthaus »Zum Ochsen« in Öhningen gekauft, weil ihm die Bootsmotoren nach acht Jahren auf den Geist gegangen sind, vielmehr die Besitzer der Bootsmotoren.

»Alles feine Pinkel.«

Das Gasthaus »Zum Ochsen« ist heruntergekommen gewesen, aber es gehörte eine Menge Land dazu. Das war das Motiv für den selbst ernannten Rebellen vom Untersee. Landbesitz gab ihm ein Gefühl von Unabhängigkeit.

Manni besitzt eine Fischergundel. Die gibt es am Bodensee zu Hunderten oder gar Tausenden. Das hat den Vorteil, dass sie überhaupt nicht auffällt. Allerdings hat er eine mit 60-PS-Motor. Das Teil rennt mit dem Außenborder weit mehr als die erlaubten 40 Stundenkilometer.

Mit dieser Fischergundel wollte er am Anfang seiner Schmugglerkarriere die kurze Strecke von Eschenz in der Schweiz nach Öhningen in Deutschland fahren. Natürlich im Dunkeln und ohne Beleuchtung, den Motor quasi im Leerlauf. Mitten auf dem See wurde plötzlich ein starker Scheinwerfer auf ihn gerichtet. Manni, damals etwas über 40 Jahre alt, bekam auf der Stelle Panik, drehte sofort voll auf und jagte mit über 50 Sachen nach Osten davon. Die Verfolger setzten sich mit Verzögerung in Bewegung, ein größeres Boot. Sie kamen genau in seine Richtung, also benutzten sie offenbar Radar, denn sehen konnten sie ihn sicher nicht, es war Neumond. Er hatte auch falsche Kennzeichen am Boot und die Schalennummer des Bootes entfernt, was gar nicht so einfach ist. Selbst der Motor hatte keine Nummer mehr. Aber für einen gelernten Landmaschinenmechaniker sind das kleinere Probleme. Wenn das Boot zur Abnahme musste, stimmte alles wieder.

Er wusste noch nicht mal, ob seine Verfolger Deutsche oder Schweizer waren. Auf jeden Fall Polizei oder Zoll – eher Polizei. Er raste weiter, näher kamen sie ihm nicht, aber sie blieben stur auf Kurs und an ihm dran.

Er dachte wieder etwas klarer. Ewig konnte er nicht weiterfahren, denn da hätten sie Unterstützung von weiteren Booten bekommen können und der See ist irgendwann zu Ende. Er fuhr auf die Insel Reichenau zu. In seinem Boot lag ein Radarreflektor. Das ist ein Metallteil, das ein besonders starkes Signal auf dem Radar erzeugt. Hatte er für Fahrten im Nebel gekauft. Nach ein paar Minuten fiel ihm ein, dass sie ihn deswegen so gut verfolgen konnten, weil das Ding im Boot lag. Zuerst wollte er es über Bord werfen, aber dann war ihm was Besseres eingefallen.

Er drehte in Richtung Ermatingen zum nächsten Seezeichen ab. Da stoppte er und band den Radarreflektor an den Pfahl, an dem das Seezeichen befestigt war. Die Verfolger sah er in etwa einem Kilometer Entfernung mit voller Beleuchtung heranrauschen, ein wahrer Fackelzug. Auf deren Radar würde der Reflektor jetzt alles andere dominieren. Was ist er auch so blöd gewesen, das Ding mitzunehmen. Dann hätte er sich selbst auch anleuchten können. Er wendete und fuhr in den Bruckgraben hinein. Das ist so ein Graben, der unter der Straße zur Reichenau in einen anderen Teil des Untersees führt. Er beobachtete, wie seine Verfolger das Seezeichen mit dem Reflektor erreichten. Sie strahlten es mit ihrem Scheinwerfer an und stoppten.

»So, ihr könnt jetzt ein Stück Metall festnehmen, herzlichen Glückwunsch.«

Auf der anderen Seite des Grabens fuhr Manni wieder heraus, umrundete die Insel und schlich ganz vorsichtig nach Hause. Diese Aktion begeistert ihn heute noch, das ist aufregend gewesen, aber er hat Walzer gegenüber zugegeben, dass ihm nur das Ende wirklich gefallen hat.

Walzer hat viel von Manni gelernt. Wenn sich ihm ein Boot vom Zoll oder von der Polizei auf verdächtige Weise nähert, dann schmeißt er den wasserdichten Behälter mit dem Geld einfach über Bord und haut auf den MOB-Knopf des Kartenplotters. MOB bedeute man over board, also Person über Bord. Mit diesem Knopfdruck speichert das Gerät die ziemlich genaue Position und sie holen später mit Taucherausrüstung und Unterwasser-Metalldetektor die Kiste wieder hoch. Das Schöne an der Unterwassermethode ist, dass der flache Kasten innerhalb von einer Stunde unsichtbar ist, vom Sand überspült oder im Kraut auf dem Seegrund verborgen. Der Untersee ist bis auf einige Stellen nie viel tiefer als 20 Meter.

Heimwerker

Olli hat Kneller angerufen und der hat gesagt, er solle ruhig vorbeikommen. Im Puff bestaunt Olli wieder das schäbige Ambiente. Bei schummerigem Kunstlicht merkt man vermutlich nichts davon. Vor allem, wenn man einen im Tee hat und scharf auf Sex ist. Spitz wie Lumpi. Er muss grinsen. Er hat sich vorgenommen, den Kneller jetzt auch zu duzen. Sozusagen auf Augenhöhe zu sein.

»Wilfried, es wird immer schwieriger.«

Der sieht ihn erstaunt an.

»Erzähl.«

»Ich hatte 25 Übergaben. Die ersten gingen gut und zum Schluss wurde es immer schlimmer. Ich bin einmal verfolgt worden, weil die einen Tracker reingelegt haben, zweimal wurde meine Drohne von einer anderen verfolgt, einmal hat einer gesagt, er zahle nicht und er freue sich darauf, mit mir im Knast die Zelle zu teilen, und so weiter, und so weiter. Die Methode mit der Drohne hat sich rumgesprochen. Als Nächstes marschiert einer, der weniger als eine Million hinterzogen hat, zur Polizei, die kommen mit einem Helikopter und dann ist es aus. So geht es nicht weiter.«

Das hat er jetzt ziemlich entschieden vorgetragen. Und er haut noch einen raus:

»Schließlich habe ich die Methode erfunden und mache die ganze Arbeit.«

Ja, da hat der Olli wohl den falschen Nerv getroffen. Kneller steht auf und baut seine gut 1,90 vor ihm auf. Er schlägt ihm mit der Faust mitten ins Gesicht.

»Du Drecksack, du elender. Wenn du so anfängst, dann machen wir mit dir etwas, was du noch nicht kennst.«

»Kneller, können wir nicht konstruktiv ...« Und schon hat er die Faust wieder drin.

»Des isch konschtruktiv.«

Die zwei Gorillas kommen dazu. Der Krach hat sie vermutlich angelockt. Der eine zieht ihn aus dem Sessel hoch. Das ist ein Mann von mehr als 1,90 Meter Größe mit minimal 100 Kilo Gewicht. Olli wiegt 70 Kilo. Er schleift ihn mühelos zwei Meter weiter und drückt ihn auf einen Stuhl. Olli steht unter Schock. Schnappt nach Luft. Das ganze Gesicht schmerzt. Er blutet im Gesicht.

»Ja, Olli, das war erst der Anfang.«

Jetzt röchelt Olli. Die zwei Gorillas fesseln ihn mit Kabelbindern an die Armlehnen des Stuhls.

»Tut ihm weh.«

Olli erstarrt, der kleinere Gorilla hat plötzlich ein Skalpell in der Hand. Er zieht ihm den Ärmel hoch, sticht ihm in den Arm und zieht das Skalpell etwa einen guten halben Zentimeter tief nach unten durch auf etwa drei Zentimeter Länge. Das Blut läuft, Ollis Atem geht stoßweise, er schreit.

Ungerührt packt der kleinere eine Sprühdose aus, sprüht ihm ein Desinfektionsmittel drauf. Mit einem Tupfer wischt er das Blut weg, packt eine Wundkompresse drauf. Es scheint alles vorbereitet zu sein. Er wickelt den Verband fest. Das Ende wird mit Pflaster fixiert.

»Wenn du versprichst zu spuren, kriegst du Drecksau eine Schmerztablette. Wenn nicht, dann machen wir das auf der anderen Seite auch noch, damit es symmetrisch ist. Wenn du gar nicht spurst, schneiden wir dir ein Stück von deinem Schwanz ab. Wenn du noch weniger spurst, entführen wir die Tochter deiner Schwester oder so was. Bürschchen, du siehst, dass wir Fantasie besitzen. Du hattest jetzt 25 Übergaben mit einem Volumen von 38 Millionen. Das hätte mir über sechs Millionen bringen müssen und du Pfeife hast gerade mal knapp fünf abgeliefert. Bescheißt du mich etwa?«

Kneller sieht ihn drohend an.

Olli stammelt von den danebengegangenen Übergaben, von seinen Verfolgern mit den Drohnen, von dem Tracker.

»Des isch mir scheißegal, du zahlsch, bis du schwarz wirrsch. Wenn das hier vorbei isch, fällt mir was Neues ein.«

Olli verlässt den Puff in einer Art Trance. Er steigt in sein Auto und fährt los. Die Schmerzen lassen dank der Tablette langsam nach. Er ist völlig verstört, fährt schnurstracks in Richtung Franziska, bis ihm sein Gehirn eine Vorsichtsmeldung durchgibt. Er biegt in den Hof eines Industriebetriebes ein, stoppt und schaut nach hinten. Es könnte ja sein, dass die Dreckskerle ihn verfolgen. Dann würden sie Franziska finden. Das muss ja nicht sein. Er steigt aus und untersucht das Auto gründlichst innen und außen. Ein GPS-Tracker hat ihm gelangt. Aber er findet nichts. Langsam und auf Schleichwegen fährt er zu Franziska und erzählt ihr alles.

»O Mann, wie willst du je aus der Nummer rauskommen.«

Franziska ist geschockt. Olli sitzt da wie ein begossener Pudel. Und leider fällt ihnen zusammen auch nichts ein, außer weiterzumachen.

Olli hat schon wieder Schwierigkeiten. Von den nächsten zehn Übergaben gehen vier schief. In einem Fall hat er den Termin durcheinandergebracht, einer hat sich gesträubt, ein anderer hat einen Tracker angebracht und er musste ganz schnell verschwinden. Ein anderer hat ihm eine »Bild«-Zeitung in den Korb der Drohne gelegt. So bringt er dem Kneller nur etwas über eine Million. Der schnappt Olli, holt ihn rein.

»Du griagsch eine kleine Pause. Wenn es dann nicht klappt, isch das Kind von Lisa dran.«

Mein Gott, jetzt kennt der seine Schwester schon beim Vornamen. Olli verlässt zitternd den Puff. Franziska erzählt er diesmal nichts davon. Das ist langsam zu viel für sie. Er muss neue Drohnen besorgen. Olli macht weiter. Er strengt sich an, sucht jetzt die mit den höheren Vermögen raus. Da geht es etwas schneller. So übersteht er weitere zwei Wochen.

Er schläft pro Nacht gerade mal vier bis fünf Stunden. Früher hat er sich ziemlich fit gehalten, ist im Sommer viel wandern gewesen, im Winter Ski gefahren. Segeln hat ihm Spaß gemacht. Sein wöchentliches Laufpensum hat etwa bei viermal einer halben Stunde oder sogar mehr gelegen. Jetzt wird seine Kondition schlechter, seine Hände zittern permanent. Klar denken kann er auch nicht mehr. Er bewegt sich in einer Art Nebel.

»Olli, ich bin gespannt, wie lange es dauert, bis auch du endlich merkst, dass du was unternehmen musst. Du schaffst das nicht. Aber du bist so ein sturer Kerl.

Es nützt nichts, wenn man dir das sagt, es muss von dir selbst kommen. Momentan verschleppst du bloß alles«, stellt Franzi fest.

Bei dem nächsten Gang zu Kneller fehlen Olli 100 000 auf die Million. Kneller hat schon schlechte Laune, als er reinkommt. Olli kriegt eine sehr harte Backpfeife. Das scheint Kneller aber nicht auszureichen und daher schlägt er ihm mit der Faust noch mitten ins Gesicht.

»Wirst sehen, was du davon hast.«

Olli schleicht nach Hause. Das ganze Gesicht ist voll Blut. Die Nase so merkwürdig locker. Blutgeschmack im Mund, die ganze Mundhöhle tut weh.

Franziska schüttelt nur den Kopf.

»Olli, wenn nicht bald was passiert, halte ich das nicht mehr aus. Ich kann dir nicht helfen, aber ich kann es auch nicht mehr mit ansehen. Ich habe mir schon überlegt, ob ich dich zwingen muss, dir Hilfe zu suchen. Dann geh' halt zur Polizei.«

Es vergehen einige Tage, in denen Olli wie in Trance weitermacht, einfach nur eine Erpressung nach der anderen abspult. Er arbeitet mechanisch vor sich hin, denkt noch nicht mal darüber nach, wie es ihm geht. Täte er das, würde er merken, dass es ihm grauenhaft schlecht geht.

Jetzt sitzt er in seiner Bude in Degerloch und baut die Einzelteile zusammen. Die Fernsteuerung wird angeschlossen, dann die zwei Drähte mit Lüsterklemmen mit den anderen beiden verbunden. So, jetzt sollte alles passen. Getestet hat er den Aufbau mit einer kleinen Ladung schon zweimal, hat schön gerummst. Mit dem, was jetzt drin ist, sollte es richtig knallen.

Einen Tag später liegt Olli auf dem Bauch auf einem Flachdach. Neben sich die Brille für die Steuerung der Drohne und ein Fernglas, hinter sich die Drohne, daneben noch einen Rucksack für das Kleinzeug. Für einen Alarmstart hat er das Seil dabei, es ist an einem soliden Metallteil auf dem Dach befestigt. Olli ist wieder mit gelbem Helm, gelber Schutzbrille wie Bono von U2, Blaumann und Schnauzbart unterwegs. Nur den Ranzen hat er weggelassen. Sein Standort ist in Sichtweite von Knellers Puff. Er kann die Tür sehen und wartet.

Das Dach hier hat er nach tagelanger Suche entdeckt. Es gehört zu einem unbenutzten ehemaligen Firmengebäude aus den 70er-Jahren, Druckerei oder so was. Irgendwann hat er in einer Nacht ein offenes Fenster entdeckt, durch das er reinkam. In der Nähe steht auch der Sprinter. Es ist jetzt drei Uhr nachmittags. Olli hat in den letzten Tagen festgestellt, dass Kneller seinen Laden montags und freitags jeweils am Nachmittag verlässt und mit seinem Bentley in die Innenstadt fährt. Was er da macht, konnte Olli nicht herausfinden, das ist ihm aber auch scheißegal. Heute ist sowieso die letzte Ausfahrt des Knallers angesagt.

Nach etwa 90 Minuten wird die Tür geöffnet. Der Bordellchef tritt heraus.

Die Drohne ist schon in der Luft, überquert das kleinere Gebäude vor dem Bau, auf dem Olli liegt, geht runter, nähert sich Kneller. Sie fliegt ihn in einem Winkel von 45 Grad schräg von oben an. Olli hat den Knopf für den Zünder am Dach genau neben sich mit Tape befestigt, er muss nur im entscheidenden Moment draufhauen, und schon explodiert der Sprengsatz, den er im Darknet gekauft hat.

Die Drohne ist von Kneller jetzt noch 100 Meter entfernt. Er muss langsam machen, dass sie ihn auch trifft. Doch da, Kneller schaut nach oben, greift ohne jede Verzögerung an die Hüfte, holt einen Revolver raus, die Drohne ist ziemlich nah an ihm dran. Kneller zögert wieder nicht, das ist eine einzige fließende Bewegung, Hand an die Hüfte, ziehen und nach oben richten. Er schießt sofort und trifft, die Drohne neigt sich, schmiert ab. Olli haut auf den Auslöser, nichts passiert. Die Drohne fällt scheppernd zehn Meter von Kneller entfernt auf das Pflaster. Aus.

Keiner hat die Aktion gesehen, weiter hinten läuft ein Mann auf der Straße, dreht sich um, schaut und geht weiter. Olli weint. Er liegt schluchzend wie ein kleiner Junge auf dem Dach. Sein Handy klingelt.

»Olli, du kommst jetzt gleich zu mir.«

Zehn Minuten später sitzt Olli im Puff auf dem Stuhl. Kneller ist überraschend milde. Stolz preist er seine Schießkünste.

»Hasch des gsäha? Wie Wyatt Earp. Ja, Olli, Strafe muss sein.«

Die Gorillas schneiden mit einer Rasierklinge Olli in den anderen Arm, nur tiefer und länger als beim letzten Mal – er wird sofort ohnmächtig.

Nach ein paar Minuten wacht er auf, schluckt die Schmerztabletten und trollt sich. Er holt den Sprinter, parkt ihn am gleichen Platz wie immer und fährt zu Franzi. Er kommt rein, sie nimmt ihn in die Arme.

»Ich weiß nicht, was du vorhattest, aber du siehst schlecht aus.«

Olli erzählt und jetzt ist sie wirklich entsetzt.

»Spinnst du?«

»Was soll ich denn machen?«

»Mann, Mut hast du ja, aber eher zu viel davon. Mannomannomann. Da hast du unendlich viel Glück gehabt. Der hat entweder nicht ganz begriffen, was du vorhattest, oder er war so erfreut über seine Schießkünste, dass du eine milde Strafe bekommen hast.«

»Franzi, irgendwas ist nach dem Anschlag mit mir passiert. Mir ist klar geworden, dass der Typ nicht allmächtig ist. Er hat noch nie so viel Geld verdient wie mit mir. Er ist von mir abhängig – nicht umgekehrt. Ich sitze am längeren Hebel. Das war heute das letzte Mal, dass ich mir was von ihm gefallen lassen habe. Ich werde gewinnen. Ich weiß bloß noch nicht, wie.«

Er schläft lange. Als er aufwacht, sieht er, dass Franzi die Augen schon aufhat und ihn ansieht.

»Olli, du rufst jetzt sofort diesen Walzer an.«

Flucht

Walzer denkt nach. Er hat jetzt ein paar Mal ausgerechnet, wie viel Kneller mit diesen Erpressungen einnimmt. Er ist dabei von dem ausgegangen, was er von Mittelmeier weiß. Der hat gesagt, dass die meisten Datendiebe mehr Adressen hatten als er. Wenn der Kneller 20 Prozent nimmt und er 1000 Datensätze zu je einer Million hat, dann sind das 200 Millionen. Das ist schwindelerregend. Solche Summen.

Dabei ist ihm eingefallen, dass man sich fragen müsste, was denn einer mit so viel Geld will. Er weiß, dass Kneller ohnedies bereits schwerreich ist. Es gibt schon länger das Gerücht, dass Kneller sich ein riesiges Hotel in der Dominikanischen Republik kaufen wolle. Das könnte der Grund sein. Außerdem ist er angeblich noch an einem weiteren Hotel in Thailand beteiligt.

Walzer bildet sich auf seine Intuition bei Geschäften etwas ein. Wenn er eine Bilanz und eine Gewinn- und Verlustrechnung vor sich hat, kapiert er schnell, wie der Laden läuft. Er sieht auch meistens sofort, in welchen Bereichen die Kosten zu hoch sind. Er hat eben so ein Händchen dafür. Darauf hat er sich immer verlassen können. Für ihn sind das nicht nur einfach Zahlen. Für ihn entsteht daraus ein plastisches Bild des Betriebsablaufs. Meistens liegt er richtig.

Den hier vorliegenden Erpressungsfall kapiert er nicht wirklich. Es besteht ein riesiges Potenzial von etwa 200 Millionen, wobei es sich um illegales Geld handelt. Für eine normale Verwendung müsste man es waschen. Bei solchen Summen ist das sogar für Vollprofis ein Problem. Oder Kneller schafft es tatsächlich, in der Dominikanischen Republik so viele Leute zu schmieren, dass er sich das Hotel mit dem illegalen Geld kaufen kann. Walzer hält das für möglich.

Er schaut sich im Internet nach Angeboten um. Da gibt es für sechs Millionen Dollar ein Hotel mit 50 Zimmern. Wenn Kneller einen richtig großen Kasten will, dann muss er schon zehn oder 20 oder 30 Millionen hinblättern und dazu noch die richtigen Leute bestechen. Aber selbst wenn das Ganze so viel kostet, dann hätte er ja immer noch jede Menge übrig. Oder will er gleich mehrere Hotels erwerben? Wilfried Kneller, der Hotelkönig der Domrep. Kann schon sein. Es ist aber auch möglich, dass Kneller so schlau ist, das baldige Scheitern der Erpresserei einzukalkulieren. Da braucht ja bloß einer zu kommen, der die Polizei hinzuzieht, und dann jagen die den Datendieb mit einem Helikopter. Ob der dann noch davonkommt?

Das Telefon klingelt.

»Franz Walzer.«

»Hier ist Olli.«

Walzer denkt nach.

»Oliver Krammler. Der mit der Steuer-CD.«

»Ach so, ja Olli. Schön, dass du anrufst. Was kann ich für dich tun?«

Walzer ist überrascht. Olli fängt an zu erzählen. Nach ein paar Minuten unterbricht Walzer ihn.

»Olli, das scheint eine längere Geschichte zu werden. Wollen wir uns nicht treffen? Ich wohne am schweizerischen Bodenseeufer. Kannst du zu mir kommen? Ach so, du darfst ja nicht in die Schweiz. Nein, dann treffen wir uns bei dir.«

Sie verabreden sich für denselben Nachmittag. Und so gibt Walzer dem Boliden mal wieder die Sporen und fegt die Bodensee-Autobahn hoch. Er ist saumäßig neugierig – regelrecht aufgeregt.

Franziska öffnet ihm in Stuttgart-Kornwestheim die Tür.

»Franz Walzer.«

Olli kommt auf ihn zu. Sie geben sich alle die Hand. Olli sieht bleich aus. Das Erdgeschoss ihres Hauses besteht aus einem großen Raum, einer Küche mit offenem Durchgang und dann gibt es vermutlich noch eine Toilette, zumindest ist noch eine Tür da. In einer Ecke stehen zwei Sofas und ein paar Sessel. Die Einrichtung ist ein Mix zwischen Neu und Alt. Sie setzen sich.

»Ich werde erpresst«, sagt Olli.

»Ich weiß.«

Olli sieht ihn erstaunt an und beginnt zu erzählen. Erst stockend, dann flüssiger. Er berichtet vom Datendiebstahl, von der Warterei auf den zweiten Datendieb, von den Verhandlungen mit dem Ministerium, der Idee mit den Erpressungen, vom ersten Kontakt mit Kneller und wie der ihn seinerseits erpresst. Er berichtet über Carola, die Geldübergaben, von den Verletzungen und dem gescheiterten Attentatsversuch.

»Mut hast du ja. Meine Herren, er hat versucht, den Kneller abzumurksen, und lebt noch.« Und an Franziska gerichtet fragt Walzer: »Wie erträgst du den?«

»Kannst du ihm helfen? Bitte!« Franziska sieht Walzer flehend an. »Zur Polizei kann er ja nicht, obwohl er vermutlich mittlerweile auch das machen würde, denn er hat die Erpressungen ja ausgeführt. Abhauen kann er auch nicht, denn dann holt sich Kneller das Kind seiner Schwester. Gegen solche Mafia-Methoden hast du eigentlich keine Chance – oder? Er kann ja nicht seine ganze Familie verschwinden lassen«, sagt sie.

»Mit normalen Mitteln kommt man dem nicht bei, das ist richtig. Einen Kneller wirst du nicht los, indem du ihn ein bisschen zurückerpresst. Der schlägt nur noch härter zu. Selbst wenn du ihn in den Knast bringst, hat der aus dem Knast noch mehr Möglichkeiten, als du von draußen. Wenn du mit einfährst, dann gnade dir Gott. Krass formuliert, müsstest du ihn ermorden, um ihn endgültig loszuwerden.«

Walzer macht nach dieser Ansage eine kleine Pause.

Franzi sieht ihn entsetzt an.

»So sehe ich das leider auch«, sagt Olli.

»Olli, kennt der Kneller eigentlich dein Versteck hier?«

»Ich glaube nicht.«

»Immerhin was. Hast du noch Geld für ihn?«

»Ja, ich hatte vier Übergaben und morgen noch drei, das reicht noch für einige Tage.«

»Dann haben wir etwas Zeit«, meint Walzer. »Ich verstehe nicht, dass die Mafia noch nicht auf das Geschäft mit der Erpressung von Steuerhinterziehern gekommen ist. Dagegen ist der Handel mit Waffen, Frauen und Drogen ein Dreck.« Und wieder eine Pause. Ihm ist was eingefallen. »Ich fasse zusammen. Du willst den Kneller nicht umbringen? Ich meine, du hast es ja schon probiert.«

»Das war im Affekt, noch mal kann ich es nicht.«

»Gut. Du könntest ihn wegen Erpressung anzeigen.« Und er gibt sich gleich selbst die Antwort. »Wird schwer zu beweisen sein. Wie wir schon wissen, ist er selbst im Knast noch zu gefährlich. Das nützt also auch nichts. Weitere Ideen?«

Die zwei schauen ihn ratlos an.

»Du kannst abhauen.«

»Franz, das hatten wir doch schon, geht nicht.«

»Und ob das geht! Olli, du sagst mir jetzt, wer zu deinem inneren Zirkel gehört. Also Eltern, Verwandte und Freunde.«

Olli nimmt einen Zettel. Er schreibt Franziska auf, seine Eltern, seine Schwester mit Mann und Kind sowie seine Tante, die auch in der Stuttgarter Gegend lebt. Dann gebe es noch eine Cousine in Kanada, die kenne er aber kaum. Tja, und höchstens noch Schulfreunde und ehemalige Arbeitskollegen, mit denen er keinen Kontakt habe.

Walzer sieht ihn an.

»Du bist ja eine arme Sau, wenig soziale Kontakte. Immerhin hast du eine hübsche Freundin.«

»Ja, schon, aber auch erst seit Kurzem.« Olli verteidigt sich: »Ich war jetzt ein paar Jahre in Zürich und da hatte ich nicht so viel Kontakt, weil ich ja wieder weg wollte.«

Ihm fällt noch sein Freund Rainer aus Bad Cannstatt ein. Aber der ist ja in Australien. Dann geht er an seinen MAC und schaut bei Facebook nach, ob er wen vergessen hat.

»Heutzutage musst du im Computer nachschauen, ob du Freunde hast«, zieht Walzer ihn auf. »Das ist traurig. Also Olli, die verschwinden alle an einem sicheren Ort auf der Welt, weil du keinen anderen Ausweg hast.«

Franziska protestiert sofort.

»Geht nicht, mein Sportgeschäft.«

»O doch, das muss gehen. Dann zahlt dir der Olli halt eine fette Entschädigung für entgangene Gewinne, weil die Chefin nicht dauernd persönlich anwesend ist. Genug Geld hat er ja. Gut Olli, dann mal los, du musst die alle sofort informieren, dass sie ins Exil gehen. Wer von den Leuten hat Arbeit?«

»Mein Schwager.«

»Was macht der?«

»Schafft beim Daimler. Der wird schön maulen.«

»Du musst ihm halt deine Narben zeigen. Du musst ihm viel Geld geben. Da wird die Karriere ein Knickchen bekommen – oder? Aber was tut man nicht alles für den Schwager. Was ist er denn beim Daimler?«

»Entwicklungsingenieur – soweit ich weiß irgendwas mit Getrieben.«

»Dann ist es ja halb so wild. Wenn er jetzt schon im mittleren Management wäre, würde ihn das um Jahre zurückschmeißen. Gut, Olli, gib ihm was Sechsstelliges, da kann er für eine Weile weg.«

»Dass ich da nicht draufgekommen bin«, ruft Olli aus und macht große Augen.

»Bevor du mit dem Kneller losgelegt hast, hattest du auch nicht so viel Geld übrig.«

»Das stimmt.«

»Olli, die Leute gehen am besten nach Indien.«

»Indien?«

»Es muss weit weg sein, sonst würde garantiert einer mal schnell zu Hause was erledigen wollen. Der Kneller wird Himmel und Hölle in Bewegung setzen, um dich oder die Verwandtschaft zu finden. Also gilt eine absolute

Kontaktsperre. Jeder von denen ist gefährdet. Ich kenne da einen Hotelier, der hat meistens Platz und das Hotel ist groß.«

»Gut, wie kommen sie dahin?«

»Wir fahren sie mit einem Bus nach Paris. Nicht hier von Stuttgart oder so. Du weißt nie, wen der Herr Kneller alles kennt. Also lieber Olli, du zahlst alles, sind ja bloß sieben Leute. Das Hotel ist billig und liegt direkt an einem riesigen Strand. Die werden Spaß haben. Du sorgst dafür, dass keiner von der Bande ausbüxt, heimgeht und dem Kneller in die Arme läuft. Alle dürfen nur mit Prepaid-Handys telefonieren und sich nicht per E-Mail oder Internet verraten.«

»Ich werde allen in sämtlichen Details schildern, mit wem sie es zu tun haben, zu was er fähig ist, und ich werde speziell meinem Schwager einen finanziellen Anreiz bieten, dass er alles unter Kontrolle hält.«

»Wie alt ist denn das Kind?«

»Die ist fünf.«

»Gott sei Dank, stell dir vor, sie wäre 13 und frisch in so einen Volker oder Kevin verknallt, dagegen wäre ein Sack Flöhe leichter zu hüten.«

»Aber das verschafft uns nur zeitlich Luft. Irgendwann wollen die wieder nach Hause.«

»Olli, das siehst du leider ganz richtig. Das bringt uns nur Zeit. Das Problem wirst du so nicht los. Wir können nur hoffen, dass uns in der Zwischenzeit etwas einfällt, um den Kerl auszuschalten. Als ersten Schritt werden wir ihn nach allen Regeln der Kunst auskundschaften. Wer sucht, der findet. Daran musst du jetzt einfach glauben. Dich verstecken wir bei einem Freund von mir, dem Manni. Der weiß noch gar nichts von seinem Glück. Du wirst den Kneller hacken. Wenn ich das richtig verstanden habe, kannst du so was.«

»Und wie ich das kann. Dass ich da nicht selbst draufgekommen bin.« Olli nickt eifrig.

Drei Tage später haben sie Ollis Angehörige mit einem Bus nach Paris gefahren und in ein Emirates-Flugzeug nach Dubai verfrachtet. Von dort fliegen alle weiter nach Kochi in Indien und fahren von da mit einem Bus nach Varkala Beach in ein Hotel am South Cliff Beach. Ollis Eltern, Lisa, Leonie sowie Ollis Tante waren ziemlich begeistert, Lisas Mann und Franziska anfänglich gar nicht.

»Ich kann doch nichts dafür, dass du so einen Scheiß machst, jetzt versaust du mir die Karriere, mach halt weiter mit deinen Erpressungen«, hat Carlo ihm an den Kopf geworfen.

Olli hat ihm erst 50 000 und dann 100 000 in Aussicht gestellt und einen Teil vorab gegeben. Schlagartig ist Carlo milder geworden. Beim Daimler hat er eine befristete Auszeit bekommen. Jetzt hat er sich damit abgefunden. Er ist jung, motiviert und bildet sich ein, gut genug zu sein, um ins höhere Management aufzusteigen. Olli hat ihn deswegen immer ein wenig belächelt und gesagt, das sei wie beim Tennis. Viele spielen, aber Wimbledon gewännen in zehn Jahren nur eine Handvoll, Chef beim Daimler werde auch bloß einer und es gebe Tausende von Jungingenieuren, die sich alle um zehn Jobs balgen. Seither ist Carlo nicht gerade Ollis bester Freund, was wiederum Lisa ein wenig weh tut. Lisa ist sehr harmoniebedürftig. Olli war erleichtert, als der riesige Airbus A380 in den Nachthimmel am Flughafen Charles de Gaulle aufgestiegen ist. Die sind jetzt mal weg und sicher vor dem Kneller.

Walzer hat auf dem Heimweg von Olli noch den Manni besucht. Der war ziemlich überrascht von der neuen Wendung im Fall Datendiebstahl. Auch über den Kneller haben sie sich ausgetauscht.

»Manni, der hat schon als Jugendlicher seinen Stiefvater zum Krüppel geprügelt, vermutlich nicht ganz ohne Grund. Er ist möglicherweise in frühester Jugend schlecht behandelt worden. Ich weiß bloß nicht, ob es Erfolg verspricht, wenn wir jetzt mit einem Psychologen zu ihm gehen und sagen, du armer kleiner gestörter Kneller, lass dich therapieren. Ich habe was von Raub, Körperverletzung und jeder Menge Sittendelikten gehört. Er hat Nutten krankenhausreif geprügelt. Verschiedene Wettbewerber sind einfach so verschwunden. Ich bin mir sicher, dass er einige Morde begangen hat. Überdies hat er Zwangsnutten bei sich. Aber in den letzten 20 Jahren konnte man ihm nichts nachweisen. Entweder ist er brav geworden oder er hat seine Technik verfeinert. Also ich wüsste weder weswegen man ihn anzeigen noch womit man ihn erpressen könnte.«

»Hast du eine Idee?«, fragt Manni.

»Wir könnten die Hells Angels auf Kneller hetzen.«

»Du schbinnsch ja komplett.«

»Manni, das sind nette und fähige Jungs. Die haben früher für mich Geld von zahlungsunwilligen Schuldnern eingetrieben.«

»Klar Franz, wegen solcher Praktiken bist du ja auch kein Anwalt mehr.«

»Ich habe die Zulassung freiwillig abgegeben«, zetert Walzer.

»Genau, kurz bevor man sie dir abgenommen hat. Stell dir vor, du schickst dem die Jungs auf den Hals und der erzählt denen was von Olli. Weißt du, was die dann mit Olli machen? Den ketten die irgendwo an und lassen ihn dann für sich die Frondienste leisten. Da käme er wirklich vom Regen in die Traufe.«

Chukiv

Oleksandr Ivancyk lebt in Chukiv. Das Dorf liegt südwestlich von Kiew in der Ukraine. Kurzes blondes, schon etwas angegilbtes Haar mit einer zunehmenden Tendenz zu grau-weiß, vorne so eine Art Pony. Er ist knapp 60, schlank, sieht trainiert aus. Seine Frau ist vor ein paar Jahren gestorben und vor einem Jahr ist seine Tochter Alina mit einer anderen jungen Frau nach Deutschland gereist. Sie sollten angeblich Jobs als Zimmermädchen in einem Hotel bekommen.

Oleksandr hat mit allen Mitteln versucht, die beiden davon abzuhalten. Er hat sich von Anfang gedacht, dass sie in einem Puff landen würden, und ihnen das auch gesagt. Aber da ist so ein junger Typ mit einem BMW in ihr Dorf gekommen und hat was von Jobs in Hotels gefaselt. Die Mädchen haben ihn halb paralysiert angesehen und sind ihm blind gefolgt, nur um der Hoffnungslosigkeit zu Hause zu entkommen. Alle Warnungen haben sie lachend in den Wind geschlagen.

Vom Tag ihrer Abreise an ist Oleksandr am Boden zerstört gewesen. Er wollte ihnen hinterherfahren und auf sie aufpassen, aber er hatte das Geld nicht. Für ein Visum musste man nachweisen, dass man über genügend Geld verfügte. Ein Schlepper für die illegale Einreise war auch nicht billiger. Er ist sich seither völlig hilflos vorgekommen. Deutsch spricht er nicht, nur ein wenig Englisch. Alina hat nach ihrer Abreise ein paar Monate lang ab und an angerufen und dann nicht mehr.

Weil er seither davon überzeugt war, dass seiner Tochter etwas zugestoßen ist, hat er nach einiger Zeit bei der deutschen Botschaft in Kiew Anzeige erstattet. Aber er hat nie etwas von denen gehört.

Hacker

Walzer sitzt mit Olli in dem gemieteten Mercedes-Sprinter in der Nähe von Knellers Puff.

»Franz, meinst du, dass der auf solche Angriffe vorbereitet ist?«

Doch Olli gibt sich gleich selbst die Antwort.

»Ich glaube das nicht. Und diese Gorillas, die sehen aus wie echte Gorillas. Ich kann mir kaum vorstellen, dass die die Grundrechenarten beherrschen.«

Olli lacht über seinen eigenen Witz. Nein, er gluckst eher. Dann schaltet er sein Notebook ein, schaut nach Drahtlosnetzwerken und findet sofort eines namens »Puff«.

»Mann, ist das originell.«

Olli fummelt – nach zehn Minuten ist er drin. Walzer staunt.

»Mei, du bist ja ein Hacker vor dem Herrn.«

»Sein Passwort ist ›Nutte‹. Der ist vielleicht einfallsreich. So, jetzt schau ich mal in seinen PC rein.«

Er benutzt verschiedene Tools, bis er es geschafft hat.

»Ich bin drin. Jetzt weise ich mir erst mal gewisse Rechte zu, dann baue ich mir ein Hintertürchen ein und am Ende komme ich einfach übers Internet rein, dann müssen wir nicht hier in der warmen Blechbüchse sitzen.«

Walzer staunt weiter, kommt aus seiner Verblüffung gar nicht mehr raus.

»Ach, da gibt es noch ganz andere als mich, gegen die bin ich ein Waisenknabe«, wehrt Olli bescheiden ab.

Dann beginnt er, den kompletten Inhalt von Knellers Festplatte auf seine zu übertragen.

»Kann ein bisschen dauern, so drei bis vier Stunden.«

Und so kommt es. Nach knapp drei Stunden ist alles erledigt.

»Ich kann sogar über sein Mikrofon mithören, wenn ich will. Habe selten so was Ungesichertes gesehen. Der hat entweder keine Ahnung oder er hat keine Angst vor Ausspähung. Aber egal, Hauptsache, wir haben es. Freu dich aber nicht zu früh. Das auszuwerten dauert ewig. Das sind fast 200 Gigabyte Daten. Da sitze ich Wochen dran.«

»Olli, wann musst du zu Kneller, um die Kohle abzuliefern?«

»Immer am Mittwoch.«

»Das ist morgen. Willst du hin? Hast du noch Stellen am Körper für das Skalpell frei? Hat er dir nicht mal angeboten, von deinem besten Stück was abzusäbeln?«

Olli lacht gequält.

»Mensch Franz.«

»Olli, du gehst da nicht mehr hin. Das eine Mal mehr bringt ja nichts. Was wird er machen, wenn du einfach nicht mehr auftauchst?? Er wird knallrot anlaufen, sein Handy schnappen und dich anrufen. Wenn du nicht rangehst, wird er denken, du willst nicht mehr. Wenn du ran gehst, wirst du ihm vermutlich sagen, dass es aus sei zwischen euch. Wir machen was anderes. Ich habe einen Bootsbauer aus Albanien. Der geht an dein Telefon und sagt irgendwas. Dann denkt Kneller für eine Weile, die Albaner hätten dich entführt und lassen dich für sie arbeiten. Hohl drehen wird sie, die Hackfresse. Der Blutdruck geht rauf, der Puls auf 180. Vielleicht stirbt er ja vor Aufregung. Man hat ihm sein Dukatenscheißerchen geklaut. Gib das Handy her.«

Olli staunt mit offenem Mund.

»Wieso macht ihr das eigentlich für mich?«

»Ist doch klar. Erstens um ein wenig Geld abzusahnen, zweitens um dir zu helfen und drittens um die Welt möglicherweise vom Kneller zu befreien. Sie wäre ein besserer Platz ohne ihn. Mann, das macht uns Spaß.«

Danach bringen sie den Sprinter weg und Walzer nimmt Olli mit zu Manni nach Öhningen. Olli lernt Manni und dessen Frau Lea kennen, eine große, attraktive Fünfzigerin, seine zwei Söhne, 25 und 28. Der ältere, Leo, ist Informatiker bei einer Firma in Schaffhausen und wohnt auch dort. Der andere studiert Maschinenbau in Konstanz.

Olli richtet sich in Mannis Gartenhäuschen ein. Das ist zwar klein, hat aber alles, was er braucht: ein Bett, ein kleines Bad und einen großen Schreibtisch.

Auf seiner Werft angekommen, gibt Walzer seinem Bootsbauer Tarek das Handy von Olli und erklärt ihm, was er sagen soll, wenn das Handy läutet. Olli, dieses Cleverle, hat es so eingerichtet, dass das Handy nur klingelt, wenn Kneller anruft. Als besonderen Gag und weil Kneller ein Puffbesitzer ist, hat er als Klingelton ein lautes Stöhnen eingerichtet.

Einen Tag später stöhnt es tatsächlich. Das Dumme ist, dass Tarek gerade mit einem guten Kunden der Werft neben dessen Boot steht. Der Kunde staunt, woher die Laute kommen. Aber Bootsbau ist ja ein bodenständiges Gewerbe und so lacht er darüber. Tarek nimmt den Anruf an und betet sein gelerntes Sprüchlein runter.

»Jetzt gehört er uns, leck mich am Arsch«, sagt er in grollendem Albanisch und legt auf.

Danach gibt er Walzer Bescheid. Der freut sich wie ein Kind.

»Wir sind ja so albern«, giggelt er. Er stellt sich vor, was jetzt bei Kneller abgeht. »Von null auf 100 in unter drei Sekunden.«

Olli arbeitet, er arbeitet viel. Er hört mit, was bei Kneller im Büro so passiert. Einmal pro Tag läuft die Aufzeichnung ab. Olli hat sich ein Programm besorgt, womit er nur die Stellen mit einem minimalen Lautstärkepegel vorgespielt bekommt. Außerdem muss er den gesamten Inhalt der abgesaugten Festplatte durchforsten. Er hat den Aufwand für eine gründliche Durchsuchung auf etwa zwei Wochen geschätzt.

»Vermutlich hat der jede Menge Müll drauf.«

Olli vermisst Franziska viel mehr als erwartet. Neulich, als er ihr gesagt hat, dass sie doch gar nicht so viel älter sei als er, ist ihm während dieser Eröffnung klar geworden, dass er sich das schon lange gewünscht hat. Aber seine verdammte Kopfsteuerung hatte diese Möglichkeit ausgeschaltet. Olli fragt sich, was seine Kopfsteuerung jetzt gerade wieder ausschaltet. Zumindest ist er froh, dass Franzi in Sicherheit ist. Er träumt nur regelmäßig davon, sich ein Ticket nach Kochi zu kaufen. Aber das muss warten.

»Erst die Arbeit, dann das Vergnügen.«

Olli wühlt. Diese Festplatte ist ein Müllhaufen. Nichts, aber auch gar nichts ist geordnet, irgendwelche Ordner mit fast identischen Namen auf der Platte verteilt, alle voll mit unterschiedlichen Dateien. Das ist so einem pedantischen, organisierten Typ wie Olli ein Graus. Er arbeitet täglich von acht bis zwölf und von eins bis fünf, danach kann er nicht mehr. Zwischendurch geht er mal runter zum See, schwimmt ein bisschen. Aber er findet nichts. Die täglichen Mitschnitte haben bisher auch nichts ergeben, nur das Geschrei am Tag des Anrufs bei Olli, als er die albanische Antwort bekommen hat, da hat er geschimpft wie ein Rohrspatz, der Herr Kneller.

Traumhotel

Kneller schaut seinen Telefonhörer an. Was war das jetzt, war das Albanisch? In seinem Gewerbe hört man diese Sprache schon ab und an. Was soll das? Er brüllt erst mal zehn Minuten herum, so zur Befreiung. Was soll der Scheiß?

Irgendwer hat das Handy von Olli. Aha. Er holt die Gorillas, schickt sie los. Er kennt ja die Adressen.

»Abholen, alle abholen, erst die Eltern, dann die Schwester und das Kind!«

Sie kommen unverrichteter Dinge zurück. Keiner da. Weitere zehn Minuten Gebrüll. Na, vielleicht nur noch acht Minuten. Ist ja auch anstrengend.

Er denkt nach. Entweder hat jemand Olli mit allen Angehörigen entführt oder der Olli hat sich selbst entführt, seine Familie versteckt und er wird hier verscheißert. Das glaubt er eher. Er ist sich sogar sicher. Die halten ihn ja wohl für blöde. Ja, er hat es gewusst.

»Mit Verluschten muasch rechnen.«

Er hat Fehler gemacht, er hätte ihn einsperren sollen, den Olli. Mist. Na gut, ein paar Millionen hat er ja angeschleppt. Die muss er jetzt erst mal waschen. Das ist ja kein Problem für ihn. Aber er wird nach Olli suchen und wehe, wenn er ihn findet. Dann ist er dran, der Olli. Dann bleibt es nicht bei ein paar Schnitten.

»Den bringe ich um!«

Kneller hackt auf seinem PC rum.

»Der ist ja wieder furchtbar langsam heute, so eine Scheißkiste. Wer steht da auf der Bremse?«

Tja, wer wohl?

Am anderen Tag hetzt er seine Gorillas mehrfach auf die Jagd nach irgendwelchen Verwandten oder Freunden von Olli. Nichts. In Zürich ist niemand zu finden, der diesem Olli nahesteht. Es gibt noch eine Tante, aber die ist auch von der Bildfläche verschwunden. Wie von Geisterhand. Alle weg.

Kneller ist immer gut damit gefahren, manchen Leuten einen Gefallen zu erweisen. Vor allem beim Massler und beim Berner ist das hilfreich gewesen. Der Massler war sehr anfällig. Bei seiner verschrumpelten Trulla zu Hause lief ja wohl schon lange nichts mehr. Da war so ein wenig festes junges Russenfleisch willkommen. Er hat ihn beim ersten Mal total abgefüllt. Hat ihm Wodka ins Bier geschüttet. Da ist der nach drei Bier halt gerichtet gewesen, der hohe Herr Richter.

Wilfried Kneller ist vorsichtig. Er weiß genau, dass er dazu neigt, unbeherrscht zu sein. Wenn diese Wut in ihm aufsteigt, braucht sie ein Ventil. Aber seit 20 Jahren kontrolliert er sie. Er schlägt nur zu, wenn keiner zuschaut und es hinterher keine Beweise gibt. Und er sorgt dafür, dass er immer ein Alibi hat. Die Einzigen, die was wissen, sind die Gorillas. Er hat insgesamt zehn davon. Jeweils zwei oder drei passen auf einen Puff auf. Manche bekommen Sonderaufgaben. Vor allem Bruno, dann Dieter, dieser Zoran und dann noch der Vincent. Auf diesen Zoran hatte er sich verlassen. Der ist jetzt draußen.

Wie kommt er an den Olli ran? Das ist das Geschäft seines Lebens. Eine kleine CD mit so ein paar Daten und man kann Millionen rausholen. Die Opfer sind noch froh darüber, dass nicht die Steuerfahndung aufkreuzt, sondern nur ein Erpresser.

Er steht auf und holt sich ein Glas mit dem teuren Cognac. Es ist ja schon zwei Uhr nachmittags. Erst nippt er, dann kippt er ihn runter und in dem Moment fällt es ihm ein:

»I hann ja die Daten.«

Er weiß im Moment nicht, wie er an Olli rankommt. Aber man kann ja schon mal alleine weitermachen. Irgendeiner muss her, der das für ihn erledigt. Noch ein Cognac. Auf einem Bein kann keiner stehen. 200 Millionen. Das kann man nicht so einfach liegen lassen. Zudem kann er die Kohle auch brauchen. Das Hotel in Thailand hat bis jetzt zehn Millionen verschlungen. Wirft aber ordentlich was ab. Es gehört ihm, er musste nur einen Strohmann vorschieben. Natürlich hat er auch in Thailand eine ihm ergebene Truppe. Der Strohmann weiß, was passiert, wenn er nicht spurt.

Das Hotel in Marokko läuft gerade nicht so toll. Die Buchungszahlen sind schlecht. Irgendwie haben die Leute Angst vor Terrorattacken. Er hat zurzeit ein Kaufangebot und erwägt gerade, darauf einzugehen. Er würde gerne das Hotel in der Dominikanischen Republik kaufen. Er nimmt noch einen Cognac. Er könnte natürlich die Millionen von Olli nehmen und noch etwas dazupacken. Das müsste man dann waschen, aber da würde ihm die Bank helfen. Würde? Müsste, denkt er grinsend. Wenn er etwas Glück hat, dann muss er für die Domrep nicht mal was waschen. Das Geld aus Marokko könnte er einfach auf seinem Konto in Dubai verstauen. Und damit die weitere Renovierung in Thailand bezahlen. Er grinst erneut. Freut sich über die eigene Cleverness. Das Angebot für Marokko ist recht gut. Er würde fast nichts verlieren.

Kneller hat sich irgendwann in den Kopf gesetzt, im Alter ein reicher Hotelbesitzer zu sein. Eigentlich hat ihn eine Folge von der TV-Serie »Traumhotel« darauf gebracht. Als er die gesehen hat, ist ihm ganz warm ums Herz geworden. Vor allem der Geschäftsführer des Hotels hat ihm gefallen. Das soll so ein Schweizer Schauspieler sein. Kneller fand, er sehe ihm ähnlich. Bis auf die Haare. Glaube versetzt bekanntlich Berge.

Endlich hatte er eine Verwendung für das ganze Geld gefunden. In manchen Ländern konnte man eben immer noch bar bezahlen. Jetzt müsste er nur noch jemanden finden, der die Erpressungen übernimmt. Die Thais könnten das machen. Er gönnt sich noch einen Cognac. Heute ist ein guter Tag. Er fliegt die Jungs ein und lässt sie loslegen. Einen Crashkurs in Deutsch haben sie schon hinter sich. Er schickt ihnen eine E-Mail. Ob sie jemanden auftun könnten, der Drohnen steuern kann. Die sind ja immer sehr findig. Er hätte seine schwerfälligen Idioten gerne gegen die ausgetauscht, aber die Thais sind einfach zu auffällig.

Gigabyte

Je tiefer Olli in Knellers Datenwust einsteigt, desto entsetzter ist er. Alleine schon der Desktop des PC ist mit Hunderten von Dateien vollgemüllt.

»Der Kerl muss ein solches Chaos im Gehirn haben. Ich frage mich, wie der seinen Geschäftsbetrieb organisiert.«

Olli schichtet alles, was er gefilzt hat, in andere Verzeichnisse um.

»Ich sollte später dem Kneller seine erstklassig organisierte Festplatte zum Kauf anbieten. Und ich muss mit den Selbstgesprächen aufhören«, findet er.

Am Abend hat er erst mal alle Videodateien einigermaßen sortiert. Olli beginnt, sich die Videos anzusehen. Sie sind alle mehr oder weniger pornografisch. Er ist zwar nicht unbedingt ein Feind eines gut gemachten Sex-Filmchens, nur diese Menge von selbst gedrehten Videos mit stark schwankender Qualität ist ihm zu viel. Als seine Augen brennen, hört er auf und vertagt auf den nächsten Morgen.

Und da sitzt er wieder. Er hat sich schon einen besseren Stuhl besorgt, weil ihm der Rücken schmerzt. Schon wieder Pornos. Leider kann er sie nicht pauschal übergehen, denn bei Kneller könnten es ja welche mit Inhalten sein, die mit Kneller zu tun haben – selbst gemachte mit interessanten Informationen drauf. Also betrachtet Olli am Vormittag vier Stunden Pornos und am Nachmittag vier Stunden Pornos. Er muss zumindest Anfang, Mitte und Ende ansehen, um sicherzugehen, dass nichts Relevantes drauf ist.

Olli hat sich schon als Schüler eine sorgfältige Arbeitsweise zugelegt. Besser alles gleich von Beginn an mit Sorgfalt machen, als später etwas wiederholen zu müssen. Das hat er sich bei Mathematikarbeiten angewöhnt. Einmal hat er die erste Aufgabe nicht auf Anhieb geschafft, ist an die zweite gegangen, die ging ebenfalls nicht, die dritte ebenso und so weiter. Er ist hektisch geworden und dann lief gar nichts mehr. Die einzige Fünf seines Lebens. Da hat er sich geschworen, nie wieder schnell zum nächsten Problem zu hüpfen. Daher wird hier jedes Schmuddelfilmchen genauestens untersucht. In der Nacht danach hat Olli feuchte Träume, sieht überall Genitalien.

Nach drei Tagen kommt kurz nach Mittag ein Schrei aus dem Gartenhäuschen:

»Manni.«

»Olli, was ist?«

Manni ist sofort da.

»Habe hier vier Videos, die interessant aussehen. Die meisten anderen sind einfach in seinen Zimmern gefilmte Puffbesuche. Das ist ja nicht strafbar. Die hier sind von einer Orgie in einem alten Hallenbad. Die Mädels sehen nicht schlecht aus, aber nicht so wie Pornostars, die Kerle eher durchschnittlich, Bäuche statt Sixpacks, mickrige Penisse, nicht diese Profi-Geräte. Aber gevögelt wird wie verrückt. Für mich sieht es aus, als habe der Kneller eine

Sexorgie in einem Schwimmbad organisiert, und es wäre interessant, zu wissen, wer die Kerle sind.«

»Pass auf, sammle das Zeug, wir fahren heute Abend zu Walzer und schauen sie zusammen an.«

Olli schaut entsetzt.

»Ich kann nicht in die Schweiz.«

»Ach wo, zick nicht rum.«

Olli bleibt verdattert sitzen.

Am Abend fahren sie mit der Fischergundel über den See zu Walzer. Olli hat ein mulmiges Gefühl dabei. In Walzers Büro betrachten sie die Orgie.

»Typischer Arbeitstag von uns, Leuten beim Bumsen zuschauen«, meint Walzer und lacht.

»Des isch der Chef der Privatkundenabteilung des Bankhauses Meille, der Weißhäutige da mit dem Schlabberbauch.«

Er zeigt auf einen Mann, der am Rande des Schwimmbeckens im seichten Wasser steht und eine junge Frau bedient, die auf dem Beckenrand liegt. Einer steht daneben, schaut zu und fummelt an sich rum.

»Den kenne ich auch, der ist bei einer Immobilienfirma, die dem Bankhaus Meille gehört.«

»Franz, du kennst vielleicht Leute.«

»So habe ich die aber noch nie gesehen.«

Sie starren zusammen weiter in den Computer und identifizieren nochmals zwei Herren. Der eine ist bei der Orgie zu sehen, wie er mit zwei Nutten am Pool liegt und es ihnen abwechselnd besorgt.

»War es wenigstens schön, Herr Staatsanwalt Berner?« Walzer grinst sich einen. »So ein dummer Kerl, kommt noch nicht mal drauf, dass der Kneller das Ganze filmt. Mit wem meint er es zu tun zu haben?«

Einen Richter vom Landgericht Stuttgart namens Massler finden sie auch noch.

»Beide angeblich glücklich verheiratet«, feixt Walzer. »Klasse!«

Am nächsten Tag nimmt sich Olli die Daten wieder vor, schüttelt den Kopf.

»Kraut und Rüben«, schimpft er. Er findet Excel-Tabellen.

»Interessant. Das sind betriebswirtschaftliche Daten. Mieten, Nebenkosten, Bewirtung, Gehälter, Barauszahlungen, Auswertungen vom Puff.«

Olli schaut in den Papierkorb des PC.

»Mein Gott!«

Er findet Tausende von Dateien. Teilweise handgeschriebene eingescannte Listen mit Einnahmen. Olli vergleicht sie mit den betriebswirtschaftlichen Auswertungen, der Gewinn- und Verlustrechnung. Zuerst muss er alles nach Jahren und Monaten ordnen. Ollis betriebswirtschaftliche Kenntnisse werden gefordert. Er ist in diesem Metier durch seine Erfahrungen bei der Bank eigentlich ziemlich gut. Das hier ist auch keine sonderlich fordernde Aufgabe, es ist nur eine grausame Fummelei. Er muss alles ausdrucken, nach den einzelnen Puffs sortieren und zeitlich zuordnen. Irgendwann wird sich wohl ein Bild ergeben.

Nach zwei weiteren Tagen hat sich wirklich ein Bild ergeben. Der Kneller hat zwei Buchhaltungen. Eine handgeschriebene für sich, vermutlich, damit seine Leute ihn nicht bescheißen, und eine offizielle. Die inoffizielle weist gut 20 Prozent mehr Umsatz aus als die offizielle. Daran hat Olli jetzt mehrere Tage gearbeitet. Ein gewisser Stolz erfüllt ihn. Schon wühlt er weiter.

Er findet heraus, dass Kneller bloß Zimmervermieter ist. Die Besitzer der Mädchen sind irgendwelche Albaner. Was für ein Begriff – »Besitzer«. Olli schaut, wie viel mit der Vermietung so reinkommt.

»Wie viele Zimmer hast du, Herr Kneller? Aha, im Hauptpuff und im Nordpuff je 30 und in den beiden anderen Filialen 18 und 16. Das sind nicht die Zimmerzahlen, das ist die Anzahl an Damen. Kneller, warum ist so ein Raffzahn wie du bloß Zimmervermieter? Das begreife ich nicht. Du würdest doch mehr verdienen, wenn du selbst abrechnen würdest. Das finde ich noch raus.«

Olli wühlt und wühlt. Er ist im Jagdfieber. Es ist spannend. Er überschlägt das mal. Wenn so ein Mädchen in der Woche etwa 2500 bis 3000 einbringt, also im Monat 12 000, bekommt sie höchstens 2000 ab. Der Bordellbetreiber kassiert 10 000 pro Monat. Das sind bei knapp 100 Damen – mein Gott, was für ein Geschäft!

Ach so, er ist ja nur der Vermieter. Der kassiert 5000 pro Monat und Dame. Auch nicht schlecht, aber warum macht der das? Das muss einen Grund haben.

Olli geht zu Manni in dessen Werkstatt. Der schraubt an seinem Außenborder rum.

»Der hustet immer mal wieder. Vermutlich was an der Elektronik, da bin ich mit meinen dicken Fingern überfordert. Was liegt an?«

»Komm doch mal rüber, ich glaube, ich bin auf was Interessantes gestoßen.«

Im Gartenhäuschen zeigt er ihm die ganzen Quellen.

»Und daher deklariert er weniger Einnahmen, als er wirklich hat.«

»Ja, das isch doch normal – oder? Aber das machsch du schon gut. Bisch ein Käpsele.«

»Aber warum vermietet der Kneller nur die Zimmer?«

»Das ist normal. Wenn er den Zuhälter machen würde und dabei erwischt wird, dass er Zwangsnutten hat, ist er dran. So kann er immer sagen, die arbeiten auf eigene Rechnung und er wisse von gar nichts.«

»Aha.«

Enttäuschung macht sich in Olli breit. Jetzt hat er gedacht, er hätte neue Erkenntnisse gewonnen, aber dabei sind die gar nicht neu.

Olli verschanzt sich wieder hinter dem PC. Er hatte ursprünglich gedacht, er entdecke ein paar Ungereimtheiten und man habe den Kneller dann im Sack, aber so dumm ist der wohl doch nicht. Ungefähr zwei Drittel aller Dateien hat er durchgesehen, natürlich ist das meiste völlig belanglos. Olli sucht, findet Müll, sucht, findet wieder Müll, sucht eine Stunde, sucht zwei Stunden, flucht leise vor sich hin.

Stößt einen leisen Schrei aus. Mann, was ist denn das? Er hat eine Aufstellung aller Passwörter von Kneller gefunden. User-Namen, Passwörter für die Bankkonten zusammen mit den dazugehörigen altertümlichen TAN-Listen und auch für die E-Mail-Konten. Unglaublich, alle Passwörter auf dem PC! Olli probierte es sofort aus, die Passwörter stimmen noch. Es gibt insgesamt elf Bankkonten. Zuerst muss er sich mit den jeweiligen landestypischen Merkmalen vertraut machen, aber das kann man ja alles im Internet finden. Banking ist zwar je nach Land verschieden, aber nur ein wenig. Er geht rein, loggt sich ein und lässt Kontoauszüge für die letzten Monate raus. Dann sind die E-Mails dran. Olli loggt sich ein, der Mailserver schickt ihm alles und Olli druckt die Header aus. Kneller kommuniziert wenig über E-Mails. Das ist gut so, denn schon jetzt hat Olli hier acht Ordner voll Papier auf dem Tisch stehen. Er filzt die E-Mails der letzten Monate. Findet wieder meist Belangloses, schaut auf die Uhr und geht in den »Ochsen«.

»Manni, ich habe alle seine Passwörter gefunden.«

»Häh?«

»Ja, denk dir, ich habe seine Bankkonten, ich habe seine E-Mails, ich musste nicht mal den Versuch machen, das Zeug zu hacken.«

»Toll.«

»Sollen wir seine Bankkonten leer räumen?«

»Ach was, wohin denn mit dem Geld.«

Am nächsten Morgen steht Olli wieder energiegeladen auf, geht joggen, frühstückt und wirft sich vor den Monitor. Macht mit den E-Mails weiter. Findet eine Verabredung mit einem Mann vom Bankhaus Meille, wird sofort ausgedruckt.

Olli hat jetzt eine Übersicht, auf der alle Spuren drauf sind. Er hat sie als Baumstruktur aufgebaut, und wenn er was Neues findet, kommt es dazu. Sieht so aus, als ob das Bankhaus Meille was mit Kneller zu tun hat. Die Sache fokussiert sich allmählich.

Olli lehnt sich zurück und denkt nach. Ab und zu muss er mal wegschauen. Eigentlich ist das ein cooler Job so als Fahnder. Aber auf Dauer ist die Hockerei schwer zu ertragen.

Und schon sucht er weiter. Er hat die E-Mails der letzten vier Jahre. Da ist eine, in der steht was von einer »Russenschlampe«. Olli durchzuckt es. Was ist das, »Russenschlampe«? Er liest die E-Mail. Da steht:

Wenn du dich nicht bald meldest, geht es dir wie der blöden Russenschlampe.

Wie ist es denn der ergangen?

Walzer ruft an.

»Olli, nur damit du Bescheid weißt. Ich habe alle meine Kontakte eingespannt, um von verschiedenen Behörden alles Verfügbare über Kneller zu bekommen. Außerdem haben wir ein Stuttgarter Detektivbüro beauftragt, Kneller auszuspionieren. Du zahlsch.«

»Klar, Franz, selbstverständlich. Danke.«

Später beim Abendessen im »Ochsen« berichtet Manni dem Olli ein wenig über die Verbindungen von Walzer.

»Der Franz hat viele Kontakte. Handelsregister-Auszüge kriegt jeder, Franz kriegt sie sofort sowie Grundbuchauszüge, Steuererklärungen von anderen Leuten und sogar Polizeiakten.«

Olli erzählt dem Manni noch, dass der Kneller auf Hotels umsattelt, und schaut ihn erwartungsvoll an.

»Ja, das ist in Stuttgart bekannt, Thailand, Marokko und demnächst Domrep.«

Ach, Olli.

Kinesen

Kneller gibt Trang das Prepaid-Handy. Trang ist einer der beiden Thais, die Kneller geholt hat. Er ist zusammen mit Nawin gestern angekommen. Nawin ist der Drohnenpilot.

»Ich will 400 000 von Schwarzgeld in Schweiz. Ich wieder rufe an wegen Übergabe. Besorge Geld«, sagt Trang in das Telefon.

Kneller nickt. Er hat die Telefonnummern der ersten drei Opfer rausgesucht und Trang den Text aufgeschrieben. Den Zettel wirft er sofort weg. Er passt schon auf, dass es keine Spuren gibt.

Die Jungs haben vor ein paar Tagen geschrieben, sie hätten einen, der sich mit Drohnen auskenne. Mit seiner finanziellen Unterstützung haben sie sich Visa besorgt. Normalerweise ist das schwierig, aber sein Partner in Thailand ist erstklassig vernetzt. In der E-Mail haben die Pappnasen geschrieben, der Nawin sei ein in Thailand bekannter Drohnenpilot. Kneller hat später rausgefunden, dass der in irgendeinem Kaff im Südosten von Bangkok bekannt ist und sonst nirgendwo. Na gut, die neigen eben zu Übertreibungen. Er hat einen Gorilla geschickt, einen Leihwagen zu besorgen und drei Drohnen zu kaufen. Als Muster hat er die von Olli genommen. Nachdem die zwei Jungs dann angekommen sind, hat er Nawin üben lassen.

Gut, der hat eine Weile gebraucht, um das Ding zu starten und zu landen. Eine ist bei den ersten paar Versuchen schon draufgegangen. Haben sie halt noch drei gekauft. Er hat Nawin gezeigt, wo er hinfliegen muss. Dreimal hat er es gemacht. Das muss reichen.

Einen Tag später machen sie Ernst. Trang ruft die drei Opfer an und bestellt sie zum Grillplatz. Den Ersten um neun Uhr morgens, den Zweiten um zwölf und den Dritten um drei Uhr nachmittags. Diesmal hat Kneller ihn noch sagen lassen:

»Deine Daten nix bei Landesfinanzministerium.«

Kneller ist schon am Morgen sauer gewesen, weil er mitfahren musste. Alleine waren die Kerle einfach zu blöd. Kneller hasst es, sich an die Front begeben zu müssen. Er ist sich auch nicht ganz sicher, dass die Sache funktioniert.

Es ist neun Uhr. Kneller gibt Trang das Handy.

»Ruf an.«

Der wählt die Nummer. Dann spricht er rein. Kneller gibt Nawin ein Zeichen. Der sitzt im Sprinter. Die Drohne startet, verschwindet Richtung Grillplatz. Sie selbst stehen am Waldrand. Kneller schließt die Seitentür des Transporters. Nur nicht auffallen. Die Drohne ist seinen Blicken entschwunden. Öffnet die Tür wieder. Irgendwie will er teilhaben. Er sieht, wie der Drohnenpilot was an der Steuerung macht und zufrieden mit dem Kopf nickt.

Kneller nickt Trang zu. Der nimmt das Handy, Kneller zieht einen weiteren Zettel aus der Tasche und hält ihn ihm hin.

»Jetzt Geld in Korb an Drohne legen. Wie, wie …?« Er versteht offenbar nicht, was der am anderen Ende sagt.

Kneller wartet noch einen Moment. Trang sieht vollkommen verzweifelt aus. Das ist jetzt genau die Situation, die Kneller nicht haben wollte. Er nimmt ihm das Handy weg.

»Das Geld in den Korb an der Drohne legen«, sagt er.

Ein Mann antwortet ihm.

»Welche Drohne? Hier ist keine Drohne.«

Kneller muss sich stark beherrschen.

»Behalt deine Kohle. Du bisch von der Lischte gestrichen. Gang hoim.«

Er legt auf, nimmt Nawin die Brille ab und setzt sie sich auf. Er sieht Räder, vorbeirasende Räder. Mein Gott, das Ding ist auf der Autobahn gelandet. Er zieht Nawin aus dem Mercedes-Sprinter und scheuert ihm eine so stark, dass der hinfällt.

»Blöder Schoofseggl du. Scheiß-Kinesen.«

Für einen Kneller gibt es östlich von Deutschland nur Russen und in Asien nur Chinesen, wobei er sie mit K ausspricht. Es sind also »Kinesen«.

Ein Gast hat mal einen Witz über Kneller und die Kinesiologie gemacht und sich prompt eine dafür eingefangen. Da hat er sich einen anderen Puff gesucht. Wer will sich schon in seinem Stammpuff eine knallen lassen, nur weil man einen Witz reißt.

»Hol die Drohne her.«

Nawin rappelt sich hoch, setzt sich die Brille wieder auf und startet die Drohne. Sie kommt auch tatsächlich wieder. Da haben sie ja Glück gehabt, dass es keinen Zusammenstoß mit einem Auto gegeben hat.

Kneller fährt jetzt selbst zum Grillplatz und weist Trang und Nawin per Handy an, die Drohne zu ihm zu fliegen. Vorher hat er ihnen auf der Karte die Position erneut genau eingezeichnet. Diesmal klappt es. Er lässt sie zweimal fliegen. Dann fährt er wieder zurück. Es ist bald zwölf Uhr und der nächste Kunde sollte im Anmarsch sein. Diesmal haut es auch hin. Den Trick mit dem Korb hat er sich von Olli abgeschaut. Die zweite Übergabe am Nachmittag funktioniert auch.

»Geht doch«, knurrt der Kneller und schnappt sich die Geldbündel. Die Thais machen große Augen.

»Ihr bekommt einen Anteil«, verspricht er. Und denkt dabei: vielleicht. Danach packen sie zusammen.

Als er später wieder im Puff sitzt, taucht in seinem Kopf das Wort Selbstkritik auf. So taugt das nichts. Aber das Wort vertreibt er gleich wieder. Sehnsüchtig denkt er an Olli. Das war ein Traum. Vielleicht hat er ihn doch zu hart angefasst. Sind ja empfindlich, diese Computertypen. Aber die Aktion heute, die war ja peinlich. Scheiß-Kinesen. Zu blöd.

Wie hat der Olli das gemacht? Die ganze bucklige Verwandtschaft ist einfach verschwunden. Wo hat der sich versteckt? Da fällt ihm wieder ein, dass doch der Walzer seine Spur mehrfach gekreuzt hat. Vielleicht sollte er dem mal auf den Zahn fühlen. Aber bei Walzer muss man aufpassen. Das ist nicht so ein Naivling wie der Olli.

Er schaut sich Ollis Facebook-Seite an und findet einen gewissen Rainer Maurer. Aha, den hatte er ja noch gar nicht auf dem Schirm. Kneller schreit nach seinen Gorillas. Die eilen herbei. Er zeigt auf den Bildschirm.

»Den hier. Sucht ihn. Sofort.«

Und schon düsen sie ab.

Er wird abwarten, ob die den Typ finden, aber seine Intuition sagt ihm, dass der auch weg ist.

Jetzt muss er sich auf etwas anderes konzentrieren. Er leitet den Verkauf des Hotels in Marokko ein. Weg damit. Die Kinesen werden das schon noch lernen, sonst muss er wieder die Schachtel mit den Skalpellen rausholen.

Parkhaus

Walzer hat einen Privatdetektiv namens Gerd Schulzer engagiert. Er kennt Schulzer schon lange und war immer sehr zufrieden mit dessen Arbeit. Nach einer guten Woche erstattet Schulzer den ersten Bericht.

»Franz, wir haben nach deiner Anweisung den Kneller sieben Tage lang durchgehend beschattet. Er fuhr am Montag und am Freitag in die Stuttgarter Innenstadt, parkte den Bentley im Parkhaus, lief ein wenig rum, besuchte das Bankhaus Meille, kaufte ein paar Zeitungen, trank einen Cappuccino und kehrte wieder in den Puff zurück. Außerdem besuchte er am Donnerstag seine anderen Puffs. Er hatte immer ein Köfferchen dabei und hat sie abgeklappert. Da war er fast den ganzen Tag unterwegs. Manchmal fährt er am Abend in eine feine Stuttgarter Wohngegend, verschwindet in einem ziemlich edlen Haus und kommt morgens wieder raus. Wir wissen bis jetzt auch noch nicht, ob ihm da was gehört oder ob er jemanden besucht. In dem Haus wohnen zehn Parteien. Ansonsten verbringt er wirklich die ganze Zeit in dem trostlosen Puff und er schläft auch meistens im Nachbarhaus. Franz, wir machen uns daran, mehr Licht ins Dunkel zu bringen. Wir haben herausgefunden, dass er auf seinen Touren in die Stuttgarter Innenstadt immer dasselbe Parkhaus benutzt.«

»Gerd, der Olli ist gerade bei mir. Der will was von euch, ich gebe ihn dir mal.«

»Hallo, Herr Schulzer, hier ist Olli.«

»Ah, der Datendieb. Der Mann, der unsere Rechnungen bezahlt. Die sind nicht niedrig!«

»Genau der. Wir würden den Herrn Kneller gern besser abhören. Im Moment belausche ich ihn nur über seinen PC und natürlich nur, wenn der an ist. Da kommt nicht viel. Haben Sie eine Idee?«

»Ja, kann man schon machen. Wir können an sein Fenster eine Wanze kleben, wir können irgendwie versuchen, in sein Büro zu kommen und eine Wanze zu hinterlassen, was aber schwieriger ist, oder wir können aufs Dach gegenüber ein Richtmikrofon installieren. Wir könnten auch sein Handy mit einer Software ausstatten, die uns mithören lässt, aber auch das ist etwas schwieriger.«

»Er sollte auf jeden Fall nichts mitbekommen. Das Scheibenmikrofon ist auffällig. Vielleicht auf dem Dach beginnen?«

Schulzer sagte zu, so ein Mikrofon zu installieren.

»Zeitnah.«

Und sie schnüffeln wieder. Schulzers Leute observieren das Nobelhaus am Killesberg. Sie haben schon eine der anspruchsvollsten Aufgaben des Detektivberufes hinter sich gebracht und die Namen an den Klingelknöpfen am Hauseingang studiert. Der Name »Kneller« war nicht dabei. Aufgefallen ist ihnen nur, dass an einigen lediglich Initialen dranstehen. Das sind vermutlich Leute, die so wahnsinnig wichtig sind, dass keiner vom gemeinen Volk überhaupt wissen darf, dass sie hier wohnen. Da war auch kein »W.K.« drunter. Er könnte natürlich auch Wilfried

Willibald Kneller heißen, aber es war überhaupt keiner mit K dabei. Was allerdings nichts heißt.

Am Abend taucht Kneller auf. Einer der zwei Schulzer-Leute hat sich bereits im Haus aufgehalten, einfach irgendwo geklingelt und irgendwas in die Sprechanlage reingerufen. Der andere oder vielmehr die andere sagt ihm jetzt, dass er kommt.

»Ist im Anmarsch, der alte Stinker.«

Der Detektiv hört durch das Treppenhaus das Schließen der Aufzugtür. Das Haus hat drei Stockwerke, er ist im ersten direkt an der Treppe. Leise geht er die Treppe rauf, hört das Öffnen der Aufzugtür. Er linst um die Ecke und sieht Kneller in einer Wohnung verschwinden. Der bemerkt ihn nicht, er wendet ihm den Rücken zu.

Nachdem die Tür zu ist, schleicht er sich hin, hält ein Spezialmikrofon an die Tür und lauscht. Nichts von Belang, nur Geräusche von einem einzigen Menschen in einer Wohnung, der sein Handy auf einen Tisch wirft und herumgeht. Da, er hört Stimmen. Nein, wieder nichts, nur die Spätnachrichten im Fernsehen. So wie es jetzt aussieht, wohnt der hier alleine. Das ist anscheinend sein Edelrefugium.

Am Tag darauf sind drei Detektive vor dem Parkhaus in der Stuttgarter Innenstadt sowie im Parkhaus verteilt. Genau genommen sind es zwei Frauen und ein Mann. Zu dieser frühen Zeit gibt es eine ganze Menge freie Plätze. Sie warten. Etwa eine Stunde später gibt es einen Rundruf, dass er kommt.

Kneller fährt seinen Bentley Continental ins Parkhaus rein. Die Schulzer-Frau, die die Einfahrt beobachtet, denkt noch, wie bescheuert man doch sein müsse, freiwillig solch ein Trumm in ein enges deutsches Parkhaus zu wuchten. Kneller scheint ein Gewohnheitsmensch zu sein, denn er parkte bisher immer in derselben Etage. Entsprechend sitzt einer von den Schulzer-Leuten in einem Auto, von wo aus er die ganze Etage gut im Blick hat, die andere Kollegin steht in der Nähe.

Kneller stellt den Schlitten ungefähr in derselben Zone ab wie immer. Er verriegelt das Auto und fasst sicherheitshalber den Türgriff noch mal an. Ist eben misstrauisch, der Kerl. Danach geht er zum Ausgang.

Die Schulzer-Frau im Parkhaus läuft hinter Kneller her. Beim Ausgang wendet der sich nach rechts, sie läuft weiter hinter ihm her. Am Ende der Straße wird sie von dem Mann abgelöst, der im Auto gewartet hat. Es geht noch einige Straßenzüge weiter, dann biegt er rechts ab und die Verfolger wechseln nochmals. Die Frau, die vor dem Parkhaus auf Kneller gewartet hat, sitzt auf einem Fahrrad. Sie überholt und wartet zwei Straßen weiter, sieht den Verfolgten ein großes Gebäude mit einem Schild »Bankhaus Meille« betreten.

Sie geht hinter ihm rein und läuft in die Schalterhalle, sieht, wie Kneller durch eine Glastür in ein Treppenhaus und von dort eine Etage höher geht. Sie folgt ihm ganz frech und beobachtet, wie er in einen teppichbelegten Gang einbiegt und in einem Zimmer verschwindet. Als die Tür zu ist, läuft sie weiter, blickt sich suchend um, schaut auf das Schild an der Tür und merkt sich den Namen. Dann geht sie zur nächsten Tür, schaut auch da auf das Schild, tut so, als suche sie jemanden, schüttelt irgendwann den Kopf und verschwindet wieder. Am Parkhaus treffen sie sich wieder, fahren zum Büro von Schulzer und erstatten Bericht.

Später schildert Gerd Schulzer Walzer die ganze Sache.

»Ach, das Lasermikrofon ist übrigens auch installiert, wir überprüfen es regelmäßig. Es war schwierig, da das nur in einem bestimmten Winkel funktioniert. Ist aber schön, einen Kunden zu haben, bei dem Geld keine Rolle spielt.«

»Gerd, solche Kunden wie den Olli hättet ihr gerne öfter – wir übrigens auch«, sagt Walzer dazu.

Tiefenschärfe

An einem wunderschönen Junitag bekommt Kommissar Kreuziger von der Kripo in Konstanz einen Anruf. Es meldet sich ein Herr Baumann, der für irgendein Institut arbeitet. Herbert Kreuziger hat nicht genau hingehört, da er gerade intensiv über einem aktuellen Fall grübelt. Baumann erzählt was von einem Projekt »Tiefenschärfe«. Soweit Kreuziger es verstanden hat, vermessen sie im Rahmen des Projekts die Tiefen des Bodensees neu.

»Davon habe ich schon was gehört.«

Baumann sagt, sie hätten am Ausgang des Konstanzer Trichters in etwa 40 Metern Tiefe ein Objekt gefunden, das von der Größe her eine Leiche in einem Sack sein könnte. Er gibt ihm die Koordinaten durch und Kreuziger bedankt sich artig. Er behält den Hörer gleich in der Hand, ruft seine Kollegen von der Wasserschutzpolizeistation an und gibt denen die Koordinaten durch. So wird eine Bergungsaktion in Gang gesetzt, die tatsächlich eine junge weibliche Leiche in einem mit Steinen beschwerten Plastiksack an die Oberfläche befördert. Die Leiche wird der Gerichtsmedizin übergeben.

Ogäber

Einige Tage später ist Walzer mit einem Rucksack voll Papier zu Manni und Olli unterwegs, natürlich mit seinem RIB, einem Schlauchboot mit Festkiel. Seines ist ziemlich gut motorisiert. Walzer fühlt sich saugut. Er hat eine Woche Segelferien auf dem Bodensee hinter sich.

Sie müssen sich den Stammtisch im »Ochsen« nehmen, um das ganze Papier auszubreiten. Der ist kreisrund, misst etwa drei Meter im Durchmesser. Es ist sozusagen ein Trumm von einem Tisch. Manni macht zwar in seinem Gasthaus ein wenig auf gehobene Küche, hat sich aber immer um die Stammtischgäste gekümmert, die nur auf ein Bier oder ein Viertele kommen. Für ihn gehören sie dazu und für die braucht man eben einen Stammtisch. Schulzer kommt auch.

»Freunde, was haben wir?«, eröffnet Walzer. »Der Kneller betreibt den Puff im allgemein üblichen Rahmen. Er vermietet nur die Zimmer, die Damen rechnen eigenverantwortlich ab. Wenn da Zuhälter drin hängen, kann er immer sagen, er wisse von nichts. Alle drei Monate wechselt die Belegschaft. Das ist üblich, damit es erstens Frischfleisch gibt und zweitens die Damen aus Osteuropa erzählen können, sie wären gerade erst angereist. Drei Monate dürfen sie ja bleiben. Wenn Kneller selbst als Zuhälter aufträte, bekäme er juristischen Ärger, und das will er natürlich nicht. Er macht selbstverständlich etwa 20 Prozent von seinem Umsatz schwarz, aber das machen sie ja alle. Damit kriegen wir ihn nicht richtig dran.«

Er breitet mehrere A4-Blätter auf dem Tisch aus.

»Ich habe einiges an Material von verschiedenen Behörden wie Finanzamt, Handelsregister, Grundbuch und Polizei gesammelt und Olli hat seine Festplatte durchforstet sowie seine Konten gefilzt – und es hat mir die Sprache verschlagen.«

Er macht eine Kunstpause, alle sehen ihn erwartungsvoll an.

»Aber letztlich helfen wird es vermutlich nicht. Der Kneller hat ein geniales Geldwäschemodell entwickelt, was ich ihm nie zugetraut hätte. Olli hat herausgefunden, dass der Puff etwa sechs Millionen Umsatz und fast die Hälfte davon Gewinn macht. Von solchen Zahlen träumen andere. Aber offiziell fällt der Gewinn viel geringer aus, weil 20 Prozent davon direkt in seine Taschen wandern. Kneller verschiebt das schwarze Geld nach Thailand und nach Marokko, wo er Hotels besitzt. Da kann man noch bar zahlen. Und jetzt kommt es: Er hat mithilfe des Bankhauses Meille in den letzten zwei Jahren den Puff bis auf zehn Prozent an Anteilseigner verkauft. Das sind alles Leute mit Konten bei Indermann.«

Er erklärt die Details. Die Käufer der Anteile würden Kneller offiziell pro Anteil 100 000 bezahlen. Das sei angemessen, solange der Puff eine Umsatzrendite von zehn bis 15 Prozent bringe. In Wirklichkeit würden sie ihm aber aus ihrem Schwarzgeld pro Anteil nochmals 200 000 bezahlen. Somit hätten sie einen Teil ihres Schwarzgelds los und Kneller bekomme pro Anteil 300 000. Bei 40 Anteilen seien das zwölf Millionen. Nicht schlecht.

Und jetzt der Clou. Der Kneller fahre seit zwei Jahren den Anteil des Schwarzgeldes langsam zurück und der Gewinn steige auf fast drei Millionen bei sechs Millionen Umsatz. Das sei bezogen auf die 100000 gigantisch. Auf die 300000 bezogen sei das immer noch sagenhaft, aber es passe besser. Damit sei die wundersame Geldvermehrung vollzogen. Nach fünf Jahren dürften sie die Anteile verkaufen und bekämen für einen Anteil von 100000 bei einem Gewinn von 75000 pro Jahr und Anteil mit Sicherheit das Dreifache, das schwarze Geld sei somit erstklassig gewaschen.

»Damit ihr auch seht, wo die Erkenntnisse herkommen, hier ein paar Belege. Eine E-Mail vom Chef der Privatkundenabteilung des Bankhauses Meille. *Wilfried, wir starten ab nächste Woche wie besprochen.* Die E-Mail ist etwa zwei Jahre alt. Dann liegt mir ein gescanntes Schreiben vor, in dem die Bank dem Herrn Kneller vorschlägt, aus seinen Häusern doch ein Beteiligungsmodell zu machen. Die ist etwas älter. Sie bieten auch gleich ihre Dienste an. Im Jahr darauf haben etwa 20 Kunden der Bank die 40 Anteile gekauft. Habe ich vom Notariat.«

»Ich habe hier eine Notiz von Kneller, in der er den Weg des Geldes aufzeichnet«, mischt sich Olli ein. »Da steht groß Indermann, dann geht ein Pfeil zur Bank, der nächste zu ›Kneller-Beteiligungs-Fonds‹ und von da geht der letzte Pfeil zu den Anteilseignern. An dem steht Ausschüttung dran. Das Dokument habe ich in seinem Papierkorb auf seinem PC gefunden. Der hat sogar auf diesem Blatt den Fluss des Geldes in Schwarz und in Blau aufgemalt. Blau ist das offizielle und Schwarz – ihr dürft raten. Ach ja, die Anteilseigner habe ich alle in meinen geklauten Steuerdaten gefunden. Ich denke, wir können getrost davon ausgehen, dass diese Leute mithilfe von Geldtransportern der Bank ihr Geld in der Schweiz abholen lassen. Die Bank bewahrt es zunächst bar auf. Die Anleger haben mit ihrem offiziellen Geld einen oder mehrere Anteile von Kneller gekauft und dieser Anteil wird jetzt mit etwa dem Doppelten an Schwarzgeld aufgefüllt und das machen sie seit über zwei Jahren so.«

»Und wieso nicht auf einen Schlag? Das ischt doch ein Blödsinn«, will Manni wissen.

»Ich denke, die Bank hat einige Leute, die regelmäßig zum Tanken und Schoki-Kaufen in die Schweiz fahren. Die holen jedes Mal knapp 10 000 pro Person ab, weil das gerade noch erlaubt ist. Das sind eben nicht solche Profis wie du«, erwidert Olli.

»Da werde ich mich sofort bewerben«, kommentiert Manni.

»In Knellers PC-Papierkorb habe ich übrigens die interessantesten Sachen gefunden, zum Beispiel die ganzen inoffiziellen Abrechnungen«, fügt Olli hinzu.

»Da möchte ich auch ein paar Anteile kaufen. Ich werde mal den Herrn Kneller fragen«, sagt Walzer. »Sagenhafte Renditen sind das. Wenn ich annehme, dass die Eigner 20 oder mehr Millionen waschen wollen, haben sie es bis zum nächsten Jahr geschafft. Das ist ein guter Plan. Der Kneller hat ordentlich Geld für den Puff bekommen, die Leute haben ihr Geld gewaschen und die von der Bank dürften auch was abbekommen.«

Manni hängt im 50-Grad-Winkel in seinem Stuhl.

»Da kann ich ja noch was lernen.«

»Was wir noch haben, ist die Teilnahme einiger Bankleute an Knellers Orgie«, fährt Walzer fort. »Das bringt uns nur ein weiteres Argument, dass sie erpressbar sind und mit ihm unter einer Decke stecken. Aber alleine das Mitmachen ist ja nicht strafbar. Schwerwiegender ist die Partizipation des Herrn Staatsanwalt Berner und des Richters Massler an der Orgie beziehungsweise die Tatsache, dass der Herr Richter die Kneller-Nutten vögelt. Allerdings weiß ich nicht, ob die Justiz damit die Verfahren gegen Kneller wiederaufnehmen würde. Kann aber schon sein.«

»Die Sache mit der Russin, die er Russenschlampe nennt, ist noch unklar. Aber dazu müssten wir die Leiche finden – oder?«, sagt Olli.

Walzer fügt hinzu, er habe von einem seiner Polizeikontakte von der Anzeige eines Ukrainers erfahren, dessen Tochter in Knellers Puff verschwunden sei.

Olli sieht ihn erstaunt an.

»Genau, seine Polizeiakte«, sagt Walzer. »Es gibt 14 Anklagen wegen Körperverletzung und schwerer Körperverletzung.«

»Mein Gott und der war nicht einen Tag im Knast, das ist unfassbar!«

»Er bekam jedes Mal einen Freispruch aus Mangel an Beweisen. Zehn davon beim selben Richter. Ratet mal, bei wem?«

»Massler.«

»Genau.«

»Er hat gegen einen Konkurrenten unter Zeugen Morddrohungen ausgestoßen und der ist etwas später spurlos verschwunden, die Sache ist aber nie zur Anklage durch Staatsanwalt Berner gebracht worden. Er hat mehrfach Nutten krankenhausreif geschlagen. Eine davon hat ihn angezeigt, die Anzeige aber wieder zurückgezogen. Und da ist noch ein Raub. Er hat einem Freier die Rolex geklaut, wieder aus Mangel an Beweisen abgeschmettert durch Richter Massler. Meine Herren, darf ich an dieser Stelle die Ergebnisse unserer mehrwöchigen Bemühungen zusammenfassen?«

Olli schaut Walzer erwartungsvoll an.

»Ich muss euch leider enttäuschen. Wir haben das dicke Ding, nach dem wir gesucht haben, nicht gefunden. Leider. Ich habe gehofft, dass wir etwas finden, das den Kneller definitiv für sehr lange Zeit hinter Gitter bringt. Wir haben ein schönes Geldwäschemodell, von dem wir das meiste nicht wirklich beweisen können. Wir wissen, dass er einen Teil seines Geschäfts schwarz macht, aber ich bin unsicher, ob das reicht. Wir wissen, wie sie es machen, aber du bräuchtest zumindest ein Geständnis von einem der Beteiligten. Dann haben wir noch eine verschwundene Zwangsprostituierte. Wir haben keinen wirklichen Beweis, dass Kneller was damit zu tun hat. Wir können dem Berner und dem Massler zwar nachweisen, dass sie bei Knellers Orgien mitgemacht haben. Auch damit erreichen wir aber nicht viel.«

Olli lässt den Kopf hängen. Er denkt wieder an die Äußerung von Walzer, was man mit einem wie Kneller machen müsste, um ihn loszuwerden. Aber wie nur?

»Olli, du kannst gar nichts machen, denn gegen dich hat er einen Mordversuch in der Hand. Ich weiß allerdings nicht, ob er ihn beweisen kann. Selbst wenn wir was hätten, verschwindet der ruckzuck in Thailand, lässt sich die Visage verschönern, was ja auch sinnvoll wäre, und wir sehen ihn nie wieder. Aber wir braven Bürger sitzen hier und sind perfekte Zielscheiben für seine Gorillas. Er benutzt Mafia-Methoden. Ich habe in meinem langjährigen

Kampf für den Rechtsstaat gelernt, dass du dagegen keine Chance hast.«

»Franz, du Ogäber. Du hascht auch schon *gegen* den Rechtsstaat gekämpft«, kommentiert Manni breit grinsend.

Ein Ogäber ist auf Schwäbisch ein Angeber.

»Und was machen wir jetzt?«

»Mein lieber Olli, wenn man im Zustand völliger Hoffnungslosigkeit feststeckt, kein Ausweg weit und breit in Sicht isch, dann trinkt man oinen.«

Und so bestellen sie was.

Walzer hat Olli die Anzeige wegen der Ukrainerin gegeben und Olli wundert sich mal wieder, an was der so alles rankommt.

»Franz, der Kneller sagt vermutlich zu allen Russen, Weißrussen, Ukrainern, Moldawiern und so weiter ›Russen‹.«

Später verkrümeln sie sich wieder in Richtung ihrer jeweiligen oder in Ollis Fall temporären Heimat.

easyJet

Kneller sitzt im Puff. Er ist zornig, sehr zornig. Er erwartet unangenehmen Besuch.

Zuerst hat er erkannt, dass es schlau ist, die Autobahn zwischen sich und den Ort der Abholung durch die Drohne zu legen. Das erschwert einem eventuellen Verfolger die Sache gewaltig. Für die kommenden Aktionen hat er dauerhaft einen Mercedes-Sprinter angemietet. Dann ist er mit diesem »Scheißhobel« von Sprinter stundenlang auf der Suche nach einem geeigneten Gelände in der Gegend herumgefahren. Am Ende hat er sich noch einen Anschiss von einem Förster eingefangen. Nachdem der ihn hat laufen lassen, hat er in dem Sprinter die Sonnenblende abgerissen und sie aus dem Fenster geworfen.

»Die isch für dich, du Förschter vom Silberwald!«, hat er gebrüllt.

Aber er hat auf diese Art einen sehr geeigneten Platz in der Nähe eines Wäldchens in Echterdingen gefunden. Heute früh hat er die Kinesen dahin zum Üben gebracht. Er selbst ist zum Grillplatz gefahren.

Dort angekommen hat er Nawin per Handy zum Starten aufgefordert. Nawin hat die Drohne aufsteigen lassen. Er hat sie in einem schönen weiten Bogen zum Zielgebiet gesteuert. Damit er das Ziel auch sicher findet, ist er ziemlich hoch geflogen. Er hat Angst vor diesem Kneller. In Thailand haben sie gesagt, der sei sehr nett, aber hier sieht das anders aus.

Die Piloten von easyJet-Flug EZY 7581 aus Porto staunten nicht schlecht, als ihnen kurz vor dem Aufsetzen am Flughafen Stuttgart um genau 10.41 Uhr eine Drohne begegnete. Die Drohne zischte etwa zehn Meter unterhalb des Backbordtriebwerks des Airbus A320-200 durch. Das ist von hinten aus gesehen das linke. Dabei kam sie massiv ins Trudeln. Da der Kopilot die Landung durchführte, blickte der erschrockene Flugkapitän der Drohne kurz nach und entdeckte unten am Waldrand zwei Figuren. Dies teilten die Piloten nach der Landung dem Tower mit, der sofort die Polizei alarmierte.

Bereits fünf Minuten danach waren zwei Streifenwagen unterwegs. Die fuhren stramm auf den Waldrand zu und sahen schon von Weitem zwei Gestalten auf der Wiese am Waldrand auf einen Punkt zurennen, der, wie sich hinterher herausstellte, die Absturzstelle der Drohne war. Den Beamten kam noch ein dritter Streifenwagen zu Hilfe und so konnten sie zwei verängstigte thailändische Staatsbürger festnehmen und eine ziemlich ramponierte Drohne sicherstellen. Der eine der Thais sprach ein wenig Deutsch, in dem er darum flehte, nicht geschlagen zu werden. Sie hatten ihre Pässe bei sich, anhand derer man später feststellen konnte, dass die darin enthaltenen Visa gefälscht waren. Zudem stellte sich später heraus, dass die beiden Herren sich auf Einladung eines gewissen Wilfried Kneller in Deutschland befinden.

Kneller hat derweil am Grillplatz gewartet. Nach einer gewissen Zeit hat er Trang angerufen und ohne Vorwarnung in das Handy reingebellt, wo die Scheißdrohne denn nun bleibe. Sehr verwundert war er darüber, dass ein Polizeiobermeister Häberle sich meldete und geistesgegenwärtig fragte, wo er sich denn befinde. Da ist dem Kneller ein »Fasanenhof« entfleucht, das er gleich wieder schwer bereute. Da man annahm, er sei das Ziel des Drohnenfluges gewesen, kam nun auch noch Fliegen außerhalb der Sichtweite und weiter als 400 Meter vom Piloten entfernt auf die Liste. Die Frage, wer er denn sei, beantwortete er vorsichtshalber nicht mehr. Aber der POM Häberle ist schon einmal bei einer Razzia in Knellers Puff dabei gewesen und hat so die Stimme identifiziert.

»Kneller, das sind doch Sie.«

Darauf schleuderte dieser sein iPhone 6 etwa 20 Meter weit weg. Leider landete es in einer Pfütze und war damit das, was der Schwabe als »he«, also als hin beziehungsweise kaputt bezeichnet.

Man stattete ihm alsbald einen Besuch ab. Vorausgegangen war auf der Polizeiwache eine Diskussion darüber, wer von den Beamten dort hingehen müsste. Kneller hat schon öfter Polizisten so verprügelt, dass sie länger ins Krankenhaus mussten. Deswegen ist er auch schon fast eingesessen. Der Staatsanwalt hat das abgebogen. Ein Herr Berner übrigens.

Das Thema wurde dahin gehend gelöst, dass sich acht Polizisten auf den Weg machten, um den Kneller durch pure Mannschaftsstärke von irgendwelchen Kurzschlusshandlungen abzuhalten, für die er weithin bekannt war.

Als sie den Puff betreten, schreit Kneller:

»Aha, die kleinen grünen Männchen.«

Es sind eher kleine blaue Männchen und auch Frauchen. Manche Männchen sind auch gar nicht so klein.

»Herr Kneller, Sie haben ja mitbekommen, dass wir die zwei Herren aus Thailand festgenommen haben. Was haben Sie dazu zu sagen?«

»I sag gar nix. I wart auf meinen Anwalt.«

Das gestatten sie ihm, und nachdem dieser sehr schnell eingetroffen ist, können sie auch wieder gehen, denn dem Herrn Kneller könne man ja unmöglich zur Last legen, dass zwei Geschäftsleute aus Thailand illegal eingereist seien und gesetzeswidrige Drohnenflüge durchführten. Die beteiligten Polizisten machten säuerliche Gesichter, was auch wieder verständlich ist.

So etwas passiert laufend. Kneller hat diese Thai-Kerlchen eingeladen und die sind ohne jeden Zweifel für ihn tätig. Da stellt sich diese Rotlichtgröße rotzfrech hin und erzählt, sein Name sei Hase.

Der Polizei ist das Glück hold. Sie hat eine gebürtige Thai in ihren Reihen und die hat sich mit den beiden ausführlich unterhalten. Sie hat sie brav über ihre Rechte belehrt, was die zwei nicht verstanden haben, aber das war der Polizei im Moment egal. Vorgelesen ist vorgelesen und das auch noch in Landessprache.

Die zwei haben alles erzählt, was sie wussten. Sie wollten möglichst schnell fort aus diesem schrecklichen Land und weg von diesem Kneller. In Thailand habe er ein großes Hotel. Er habe sie hergeholt, damit sie mit den Drohnen Geld transportierten. Welches Geld? Wüssten sie nicht. Aber sechs Mal hätten sie ein großes Bündel mit Geld bekommen. Vom Grillplatz. Sie können ihn sogar auf der Karte zeigen. Ob Kneller dabei gewesen sei? Ja, er habe Nawin sogar geschlagen. Aha, so bekommt sein Flehen, nicht geschlagen zu werden, eine Bedeutung. Ob sie die Aussagen unterschreiben würden. In thailändischer Schrift? Klar. Da kann man wieder sehen, welche Vorteile die Migration und die Integration heutzutage haben.

Ohne diese Kollegin mit thailändischen Wurzeln hätten sie jetzt gar nichts. Ob das hilft, weiß man nicht. Am Ende entscheidet der Staatsanwalt. Der heißt in diesem Fall Berner, ist für die Buchstaben H bis M zuständig und oft sehr milde. Daher hat ihr Chef befohlen, den Kneller erst dann festzusetzen, wenn man ihn tatsächlich neben einer Leiche erwischen würde mit der Hand an dem Messer, das in der Leiche stecke.

»Wir machen uns sonst lächerlich«, hat er gesagt.

Kneller sitzt immer noch im Puff und kocht. Jetzt hat er die Faxen mit diesen Scheißdrohnen dicke. Die zwei Kinesen werden sie vermutlich abschieben. Er geht davon aus, dass dank Berner nicht viel an ihm kleben bleibt. Aber er hat die Schwarzgeld-Daten ständig vor der Nase und kann im Moment nichts damit unternehmen. Das macht ihn wahnsinnig. So viel Geld. Er wird die Übergaben anders regeln. Kneller überlegt. Dabei kippt er seinen Stuhl nach hinten. Der ist schon etwas älter und knackt bedenklich. Da hat er was mit Olli gemein.

Um diesem Tag noch die Krönung aufzusetzen, hat ihm Bruno erzählt, dass dieser Maurer, dieser Freund von Olli, nicht aufzufinden sei. Laut Nachbarn sei er für längere Zeit in Australien.

Und so greift Wilfried Kneller an diesem Abend verschärft zum teuren Cognac.

Zoom

Walzer läuft die Stuttgarter Königstraße entlang, schaut mal in dieses Schaufenster, mal in jenes, schaut auch einer ausnehmend hübschen Frau nach. Aus einer Querstraße kommt ein Mann auf ihn zu, streift ihn fast, will zuerst weitergehen und stoppt dann doch.

»Mensch, Franz. Dich habe ich ja nicht mehr gesehen, seit du deine Zulassung verloren hast«, ruft er laut lachend aus. »Du hast es wohl übertrieben damals. Ich hoffe, du hast doch noch eine andere Beschäftigung gefunden.« Und lacht weiter.

»Berner, du alte Wildsau. Ich bedanke mich ganz arg für die Anteilnahme an meinem Schicksal. Ich freue mich, dass es dir gut geht und du noch so aktiv bist, auch sexuell. Ich habe dich nämlich kürzlich in einem Video gesehen, wo du es zwei Nutten vom Kneller am Beckenrand abwechselnd besorgt hast. Dein Gerät sah aber nicht so furchterregend aus, wie du früher immer behauptet hast. Ich habe extra reingezoomt. Bisch du dir sicher, dass das keinen negativen Einfluss auf die Karriere hat?«

Berner starrt ihn mit offenem Mund an. Schnappt nach Luft. Sieht aus wie ein Fisch.

Walzer überlegt, während er weiterspricht. Da sind ihm sozusagen die Pferde durchgegangen. Aber die Gäule setzen ihren Galopp noch fort.

»Kosch dem Richter Massler einen Gruß sagen, der war auch gut zu sehen. Der hat aber nur eine bedient. Du bisch ja auch deutlich jünger.«

Und er muss noch einen raushauen:

»Was eure Frauen wohl dazu sagen würden?«

Berner starrt ihn hasserfüllt an. Schnappt noch immer nach Luft. Walzer kann nicht widerstehen.

»Da fällt dir nicht viel ein, Herr Ex-Kollege, gell? Ja, mir geht es ganz gut. Ich bin so eine Art juristischer Berater geworden. Soweit das meine bescheidenen Kenntnisse zulassen. Man lebt. Es hat mich auch gefreut, dich zu sehen.«

Er dreht ab und geht weiter. Berner trollt sich auch, wie Walzer aus den Augenwinkeln sehen kann. Das ist seine Spontaneität. Die hat ihn schon einiges gekostet. War das gut oder war das schlecht? Jedenfalls wäre es vielleicht schlauer gewesen, den Mund zu halten. Jetzt ist es zu spät. Er geht weiter zu seiner Verabredung mit Lena zum Mittagessen.

Darth Vader

Kneller sitzt im Puff. Er wird das mit den Übergaben anders lösen.

Er hat vor ein paar Tagen nach dem Genuss von zu viel Cognac mit dem Nachdenken aufgehört, aber am nächsten Morgen ist es besser gegangen. Ihm ist etwas eingefallen, was alle Probleme löst. Bingo. Er musste nur noch eine Möglichkeit finden, seine Stimme zu verzerren. Da gibt es so Computerzeugs, aber da muss man Sachen installieren, und das ist ihm alles zu kompliziert. Am Ende hat er im Internet was gefunden, was die Stimme stark verändert. Er muss vor Gebrauch nur seine Bürotür abschließen, weil das Scheißteil eine Darth-Vader-Maske mit Stimmverzerrung ist.

Routiniert tätigt er seine sechs Anrufe mit dem Prepaid-Handy. Die Karte wird er nach Gebrauch wegwerfen.

Er lässt sich das Geld auf Konten von irgendwelchen Firmen mit Fantasienamen in Dubai oder in Singapur überweisen. Kurz danach ist das Konto verschwunden und das Geld ist weg. Das ist natürlich clever und der primitiven Bargeld-Methode von Olli deutlich überlegen. International ist er schon gut vernetzt, der Herr Kneller.

Schon am Tag darauf sitzt Darth Vader wieder an seinem Schreibtisch. Auf der Liste, die er abarbeitet, kommen ihm viele Namen bekannt vor.

Beim ersten Mal hat er vergessen, die Tür abzuschließen, und eine von den Nutten kam in sein Büro. Sie hat einen panischen Schrei abgelassen, als er mit der Maske auf dem Kopf in das Handy rein gequasselt hat. Er war versucht, zu ihr zu sagen: »Möge die Macht mit dir sein«, aber das ging gerade nicht, weil er in dem Augenblick: »Ische wille vonne die Swarzgeld in die Sweiz swanzisch Prosente«, sagen musste.

Nach dem zehnten Anruf findet er, das Ganze sei mühsam. Wenn er als komplett geldgeiler Typ aber daran denkt, dass diese zehn Leute jetzt weit über eine Million überweisen, dann relativiert sich die Qual.

Das Hotel in Marokko ist so gut wie verkauft und mit den Leuten in der Domrep ist er handelseinig. Er müsste dann noch ein wenig Spanisch lernen. Holt sich einen Cognac. Ist schon nach zwölf. Si claro. Er hat die richtigen Leute schmieren können. Kann bar bezahlen. Das sind vernünftige Leute da unten.

Hierzulande wollen manche heute schon im Puff eine Quittung fürs Vögeln haben. Na dann wird er erst mal weiter telefonieren. Die Maske muss er ab und zu abnehmen, wird heiß darunter.

In so einer Pause kommt ein Anruf auf sein Handy.

»Berner.«

»Ach so, du. Was gibt es?«

»Wir müssen reden. Ich komme zu dir, jetzt gleich.« Und schon hat er aufgelegt.

Kneller ist sauer. Er setzt die Maske wieder auf und macht weiter. Als es an seiner Tür klopft, hat er weitere zwölf geschafft und ist für heute zufrieden.

»Herein.«

»Es ist was passiert.«

Berner hat sein Auto auf dem Hof abgestellt und ist vorsichtig reingeschlichen. Ständig hat er sich umgesehen. Kein Mensch darf ihn hier sehen.

»Ich habe den Walzer getroffen. Zufällig. Auf der Königstraße.«

»So abgehackt, wie du sprichst, muss das ja schlimm sein.«

»Ist es auch. Er hat ein Video gesehen, auf dem man mich und den Massler beim Vögeln sieht. In dem Schwimmbad.«

Kneller zieht die Augenbrauen hoch.

»Wie bitte?«

»Also du hast das gefilmt – oder?«

»Ja. Aber das Video hat kein Mensch außer mir.«

»Dann muss es dir jemand geklaut haben.«

»Des isch unmöglich. Es isch nur auf meinem PC.«

»Du wärst nicht der Erste, dem man den PC hackt. War der in letzter Zeit mal langsamer als normal?«

Kneller staunt.

»Das stimmt.«

Dann wird er sauer. Er zweifelt alles an. Der Walzer erzähle nur irgendwas.

»Wieso weiß er dann, dass ich es abwechselnd mit zweien gemacht habe?«

Kneller haut auf den Tisch. Davon fällt die Darth-Vader-Maske runter. Berner schaut sie fasziniert an.

»Was machst du jetzt? Sexspielchen als Darth Vader verkleidet mit nix drunter unter der Kutte oder wie?«

Kneller sagt ihm, er habe keine Ahnung, wie das mit dem Video passiert sein könne, wenn es denn stimme. Dann schmeißt er ihn raus und schreit nach den Gorillas.

»Ihr fahrt jetzt sofort zu diesem Walzer an den Bodensee. Zuerst checkt ihr, ob der den Olli versteckt hat. Wenn nicht, schnappt ihr euch seine Frau oder Freundin, diese Lena. Aber nehmt euch ein paar Tage Zeit und kundschaftet alles vorher sorgfältig aus.«

Sparta

Lena steht in ihrem gemeinsamen Büro auf der Werft am Fenster und schaut auf den See. Dieses Büro ist ein Traum. Das Haus liegt an der Stirnseite des kleinen Hafens und der Balkon geht nach Norden, reicht ungefähr zwei Meter über den See. Durch die Lücken zwischen den Brettern des Bodens kann man ins Wasser schauen. Über diesem Büro liegt ihre Wohnung. In südlicher Richtung ist die Werfthalle angebaut.

Sie sollte eigentlich nicht auf den See schauen, sondern die Vorbereitung der Buchhaltung für den Treuhänder machen. Ein Treuhänder ist in der Schweiz so was wie ein Steuerberater in Deutschland. Nur haben die Treuhänder in der Schweiz nicht so viel zu tun wie die Berater in Deutschland, da das ganze Fiskalsystem einfacher ist. Deswegen hat der deutsche Volkssport »Steuern sparen« hier auch nicht den Stellenwert wie in Deutschland.

Walzer ist mit dem Schlauchboot zu einem Kunden gefahren, der was umbauen lassen möchte, und sollte demnächst wieder da sein. Sie geht an die Arbeit. Etwas später nimmt sie aus den Augenwinkeln eine Bewegung wahr. Sie schaut auf und sieht auf der Treppe, die zum Büro hochführt, einen Mann in einem schwarzen Sakko mit weißem Hemd. Der Kopf ist kahl geschoren. Dahinter kommt noch einer in derselben Uniform, der ebenso kahl ist. Sie denkt. Blues Brothers. Die beiden nehmen die Stufen sehr schnell. Lena sieht sie erstaunt an. Seltsam. Der Vordere haut die Tür zum Büro auf und geht strammen Schrittes auf sie zu. Lena ist aufgestanden. Jetzt ist er schon kurz vor dem Schreibtisch. Er stürmt weiter ohne jedes Wort auf sie los. Sie geht Richtung Balkon. Er beschleunigt.

Da reagiert sie, macht zwei Schritte auf den Balkon, schreit sehr laut: »Tarek, Hans.« Der Typ ist jetzt noch zwei Meter entfernt. Sie hebt das rechte Bein, setzt den Fuß auf das Geländer, stößt sich kräftig ab, ohne auf etwas zu warten, und macht einen Kopfsprung in den See. Sie krault mit kräftigen Zügen los. Zum Glück hat sie nur Shorts und ein T-Shirt an, ist barfuß im Büro gesessen. Macht sie oft.

Nach gefühlten zwei Hallenbad-Bahnlängen – insgesamt 50 Metern – hält sie kurz inne und blickt zurück. Auf dem Balkon steht die Glatze und zieht sich die Schuhe aus. Lena fühlt sich jetzt recht sicher als ehemaliges Mitglied im Schwimmclub Sparta Konstanz e. V. Der müsste schon sehr gut sein, um sie zu erwischen. Hinter ihm steht der andere und auf der Treppe befinden sich zwei von Walzers Leuten in moderner Bootsbauerkluft. Sie schwimmt stur weiter und sieht zu ihrer Freude nach einigen Minuten ein Schlauchboot mit hoher Geschwindigkeit auf sich zu kommen. Neben ihr stoppt Walzer und streckt ihr die Hand hin. Er zieht sie ins Boot.

»Was ist los?«

»Franz, zwei Glatzköpfe sind ins Büro reingestürmt und da bin ich über den Balkon abgehauen. Haben sich mir nicht vorgestellt.«

Walzer gibt Gas, bis zum Ufer sind es vielleicht noch 300 Meter. In der Einfahrt des Hafens stoppt er und bittet

Lena, im Boot zu bleiben. Den Motor lässt er laufen. Er bindet das Boot nicht fest. Sie hält sich mit der einen Hand am Steg fest.

»Wenn was passiert, hau ab.«

Er springt an Land und läuft Richtung Büro.

Lena sieht von Weitem die zwei Glatzköpfe an der Halle vorbei Richtung Straße laufen. Beide haben keine Sakkos mehr an, der hintere hat rote Flecken vorne auf seinem Hemd. Der vordere flieht auf Socken. Er ist klatschnass. Das bringt sie zum Lachen. Sie bindet das Boot notdürftig an, geht an Land und läuft über den Steg. Tarek und Hans laufen in Richtung Straße hinter den beiden her. Tarek schimpft und hat einen sehr großen Schraubenschlüssel in der Hand. Die zwei Glatzen steigen in einen dort geparkten Porsche Cayenne mit Stuttgarter Nummer. Der Motor springt an, heult auf und die Karre rauscht mit Vollgas ab. Die Nummer merkt sie sich »S-AU 666«. Das passt.

Tarek kommt aus dem Kosovo. Er hat mal erzählt, dass er bei der UCK war und die waren keine Kinder von Traurigkeit. Der kennt ziemlich sicher jede Menge an fiesen Tricks.

Lena geht zur Straße vor, wo Tarek und Hans stehen und dem Porsche nachschauen. Walzer ist auch schon angerannt gekommen.

»Chef, isch habe voll erwischt damit in Rippen«, verkündet Tarek breit grinsend und zeigt den riesigen Schraubenschlüssel.

Hans ist leicht lädiert. Sie gehen in die Werfthalle und Lena holt einen Verbandskasten. Er hat eine kleine Wunde an der Schläfe. Sie desinfiziert die Stelle und klebt ein Pflaster drauf. Er sagt, es sei bloß ein Kratzer.

Die erste Glatze ist Lena tatsächlich nachgesprungen, nachdem er seine Schuhe ausgezogen hat, berichtet Tarek. Der zweite ist noch dabei gewesen, sein Sakko auszuziehen, als Tarek und Hans ins Büro reingestürmt kamen. Tarek hat ihm mit dem Schraubenschlüssel eins gegeben. Da er nun alleine war, ist er geflohen. Der andere muss das vom Wasser aus gesehen haben und hat es dann auch vorgezogen zu verschwinden. Ist wohl an der Badeleiter an der Hafenmauer hochgeklettert.

Später räumen Walzer und Lena das Büro auf.

»Lena, das waren Leute vom Kneller. Ich nehme an, dass die eigentlich den Olli gesucht haben, aber dich wollten sie entführen. Ich würde vorschlagen, wir verschwinden für ein paar Tage.«

Sie nickt.

»Habe keine Lust, mich von solchen Typen erwischen zu lassen. Der Kneller ist ja gemeingefährlich.«

Walzer besitzt einen Smith & Wesson .357-Magnum-Revolver. Den nimmt er mit. Er hat einen Waffenschein dafür. Sie haben Freunde mit einem kleinen Ferienhäuschen auf der Halbinsel Höri. Sie packen das Nötigste ein und verschwinden dahin. So ganz legal ist es nicht, die Waffe mit nach Deutschland zu nehmen.

»Lena, wenn das so weitergeht, müssen wir alle nach Indien. Der Kneller dreht jetzt durch. Das hätte ich nicht gedacht.«

Er hat ihr die Geschichte mit dem Video und dem Staatsanwalt in Stuttgart erzählt. Er erzählt ihr sowieso immer alles.

Das ist vor langer Zeit anders gewesen und damit hat er beinahe Schiffbruch erlitten. Walzer hat schon immer eine Tendenz zu – sagen wir mal – gefahrgeneigten

Tätigkeiten gehabt. Er wollte damals Lena schützen und hatte vor allem Schiss, dass sie ihm abhandenkommt, wenn sie merkt, was er so macht. Also hat er ihr einige seiner Aktivitäten verschwiegen. Sie hat dann aber doch alles erfahren und sein Schweigen als mangelndes Vertrauen gewertet und so ist sie ihm beinahe wirklich abhandengekommen. Seither erzählt er ihr alles, und wenn sie sagt »stopp«, dann lässt er seine Pläne fallen.

Heiligs Blechle

Walzer berät sich am nächsten Tag mit Olli. Er ist zu Manni gefahren.

»So geht es nicht weiter. Du versteckst dich, deine ganze Verwandtschaft versteckt sich und ich jetzt auch noch. Wir können gerade mal froh sein, dass er den Manni noch nicht entdeckt hat. Das isch Terror und der Terrorfürscht hockt im Puff im Induschtriegebiet in Stuttgart und wir zittern vor ihm und die ganze Staatsmacht nützt nichts. Das isch zum Kotzen. Jetzt wellet sie no mei Frau entfihra. Heiligs Blechle.«

Wenn Walzer sich aufregt, schlägt sein Schwäbisch eindeutig noch stärker durch.

»Mr unternemme äbbas.« Übersetzt: Wir unternehmen etwas.

Olli sieht ihn erstaunt an.

»Vor ein paar Tagen hast du gesagt, es reiche nicht.«

Walzer erklärt Olli seinen Sinneswandel. Er habe bis jetzt gehofft, sie fänden über den Kneller etwas heraus, was den so unter Druck setzen würde, dass er gezwungen wäre, komplett von der Bildfläche zu verschwinden.

»Haben wir aber nicht.«

Er sei nach der versuchten Entführung von Lena zu der Überzeugung gelangt, dass sie ab sofort einfach nur alles gegen Kneller unternehmen sollten, was möglich ist. Punkt.

»Draufschlagen, ihn überall verpfeifen. Wir versuchen es einfach.«

Olli ist ja nur noch hier geblieben, um nicht nach Stuttgart zu müssen. Er hatte ja nichts mehr zu tun. In den letzten Tagen ist er sozusagen abgehangen. Das ist für einen wie ihn schwer zu ertragen. Er hat sogar angefangen, bei Manni in der Küche auszuhelfen, und gekellnert hat er auch. Er freut sich, dass das jetzt wieder anders wird.

»Olli, wir dokumentieren zuerst die Orgie. Wir machen eine Aufstellung aller Kneller-Urteile mit Beteiligung der Herren Berner und Massler, die wir haben, und dann müssen wir einen Link haben zu den Videos. Die Videos müssen auf einen Server außerhalb des Einflusses der Stuttgarter Gerichtsbarkeit, sonst sind sie dank Massler gleich wieder unsichtbar.«

»Klar.«

»Gut. Danach gehen wir an die Geldwäsche.«

Walzer fährt am nächsten Morgen zu Manni. Als er aus seinem Auto aussteigt, klingelt sein Handy. Ein Kunde ist dran.

»Franz, ich werde erpresst.«

»Das ist erstaunlich, ich dachte, es sei vorbei.«

Er fragt nach und bekommt die Details inklusive der Darth-Vader-Stimme geschildert. Nach dem Anruf geht er direkt zu Olli ins Gartenhäuschen.

»Du Ganove machst Erpressungen aus Mannis Gartenhäuschen heraus. So was Grausliches, hinter meinem Rücken.«

Olli stammelt, er wisse von gar nichts.

»Dein Name isch Hase und so.«
Da erst merkt Olli, dass Walzer dabei grinst.
»Wird weiter erpresst?«, fragt er ihn.
»Genau.«
»Das kann nur der Kneller sein.«
»Er ruft erst an und redet wie Darth Vader und dann lässt er sich das Geld auf Konten in Dubai und Singapur überweisen.«
»Hey, das ist ziemlich schlau. Vermutlich ist das mit den Konten in Dubai besser als die Nummer mit den Drohnen. Aber nur, falls es ihm gelingt, die Spuren des Geldes perfekt zu verwischen. Hast du Darth Vader gesagt?«
»Ja genau, er klingt wie Darth Vader.«
Olli fängt an zu gackern wie eine Henne. Er giggelt, er ringt nach Luft.
»Franz, ich habe ja auch Stimmenverzerrer benutzt. Es gibt so was als Darth-Vader-Maske. Für Kneller sind die anderen Sachen viel zu kompliziert. Ich bin sicher, der sitzt mit der Maske im Puff und telefoniert.«
Jetzt lacht Walzer mit.
»Kriegen wir ihn wegen Erpressung dran?«, will Olli wissen.
»Wie denn, wir müssten es beweisen. Das können wir nicht, weil die Erpressten nicht zur Polizei gehen können.«
»Ich könnte mithören.«
»Olli, und wieso hast du nicht mitgehört?«
»Stimmt, seit ein paar Tagen habe ich nicht mehr reingehört.«
»Dann aber los. Und jetzt zeig mir die Videos.«
Olli führt sie vor.

»Sie sind auf einem anonymen Server in Weißrussland. Dort kann man jetzt das Video mit diesen beiden Aushängeschildern der Stuttgarter Justiz in allen Details bewundern.«

»Olli, ich habe eine komplette Liste aller Urteile gegen Kneller, die unter Mitwirkung der Herren Berner und Massler entstanden sind. Der Link ist auch drauf. Ich bringe das Schreiben gleich zur Post. Es geht an den Gerichtspräsidenten und an das Justizministerium. Danach sind sie am Arsch«, jubiliert Walzer. »Gut, einen Richter und einen Staatsanwalt kann man nicht so einfach feuern und ich weiß auch nicht, was die jetzt machen, aber ich bin mir sicher, dass da einiges überprüft werden wird.«

»Franz, wie funktioniert so etwas mit dem Konto in Dubai oder Singapur?«

»Ganz einfach. Man sucht sich einen Treuhänder dort, der gründet für dich eine Offshore-Firma und eröffnet das Konto – fertig. Das geht in Singapur, in Dubai, in Belize, in Ras al Khaimah.«

»Interessant. Ich dachte, es sei vorbei.«

»Nein, es gibt schon lange Bemühungen, das abzustellen, aber es dauert. Nauru ist auch noch so eine Oase. Du musst dir mal die Geschichte von Dubai ansehen. Im 19. Jahrhundert haben sie von der Perlentaucherei gelebt. Aus Nomaden sind Taucher geworden. Zu Beginn des 20. Jahrhunderts gab es eine große Einwanderung, unter anderem aus Indien und dem Iran. Ende der 30er-Jahre wurde die Zuchtperle in Japan erfunden und die Perlentaucherei war zu Ende. Da mussten sie auf Goldhandel und Schmuggel umsatteln, bis nach dem Zweiten Weltkrieg Öl gefunden wurde. Der Ölboom geht seit Langem deutlich zurück. Heute sind sie ein Steuerparadies und machen in Handel, Tourismus, Finanzwirtschaft. Also haben sie eine ziemliche Tradition darin, Dinge zu ermöglichen, die anderswo nicht erlaubt sind. Alte Schmugglertradition. Eine Firma in Dubai, wo nichts kontrolliert wird und du keine Unternehmenssteuern und keine Einkommenssteuern zahlen musst, ist nicht übel. Da kannst du das ganze schöne Geld selbst ausgeben.«

Nun knöpfen sie sich die Unterlagen über die Geldwäsche vor. Sie wird so weit belegt wie möglich. Die Verkäufe der Anteile am Puff. Die Namen der Käufer, dazu die Angaben über ihre Schwarzgeldkonten in der Schweiz. Dann die betriebswirtschaftliche Seite, die irrwitzig hohen Ausschüttungen sowie die Vermutung, es könne doch sein, dass Schwarzgelder dazu geflossen seien. Danach die Hotelkäufe des Herrn Kneller, soweit sie was darüber haben wie Kontoauszüge aus Singapur, Deutschland und Dubai.

Ergänzt wird alles natürlich durch die Beziehungen von Kneller zum Bankhaus Meille und zur Bank Indermann. Auch hier wird der Link zu den Videos aufgeführt, damit man sieht, wie gut die Beziehungen zwischen Kneller und der Bank sind. Dann kommen noch die Aufzeichnungen von Kneller dazu. Auch seine Notizen über das Schwarzgeld.

Und jetzt wird das ganze Dossier an den Gerichtspräsidenten, den Oberstaatsanwalt und wieder an das Justizministerium adressiert.

»Olli, das geht jetzt auch noch ans Finanzamt. Damit die was zu tun haben. Nur keine Langeweile, meine Damen und Herren.«

Heidenei

Kneller grübelt. Im Puff natürlich. Er rätselt, wie dieser Walzer an seine Videos gekommen ist. Berner hat angerufen. Er und Massler sind beurlaubt. Das ist ein solcher Scheiß. Das hat ihm der Walzer eingebrockt. Der muss seinen PC gehackt haben. Er vermutet, dass Olli dies ausgeführt hat.

Erst wollte er sich einen Experten holen, der das überprüft. Das ist ihm aber zu riskant gewesen. Er hat ja alles Mögliche auf der Kiste. Da kann er keinen ranlassen. Den PC hat er vom Internet abgehängt. Er muss da was ändern.

Und dann ist noch der Entführungsversuch an dieser Lena in die Hose gegangen. Dieter ist krank, den musste er zum Arzt schicken. Der hat einen offenen Rippenbruch. So ein Drecksack ist mit einem riesigen Schraubenschlüssel auf ihn losgegangen und die dumme Geiß ist über den Balkon ins Wasser verschwunden. Aber er kann das ja nicht selbst machen und so ist er wieder von seinem superdämlichen Personal abhängig. Bruno hat erzählt, dass der Typ mit dem Schraubenschlüssel Albaner ist. So fügt sich alles zusammen.

Der Albaner, der neulich an Ollis Handy gegangen ist, arbeitet für Walzer. Der Walzer hat den Olli, aber er muss ihn irgendwo verstecken. Bruno und Dieter haben die Bude vom Walzer zwei Tage lang beobachtet und von Olli nicht das Geringste bemerkt. So ein Drecksack. Plötzlich fällt ihm ein, wo sie den Olli noch nicht gesucht haben. Bei diesem Manni.

Er seufzt. Irgendwie geht gerade alles schief. Aber es gibt auch Erfreuliches. Er hat wieder ein paar Anrufe getätigt und ist jetzt 1,6 Millionen reicher. Das ist erst der Anfang. Allerdings hat er angefangen zu kontrollieren, wer von den Anrufern zahlt und wer nicht. Schon seit zwei Stunden sitzt er jetzt da dran. Das ist ein solches Durcheinander. Er weiß noch, dass er dem einen gesagt hat, er brauche nicht zu zahlen. Das war, als die Drohne sich auf die Autobahn verflogen hat oder vielmehr verflogen wurde.

38 Erpressungen hat er bisher durchgeführt mit einem Gesamtvolumen von 56 Millionen, davon acht per Drohne und bar. Das Geld liegt bei ihm, 1,8 Millionen. Die muss er von den 11,2 abziehen. Das macht – tipp, tipp, tipp – 9,4 Millionen. Er hat einen alten Taschenrechner, einen Apparat von den Ausmaßen eines Dachziegels.

Jetzt holt er erst mal einen Cognac. Neulich hat er sich eine Flasche für 5000 gekauft. Er nimmt ein großes Glas. In seinem Fall ist ein großes Glas ein Wasserglas. Schmeckt gut. Er nimmt gleich noch eins. So, jetzt geht die Abstimmung gleich viel besser. Er findet die ersten zehn Summen auf seinem Konto. Dann die nächsten zehn – alles da. Doch jetzt stößt er auf zwei, die nicht bezahlt haben. Er macht einen fetten Strich unter die Aufstellung und streicht die zwei säumigen Zahler an. Später wird er sich überlegen, was er mit denen machen will.

Er denkt, er sollte gerade weitermachen, um den Tag zu retten. Es ist zwar ziemlich warm, aber dann schwitzt

Darth Vader halt ein wenig. Er nimmt sich wieder 30 Namen vor. Beim 28. spricht Darth Vader gerade:

»Ische wille swanzisch Prosente von die Swarzgeld.«

Da geht die Tür auf. Heidenei, da hat er wieder vergessen, sie abzuschließen.

»Vergiss es«, spricht er ins Handy.

Er legt auf. Dieter steht mit aufgerissenem Mund vor ihm und starrt ihn an.

»Wilfried, was machsch du denn da?«

Kneller reißt die Maske ab.

»Geld verdienen, was sonsch, du Schoofseggl«, schreit er.

Nachdem Dieter weg ist, erledigt er die letzten zwei und gießt sich noch ein Gläschen ein. Den, bei dem Dieter ihn unterbrochen hat, verschont er. Später schläft er in seinem Bürostuhl ein. Gegen acht Uhr abends wacht er auf und fährt zu seiner Wohnung. Auf der Fahrt denkt er noch darüber nach, wie er mit der Walzer-Tussi weiter verfahren soll. Aber dazu fällt ihm nichts mehr ein. Zu Hause haut er sich gleich aufs Ohr. Müde ist er. Arbeitet zu viel.

Vrschdiggd

Walzer sitzt in seinem Büro auf der Werft. Heute ist nicht sein Tag. Es ist Anfang Juli und er musste die Heizung anmachen. Es ist einfach saukalt. Dazu plagt er sich mit seiner Steuererklärung rum und das macht keiner gerne, nicht mal in der Schweiz.

Sein Handy gibt Laut. Er steht auf.

»Kreuziger hier.«

»Franz Walzer. Wie geht es dir?«

»Gut, und selbst?«

»Wunderbar. Ich sitze in meinem Büro auf der Werft und friere mir einen ab. Du musst mich wirklich mal besuchen. Aber besser bei gutem Wetter.«

Kreuziger ist begeisterter Segler. Sie kennen sich schon sehr lange. Damals hat Walzer noch Strafsachen bearbeitet. Kreuziger ist zwar einer von Walzers Kontakten zur Polizei in Konstanz, aber nicht der, der ihm die Akten besorgt. Der sitzt in Stuttgart.

»Franz, vielleicht kannst du mir helfen, ich komme in dem Fall mit der Toten aus dem See nicht weiter.«

»Tote aus dem Bodensee?«

Kreuziger erzählt ihm von der weiblichen Leiche im Bodensee. Die Polizei habe die Information an die Presse gegeben, aber es seien keine verwertbaren Hinweise aus der Bevölkerung gekommen.

»Gerne, wenn ich kann. Erzähl!«

Kreuziger berichtet, sie seien zusammen mit den Kollegen in Stuttgart auf eine in einem Kneller-Puff als vermisst gemeldete Zwangsprostituierte gestoßen.

»Davon habe ich gehört.«

»Die Kollegen in Stuttgart sagen, der Kneller weiß von gar nichts.«

»Was zu erwarten war.«

»Ich habe mit dem Volker Lachenmann von der Zeitung in Stuttgart gesprochen. Ihr seid ja gut befreundet.«

»Ja.«

»Der hat mir erzählt, dass du ihm neulich was über diese zweite Steuer-CD gesteckt hast.«

»Ja.«

»Die beiden CDs wurden an das Land verkauft. Wir haben aber mitbekommen, dass mit diesen Daten auch Leute erpresst worden sind.«

»Ja.«

»Das weißt du also?«

»Klar.«

»Franz, wo du immer deine Finger drin hast. Aber ich will es gar nicht genau wissen.«

»Nett von dir, Herbert.«

»Also weiter. Kürzlich haben die in Stuttgart ein paar Thais mit einer Drohne erwischt.«

Walzer setzt sich. Scheint spannend zu werden. Schließlich erzählt der Mann von der Kripo ihm die ganze Geschichte.

Walzer braucht danach einige Minuten, bis er wieder sprechen kann. Er lacht Tränen. Und das ist kein Spruch. Sein Gesicht ist klatschnass.

»Die haben angeblich Leute erpresst. Sie befinden sich auf Einladung von Kneller hier. Also steckt er dahinter. Mich interessieren die Erpressungen zwar auch, aber mehr interessiert mich die Tote aus dem Bodensee. Die war zuletzt bei Kneller im Puff. Ihre Kolleginnen haben das bestätigt. Sie ist an einem Schlag auf den Hinterkopf gestorben. Kann auch bei einem Sturz passiert sein. Ich erspare dir die Details. Aber sie ist auch ins Gesicht geschlagen worden, und zwar heftig. Du weißt, wem ich das zutraue.«

»Kneller.«

»Kannst du mir helfen?«

»Ich hirne mal, kann schon sein. Ich melde mich in ein paar Tagen.«

Nachdenklich beendet Walzer das Gespräch. Er denkt über die Zusammenhänge nach. Wird gerade alles etwas kompliziert. Dann ruft er Volker Lachenmann an, seinen Freund bei der Stuttgarter Tageszeitung.

»Hey, Franz, lange nichts gehört von dir.«

»Sag mal, Volker, kannsch du dich noch an die zwei Steuer-CDs erinnern?«

Man muss dabei wissen, dass der Schwabe den Namen Volker etwa so wie »Fulgerrr« ausspricht. Es ist gewöhnungsbedürftig, um das vorsichtig auszudrücken. Man will ja niemandem zu nahe treten.

»Ja, kann ich.«

»Fulgerrr, mit Teilen von den Daten wurden Leute erpresst und die Erpressungen gehen weiter. Ich weiß sogar, wer sie jetzt macht.«

»Aha, und du willsch es mir auch sagen, sonsch würdest du ja nicht anrufen.«

Einen messerscharfen Verstand haben sie schon, die Journalisten.

»Aber du kannst es nicht schreiben, sonsch wirrsch du abgmurgsd.«

»Au, jetzt fürchte ich mich aber.«

Fulgerrr, also Volker ist eher so der unerschrockene Typ. Walzer und Volker sind zusammen in die Schule gegangen. Der Volker ist im Sommer immer von allen Neckarbrücken gesprungen, die er finden konnte. Sie sind deswegen sogar mal temporär in Polizeigewahrsam genommen worden. Lange ist es her.

Walzer hat neulich mal Volkers Wampe bestaunt.

»Wenn du heute in den Neckar springen würdest, würde der über die Ufer treten«, hat er zu ihm gesagt. Fulgerrr kann so etwas ab.

»Und wer ist es?«, fragt Volker.

»Kneller.«

»*Der* Kneller?«

»Genau der.«

Walzer erzählt ihm ein paar Details. Als er mitten in der Sache mit der Darth-Vader-Maske ist, hört er am Telefon seltsame Laute.

»Fulgerrr, Fulgerrr, bisch du noch da?«, ruft er.

Keine Antwort. Gerade, als er darüber nachdenkt, ob er jetzt mit dem Handy den Notruf anrufen muss, kommt wieder so etwas wie eine Abfolge vernünftiger Worte durch die Leitung.

»Bin vor Lachen fast vrschdiggd.«

Ein Schwabe erstickt eben nicht, sondern er »vrschdiggd«. Eigentlich sollte man nicht glauben, dass so etwas in einer Art von deutscher Sprache möglich ist. Ist es aber.

»Mach damit, was du willst.«

»Sag mal, du sagst, Kneller ist jetzt der Erpresser. War es vorher jemand anderer?«

Walzer erzählt ihm ziemlich viel, ohne konkrete Hinweise auf Olli zu geben. Er spricht auch über die Geldwäsche und über einen korrupten Staatsanwalt sowie einen gleichfalls korrupten Richter. Und über eine E-Mail, in der was von einer Russenschlampe steht.

»Franz, hascht du das noch nicht gehört?«

»Ja was denn?«

»Der Berner und der Massler sind beurlaubt.«

»Dann habe ich ja Erfolg gehabt.«

»Ach du schdegsch dahinter?«

»Klar. Ich schicke dir gleich noch einen Link zu Videos, in denen diese Leuchten der Stuttgarter Justiz als Pornodarsteller auftreten.«

Das erledigt er nebenher. Er hört, wie Volker auf seinem PC herumklickt. Er hört auch, wie der Volker schon wieder Probleme mit seiner Atmung bekommt.

»Fulgerrr, bevor du den nächsten Lachanfall bekommst, beenden wir das Gespräch besser. Sonsch vrschdiggschd du noch wirklich.«

Walzer informiert sofort Olli über sein Gespräch mit Kreuziger, die Leiche, die Beurlaubung gewisser Organe der Rechtspflege, die Ermittlungen der Polizei und sein Gespräch mit dem »Fulgerr«.

»Olli, Gottes Mühlen mahlen langsam, aber sie mahlen. Sag Manni Bescheid.«

Walzer legt auf und denkt nach. Er ruft Olli wieder an.

»Ja, Franz?«

»Olli, kannst du eine E-Mail verschicken, die garantiert kein Mensch zurückverfolgen kann, nicht mal die Polizei?«

»Franz«, sagt Olli in dem Ton, in dem Kinder ihre Eltern darauf hinweisen, wie dämlich deren Frage gerade war.

Olli ist immer froh, wenn er was tun kann, was die anderen nicht drauf haben. Er ist Walzer und Manni wahnsinnig dankbar für die Unterstützung und schwankt bei der ganzen Sache immer zwischen Hoffen und Bangen, ob es am Ende wohl gut ausgehen wird.

»Also gut. Du schickst die E-Mail vom Kneller über die Russenschlampe an Kommissar Kreuziger von der Kripo in Konstanz.« Er gibt ihm die E-Mail-Adresse.

»Verstehe.«

Taucher

Oleksandr Ivancyk sitzt am Computer seines Freundes Illya in dessen Münchener Wohnung und sucht nach Informationen, die im Zusammenhang mit einem Puff in Stuttgart stehen. Zu Hause gibt es einige Leute, die Deutsch sprechen und er hat in den letzten Wochen mit einem von ihnen zusammen versucht, die Sprache ein wenig zu lernen. Er googelt den Begriff Bordell. Wenn er etwas von den Suchergebnissen nicht versteht, benutzt er den Google-Übersetzer.

Er sucht seit zwei Tagen. Heute findet er etwas.

Stadtbekannter Bordellbesitzer erpresst Steuerhinterzieher.

Der Artikel auf der Webseite einer Stuttgarter Tageszeitung, geschrieben von einem Volker Lachenmann, beschreibt, dass Leute mit Schwarzgeldkonten in der Schweiz von einer im Rotlichtmilieu bekannten Persönlichkeit zur Zahlung von hohen Summen erpresst würden. Das ganze hänge auch mit der Beurlaubung eines Staatsanwalts und eines Richters zusammen, über die das Blatt ja schon vor zwei Tagen berichtet habe. Es gebe Hinweise auf einen weiteren möglichen Zusammenhang mit dem Tod einer Zwangsprostituierten, die man im

Bodensee gefunden habe. Das Wort Zwangsprostituierte kennt er, das Wort Tod auch. Er findet im Internet außerdem Bilder von diesem Kneller, die er sich sehr genau ansieht.

Vor etwa zwei Wochen hatte er von der deutschen Botschaft in Kiew von der Leiche im Bodensee gehört und dass es Alina sein könnte. Sie wollten DNA und er schickte eine Haarbürste.

Oleksandr hat das Gefühl, den Boden unter den Füßen zu verlieren. Aber ihm war schon lange klar, was passiert sein muss. Er sitzt da wie betäubt. Nach einer Stunde erwacht er aus seiner Lähmung und versucht, klar zu denken.

Ach was, er probiert es einfach. Er nimmt das Telefon und wählt die Nummer der Zeitung. Fragt nach Volker Lachenmann. Der meldet sich.

Oleksandr bemüht sein bestes Deutsch.

»Ich bin Vater von Zwangsprostituierte aus Bordell von Kneller. Suche nach mein Tochter.«

Volker hört gespannt zu. Merkt, wie der Mann sich mit dem Deutsch abmüht. Klingt für ihn nach einem Russen. Er fragt ihn, ob er Englisch spreche. Ganz wenig? Dann solle er einen Moment warten. Volker flitzt raus und geht zwei Büros weiter.

»Anna, komm mal zu mir, bitte.« Er nimmt den Hörer. »Moment noch.«

Anna ist Russin. Schon fängt sie an, mit diesem Ukrainer zu parlieren. Volker versteht gar nichts. Er weiß nur, dass Russisch und Ukrainisch ähnlich sind und fast alle Ukrainer Russisch sprechen. Am Ende des Gesprächs schnippt sie mit den Fingern und macht die Geste, die sagt: »Gib mir was zu schreiben.« Sie notiert ein paar Sachen. Danach erklärt sie ihm alles.

»Volker, das ist der Vater einer Zwangsnutte, die bei Kneller verschwunden ist.«

»Habe ich kapiert.«

»Er sucht dringend Hilfe bei der Suche nach seiner Tochter und er weiß, dass sie zuletzt bei Kneller im Puff war. Auf dich ist er durch den Artikel über die Erpressungen gekommen.«

»Anna, ich danke dir.«

»Hier ist eine E-Mail-Adresse und seine Handynummer.«

Volker setzt sich hin, mailt dem Oleksandr die Adresse von Walzer und schreibt ihm, er solle sich an diesen wenden, der kenne sich da aus.

Oleksandr war Kampfschwimmer bei der Marine, aber das ist nach dem Ende der Sowjetunion natürlich vorbei gewesen. Er und Illya waren Ende der 80er-Jahre auf einem U-Boot.

Oleksandr empfindet die Welt als sehr ungerecht. Die Menschen in den armen Ländern wie zum Beispiel der Ukraine haben so wenig Chancen auf Bildung und so wenig Chancen auf Arbeit. Aber die in den reichen Ländern sind auch nicht zufrieden. Dabei wissen sie gar nicht, was sie haben. Er informiert sich viel über das, was auf der Welt so vor sich geht. Wirklich wohlhabend sind die Menschen in Nordamerika, in Westeuropa sowie in Japan und in Australien.

Er selbst konnte nach dem Ende seiner Marinekarriere tauchen, schwimmen, kämpfen, alles Mögliche reparieren und Fallschirm springen. Damit hat man aber in der Ukraine damals wenig anfangen können. Riskante Tauchoperationen hat er gemacht. Mehrfach hätte es ihn fast erwischt dabei. Die Jobs sind nicht mal gut bezahlt gewesen. Später hat er mit einem Freund zusammen angefangen, im Schwarzen Meer Wracks von Fischkuttern zu heben. Das ist eine Weile gegangen.

Seine Frau hat einen Bauernhof geerbt. Mit dem Geld von seiner Taucherei konnten sie etwas Land dazukaufen. In den letzten zehn Jahren haben sie ganz gut davon gelebt. Er hat ziemliche Kenntnisse in der Reparatur von technischen Geräten und Motoren. In der Scheune hat er eine Werkstatt eingerichtet. Ihm geht es relativ gut, aber was er hier sieht, ist im Vergleich dazu märchenhafter Reichtum.

Illya ist Programmierer bei einer mittelgroßen Softwarefirma. Er ist jetzt 48. Illya könnte auch in Kiew arbeiten, aber in München verdient er das Zehnfache. Natürlich ist das Leben in München auch teurer.

Es ist ihm unerklärlich, dass die Menschen in Deutschland so mürrisch sind. Sie haben so viel und wissen es nicht. Er hat deutsche Kollegen, die sagen ihm ganz offen, in arme Länder möchten sie gar nicht reisen, weil sie diesen ganzen Dreck nicht sehen wollen. Als einer, der aus einem armen Land kommt, steht man fassungslos vor so viel Ignoranz und Desinteresse.

Die Ukraine ist erst seit Anfang der 90er-Jahre selbstständig. Jetzt hat sich Russland die Krim gemopst und im Osten wird immer noch gekämpft. Der Westen der Ukraine will eher zu Europa gehören, Teile des Ostens wollen lieber zu Russland.

Oleksandr ist vor einer Woche illegal nach München gereist. Er hat erst vor Kurzem erfahren, dass Illya in Deutschland lebt, und gleich mit ihm Kontakt aufgenommen. Illya hat ihm sofort Geld geschickt.

Playboy

Olli hat eine E-Mail von Walzer bekommen. Der hat sie von einem Ukrainer namens Illya Soundso, der Walzers Kontaktdaten von Volker Lachenmann, dem Redakteur bei der Zeitung, bekommen hat. Es sieht so aus, als habe ein Oleksandr Ivancyk aus der Ukraine in der Online-Ausgabe der Zeitung einen Bericht von Lachenmann über Kneller und sein Bordell gefunden. Dann hat dessen Freund Illya, der in München wohnt, die E-Mail für diesen Oleksandr geschickt. Kompliziert.

Oleksandr sei der Vater von Alina Ivancyk und die sei in Knellers Puff verschwunden. Das wisse die Polizei. Jetzt habe er über die Botschaft in Kiew von der Polizei gehört, dass man im Bodensee eine Leiche gefunden habe und annehme, es sei Alina. Ollis Aufmerksamkeit schnellt in die Höhe. Bis zum Anschlag. Man warte noch auf das Ergebnis des DNA-Abgleichs, aber er sei sicher, dass es seine Tochter sei, und er wolle, sobald das klar sei, natürlich wissen, wer sein Kind ermordet habe.

Olli liest die E-Mail zweimal. Dieser Oleksandr bittet um Hilfe bei der Klärung des Schicksals von Alina.

Walzer hat dazu geschrieben:

Machen wir, ist doch klar!!!

Das sieht der Olli genauso. Er schreibt dem Illya beziehungsweise dem Oleksandr sofort zurück, dass sie selbstverständlich sehr gerne helfen wollten. Und wo sie sich treffen könnten.

Geht es heute Abend in München?, schreiben sie innerhalb einer halben Stunde zurück.

Natürlich geht das. Olli antwortet und sie verabreden sich bei Illya in München.

Olli düst los. Er benutzt in letzter Zeit Mannis Auto. Seines steht ja in der Garage in Stuttgart, die zu seiner Wohnung gehört, und da traut er sich immer noch nicht hin.

Er braucht ein paar Stunden, bevor er im Münchner Stadtteil Sendling vor der Tür einer Wohnung in einem Mehrfamilienhaus steht. Ein Mann öffnet. Olli schätzt ihn so auf Ende 50. Er hebt die Hand zu der Warte-mal-einen-Moment-Geste. Hinter ihm taucht der andere auf, dieser Illya, nimmt Olli an. Der ist deutlich jünger.

»Du bist Olli?«

Er nickt und stellt sich vor.

»Ich bin Illya. Komm herein.«

Olli betritt die gepflegte Wohnung. Im Wohnzimmer setzen sie sich.

Es herrscht eine leicht angespannte Atmosphäre. Olli legt einfach damit los, was er mit Kneller für Erfahrungen gemacht hat. Er kürzt die Geschichte ein wenig ab. Aber er erzählt, dass er von Kneller erpresst worden sei, von ihren Untersuchungen gegen Kneller, von all den Anzeigen gegen Kneller und wie sie ausgegangen sind. Er erzählt von den Videoaufnahmen mit dem Richter und dem Staatsanwalt.

Er zeigt seine Unterarme, berichtet, wie sie Knellers PC gehackt haben und dass er dem Kneller seine gesamten E-Mails abgesaugt habe. Dann erzählt er, was da so über Russinnen drin stünde, die nach seiner Meinung gar keine seien. Er spricht auch über die Geldwäsche. Unumwunden gibt er zu, dass sie Kneller etwas nachweisen wollen, was ihn hinter Gitter bringt, und zwar für länger. Olli berichtet davon, dass seine Nichte von Kneller entführt worden sei und dass seine Schwester mitsamt seinen Eltern seit Wochen in einem weit entfernten Versteck lebe. Und weiter, er wisse ja, dass Oleksandrs Anzeige bis jetzt nicht viel gebracht habe, aber dass sie vielleicht gemeinsam etwas erreichen könnten. Zuletzt berichtet er von dem Kontakt mit der Polizei.

Als Olli fertig ist, beginnt Oleksandr zu sprechen. Er spricht langsam. Illya übersetzt. Sein Deutsch ist erstklassig. Nur ein leichter slawischer Akzent verrät seine Herkunft. Oleksandr erzählt, wie Alina nach Deutschland gereist ist und was er seither alles unternommen hat. Dass er völlig verzweifelt sei. Er schildert auch, wie die Leute in ihr Dorf gekommen sind und etwas über Jobs in Hotels in Deutschland erzählt haben und wie er versucht habe, die Abreise seiner Tochter zu verhindern.

Olli sagt ihnen, dass es in Knellers Puff einige Mädchen aus der Ukraine gebe, und fragt die beiden, was sie von der Idee hielten, einfach hinzugehen, um mehr herauszufinden. Oleksandr wirft ein, das koste alles viel zu viel Geld. Olli greift in seine Jackentasche und gibt ihm 5000 Euro. Das sei Knellers Geld. Oleksandr wehrt sich eine Weile, aber dann nimmt er es an.

Die beiden werden mitkommen. Illya hat sich ein paar Tage freigenommen.

Sie übernachten alle zusammen in Illyas Wohnung, es ist zu spät, um noch nach Stuttgart zu fahren. Olli bekommt das Gästezimmer und Oleksandr schläft auf dem

Sofa. Am Vormittag fährt Olli nach Stuttgart, die zwei kommen in Illyas Auto hinterher.

Olli quartiert sie bei einem Freund von Walzer ein. Der ist Schreiner und hat über seiner Werkstatt drei Zimmer für Handwerker. Zurzeit stehen die leer. Sehr ordentliche Zimmer sind das.

Am Nachmittag fahren sie zusammen zu Knellers Puff. Sie bleiben eine Weile im Auto sitzen und besprechen sich.

Olli sagt ihnen, was sie wissen müssen. Er zeigt ihnen die Listen mit den Namen der Damen.

»Wart ihr schon mal in einem Puff?«

Illya lacht nur. Dann schaut Olli zu Oleksandr. Der muss ganz leicht grinsen und weist Olli darauf hin, dass sie in der sowjetischen Marine gewesen seien, was Olli denn glaube. Dieser errötet etwas und erklärt ihnen, wie es in diesem Puff aussieht.

»Wenn ihr reinkommt, ist da gleich die Bar. Üblicherweise hockt man sich zuerst mal hin und trinkt was. Die Nutten sitzen herum. Die kommen auf euch zu und ihr könnt ja einfach fragen, wer Ukrainisch spricht. Soweit ich weiß, sind die einzigen Ukrainerinnen zurzeit Daria und Kateryna. Habe ich von Knellers PC.«

Er erzählt Illya, wie leicht er Knellers PC knacken konnte. Der lacht laut, als er ihm von den Passwörtern erzählt, was Olli wiederum auf eine Idee bringt, die er sofort in seinem Oberstübchen abspeichert.

»Und ich würde mich an eurer Stelle erst mal ganz normal verhalten.«

»Klar«, grinst Illya. »Zum Glück habe ich mich vor einem halben Jahr von meiner Freundin getrennt. Da muss ich kein schlechtes Gewissen haben.«

»Und dann müsst ihr weitersehen. Ihr könnt ja öfter hingehen. Oder nur Oleksandr. Wie ihr wollt. Passt aber auf, in den Zimmern sind Kameras.«

Die beiden steigen aus dem Auto und gehen rein.

Der Anblick des Puffs lässt unangenehme Erinnerungen an heftige Schmerzen in Olli wach werden.

Nach zwei Stunden kommen die beiden wieder raus und debattieren intensiv auf Ukrainisch. Olli fährt los und lässt sie reden. Er fährt mit ihnen zu seiner Lieblings-Pizzeria.

»Ciao Olli«, begrüßt ihn der Wirt. »Lange nicht mehr gesehen.«

»Olli, wir haben zuerst mit Daria und Kateryna gesprochen. Sie sind beide Zwangsprostituierte. Oleksandr kennt Daria. Sie kommt aus derselben Gegend wie er. Sie hat Alina vor ein paar Monaten im Puff getroffen. Dann war Alina plötzlich weg. Sie hat Kneller gefragt und der hat gesagt, sie sei jetzt in einem anderen Puff. Oleksandr war bei Daria und ich bei Kateryna. Kateryna hat gesagt, sie habe Kneller in seinem Büro mit einer Darth-Vader-Maske gesehen.«

»Ich weiß, dass er eine benutzt«, entgegnet Olli und fragt nach: »Mehr wissen Daria und Kateryna nicht?«

»Nein. Aber es gibt eine Natalia. Die hat angeblich gesagt, der Kneller habe Alina umgebracht.«

»Und wo ist die?«

»In einem anderen Puff von Kneller«, antwortet Illya.

»Und, auf was warten wir?«

»Genau. Wir gehen morgen in das nächste Puff. Er hat insgesamt vier. Ich habe ja mein Auto hier. Olli, du musst nicht dabei sein.«

Sie trinken einen Schluck und schweigen einen Moment.

»Olli, noch was«, sagt Illya.

»Ja?«

»Daria will weg. Sie hat aber Angst vor der Polizei. Sie hat Angst vor Kneller. Weißt du, bei uns ist die Polizei total korrupt.«

Olli denkt: Wenn du wüsstest, wie das hier manchmal zugeht.

»Und Kateryna will auch weg. Können wir den beiden helfen?«

»Klar, du brauchst nur ein wenig Geld.«

»Sie haben keinen Pass.«

»Das ist schwieriger. Wir müssten in Knellers Büro an seinen Safe. Ich nehme an, die Pässe sind da drin. Müssen wir überlegen, wie wir das anstellen.«

»Und Olli!«

»Ja?«

»Eine Polin hat Daria erzählt, dass Kneller ein großes Motorboot am Bodensee hat. Sie sagt, es sei ein Riesending. Unten schwarz und oben weiß mit Holz und ganz viel Leder. Es heißt ›Playboy‹ und Kneller sei oft auf der Insel Reichenau damit und in Lindau und in Bregenz. Sie weiß, dass das Boot bei einer Werft in Gottlieben seinen Liegeplatz hat. Das ist in der Schweiz.«

Olli gibt ihnen zum Abschied noch eine Tasche. Illya nimmt sie und schaut hinein.

»Aber Olli!«

»Ach was Illya, ist nur die Kohle von Kneller. Kann ja sein, dass ihr was braucht.«

Olli fährt zurück nach Öhningen. Die zwei Ukrainer braucht er nicht zu beaufsichtigen. Die sind selbstständig genug. Er setzt sich an seinen PC und hört die

Überwachung von Kneller ab. Er hat sich abgewöhnt, Glücksschreie von sich zu geben, da Manni immer gleich angerannt kommt, wenn er da ist, aber jetzt hätte er Grund dazu. Er schiebt seinen Stuhl zurück. Ist kein Charles Eames und auch keine Imitation davon, aber er hält.

Er hat das Gefühl, Achterbahn zu fahren. Zuerst ging es mit dem Datendiebstahl nach oben, dann mit dem Auftauchen von Kneller ganz weit nach unten. Seit er mit Walzer Kontakt hat, ging es wieder leicht nach oben, aber jetzt sieht es so aus, als ob die Fahrt in den Himmel steiler wird. Die Sache kommt in Schwung. Innerlich jubiliert er.

Er will Walzer anrufen und sieht, dass es schon ein Uhr nachts ist. Na gut, der freut sich auch morgen noch.

Aber dann ruft er ihn ganz früh an.

»Hier ist Olli.«

»Ja.«

»Ich habe ein paar Mitschnitte von Darth Vaders Erpressungen aufgenommen.«

»Geil, Olli.« Walzer gibt einen Juchzer von sich.

»Franz, ich schicke sie dir.«

»Klasse. Ich gebe das morgen an die Justiz, die Polizei und an die Zeitung weiter.«

»Prima. Oleksandr und Illya, die zwei Ukrainer, grasen Knellers Puffs ab. Im ersten haben sie herausgefunden, dass die Alina, also die Tochter von Oleksandr, dort war. Jetzt suchen sie nach einer Natalia, die mehr weiß. Eine von den Damen hat den Kneller als Darth Vader verkleidet gesehen.«

Walzer juchzt schon wieder.

»Franz, ich habe noch eine Idee. Ich habe doch die ganzen Daten zu Knellers Konten in Dubai und sonst wo.«

»Ja.«

»Ich habe neulich mit Manni darüber gesprochen, ob wir sie ihm leeren sollten.«

»Ja.«

»Damals wussten wir nicht, was damit machen.«

»Ja.«

»Ich könnte mal versuchen, ob ich Überweisungen ausführen kann und Geld an Organisationen schicken, die Zwangsprostituierte unterstützen.«

»Geil, Olli. Leg sofort los. Erzähl mir, ob es klappt.«

Von Franz kommt noch ein Juchzer. Olli denkt, das ist ungewöhnlich, Leute in Franz Alter juchzen normalerweise nicht.

Und so senken sich seine flinken Fingerchen wieder auf die Tastatur. Er sucht sich im Internet Vereine raus, die etwas gegen Zwangsprostitution tun. Da gibt es einen Verein Solwodi, aber er findet auch andere. Wenn die Informationen auf den Webseiten vernünftig klingen, sucht er sich die Kontonummer raus und schickt Geld.

Auch Illya ruft er an und lässt sich Oleksandrs Kontonummer geben. Der wundert sich zwar, gibt sie aber her, als er hört, dass es Knellers Geld ist.

Als Erstes testet er, ob die Konten Limits haben. Er fängt mit 10 000 an, das funktioniert. Nach kurzer Zeit ist er bei 100 000 und nach einer Stunde überweist er einem Verein eine halbe Million. Wenn es Limits gibt, dann sind die sehr hoch. Gegen Mittag sind drei Millionen weg. Das langt fürs Erste. Auf den elf Konten, auf die er zugreifen kann, waren vorher zwölf Millionen drauf, jetzt sind es noch neun. Da ihm nichts mehr einfällt, hört Olli auf. Normalerweise hätte er sich selbst ja auch noch was überwiesen, aber er verfügt nun wirklich über genug Geld.

Er ruft den Walzer an und der juchzt schon wieder.

»Olli, ich glaube, jetzt haben wir ihn am Arsch.«

»Franz, für einen Juristen ist das aber eine ausgesprochen unfeine Ausdrucksweise.«

Héritage

Kneller hat in letzter Zeit geackert wie ein Brunnenputzer. Er ist bei knapp 200 Erpressungen angelangt. Seine Konten schwellen an. Er hat sich gestern bei dem Gedanken ertappt, was er denn mit dem ganzen Geld überhaupt anfangen soll. Spaßeshalber hat er nachgeschaut, was der teuerste Cognac der Welt kostet. Da hat er dann den »Henri IV Grande Champagne Cognac Dudognon Héritage« zu zwei Millionen Dollar die Flasche gefunden. Wäre für ihn kein Problem, aber da kam auch der Schwabe in ihm wieder hervor. Das war klar zu viel.

Das Telefon läutet. Berner ist dran.

»Pass auf, die haben was gegen dich.«

»Was denn?«

»Keine Ahnung, habe ich nur gehört. Bin ja beurlaubt, wie du weißt. Und zwar deinetwegen.«

»Nein, wegen dir selbscht, du Schoofseggl. Aber danke für die Warnung.«

Da kann man mal wieder sehen, dass auch im Schwäbischen der Dativ dem Genitiv sein Tod ist.

Schon hat er wieder aufgelegt.

Kneller denkt darüber nach, warum der ihn warnt. Er glaubt nicht, dass Menschen aus Nettigkeit anderen einen Gefallen tun. Da steckt immer die Chance auf einen persönlichen Vorteil dahinter. Ja, klar. Wenn sie ihn schnappen, dann könnte er plaudern und es kämen noch die anderen Sauereien raus. Die können ja bisher nur beweisen, dass der Berner einige Male eine niedrige Strafe verlangt und bei der Orgie mitgevögelt hat. Beim Massler ist es ähnlich. Mehr haben sie nicht. Sie wissen nicht, dass der Berner den Kneller seit Jahren mit Informationen aus Gerichtsakten versorgt hat, die Kneller unter anderem in die Lage versetzt haben, zwei Puffs zu übernehmen. Dafür hat der Berner Hunderttausende kassiert.

Und was haben sie gegen ihn? Er grübelt. Er kann sich nicht vorstellen, dass die was Ernsthaftes haben. Wie denn? Wegen der Thai? Niemals. Er muss noch prüfen, ob dieser Manni den Olli versteckt.

»Bruno!«

Der Gerufene kommt angezischt. Dieter kommt mit. Der steht noch etwas krumm da. Die Rippen sind noch nicht wieder in Ordnung.

»Ihr checkt diesen Manni in Öhningen. Ich denke, der verschdeggd den Olli bei sich. Wenn ihr ihn findet, dann nehmt ihr ihn mit. Den schlag i tot. Und mich auf dem Laufenden halten, gell?«

Kneller beschließt, ein paar Tage mit seinem Motorboot zu verschwinden. Er mag nicht mehr. Er sitzt Tag und Nacht im Puff und jetzt gönnt er sich mal was. Wozu hat er den Scheißkahn am Bodensee denn. Er räumt sein Zeug auf, sagt Bruno Bescheid und düst mit dem Bentley den Spätzle-Highway runter. Natürlich hat er auch ein paar Geldbündel dabei.

Zuerst fährt er mit dem Bentley auf die Insel Reichenau zum Jachthafen. Er holt seinen Rucksack aus dem Auto und geht ein paar Schritte zum Friedhof. Da ist selten jemand. An der Mauer gibt es einen lockeren Stein.

Dahinter packt er die Bündel. Sieht kein Mensch, wenn er den Stein davorschiebt. Dann geht er ein Bier trinken und was essen.

Später steigt er in den Bentley und fährt nach Gottlieben, bindet sein Boot los und fährt mit ihm wieder auf die Reichenau. Dort macht er das Boot am Stegkopf fest.

Er bekommt da immer einen Liegeplatz für eine Nacht. Man muss bloß dem Hafenmeister ab und zu einen Tausender in die Hand drücken, schon geht es.

Sein Boot ist eine zwölf Meter lange Motorjacht. Das Deck ist aus Teak, der Innenausbau aus Mahagoni, sechs Schlafplätze, alle Sitzgelegenheiten sind mit weißem Leder bezogen. Es hat zweimal 500 PS und ist mit allem an Elektronik ausgestattet, was es so gibt. 500 000 hat er dafür hingeblättert. Genau genommen gehört der Dampfer nicht ihm, sondern einer Schweizer Firma, die einem Treuhänder gehört. Sein Name taucht nirgendwo auf.

Kneller geht über den Steg und quer über den Parkplatz zu der kleinen Straße Richtung Osten bis zur Friedhofsmauer. Dort holt er das Geldbündel aus seinem Versteck. Das bringt er demnächst zu Indermann und packt es ins Schließfach. Er säuft noch einen Cognac und geht ins Bett. Eigentlich sagt man bei einem Schiff Koje, aber das hier ist allein von den Dimensionen her eher ein Bett. Er überlegt noch, ob er sich besser eines von seinen Pferdchen mitgenommen hätte, aber er will einfach nur ein paar Tage seine Ruhe haben. Kann sich ja immer noch eine bestellen. Dann denkt er noch darüber nach, warum er keine Freundin oder Frau hat. Das hat ihn nie irgendwie angemacht. Bei diesem Gedanken schläft er ein.

Am nächsten Tag macht er sich ganz gemütlich von der Reichenau auf nach Stein am Rhein. Er ankert den

Nachmittag über, nimmt das eine oder andere Cognacchen, gleitet unter der Rheinbrücke durch, macht im Hafen fest und geht schick essen.

Er schläft lange und fährt dann den ganzen Rhein bis nach Schaffhausen runter. Dafür hat er damals sogar ein zusätzliches Patent erwerben müssen, aber die Mühe hat sich gelohnt. Es ist eine wunderbare Flussfahrt, angeblich eine der schönsten Europas. Er genießt die Ruhe, weg vom Puff, kein Stress mit irgendwelchen Idioten.

Hier auf dem Boot ist er sicher, falls das stimmt, was der Berner erzählt. Es gibt nicht die geringste Verbindung zwischen dem Inhaber des Bootes und ihm. Er hat nie jemandem davon erzählt. Vor einem Jahr hat er ein polnisches Pferdchen mitgenommen. Die war gut, die hat ihm gefallen. Sie ist so lange dabei gewesen, dass er sie auf ihren Wunsch hin entlassen hat. Sie hat wirklich genug Geld verdient, war auch schon älter und hat ihn immer gut bedient. Die hat sich ihre Freiheit verdient gehabt. Er ist stolz darauf. Da sieht man doch, dass man auch wieder rauskommt, wenn man sich anständig benimmt. Bloß diese hysterischen Weiber sind ihm immer auf den Sack gegangen.

Er schippert den Fluss wieder hoch, übernachtet einmal in Kreuzlingen und bringt die Kohle zur Bank. Sie soll ins Schließfach. Eine Nacht verbringt er in Radolfzell und legt sich noch einen Tag vor Horn am Untersee an den Anker.

An diesem Tag ruft Berner an.

»Wilfried, ich habe was gehört von einer toten Nutte, Erpressung mit Drohnen, Geldwäsche und Schwarzgeld. Wenn ich du wäre, würde ich aufräumen und eine Weile verschwinden.«

Kneller denkt eine Weile nach. Dann fährt er wieder nach Gottlieben. Wenn der Berner ihn schon anruft, dass gegen ihn etwas im Gange sei, dann müsste er jetzt die Spuren verwischen.

Kalesche

Ollis Handy klingelt. Nein, es wiehert. Franz hat ihm erzählt, dass dieser Metzger, der Bernd, als Klingelton das Muhen eines Rindes hat. Da hat Olli gefunden, dass zu ihm das Wiehern eines Pferdes gut passen würde. Er mag diese Viecher, kann auch gut damit umgehen, was für so einen Nerd ungewöhnlich ist.

»Hallo, Franz.«

»Olli, mir ist eingefallen, dass du auf den Kneller oder seine Gorillas aufpassen solltest.«

»Schön, dass du mich jetzt schon warnst«, antwortet er mit einem ordentlichen Schuss Sarkasmus in der Stimme.

»Wir haben uns mal mit ihm im ›Ochsen‹ getroffen. Also weiß er, dass der Manni mit mir zusammenarbeitet, und er weiß, wo er wohnt. Nachdem Kneller dich neulich bei mir gesucht hat, denke ich, dass er auch auf Manni kommen könnte.«

»Aber er hat doch versucht, Lena zu schnappen.«

»Ich glaube, dass er eigentlich dich wollte. Hat dich dann nicht gefunden und da haben sie als Ersatz versucht, Lena zu kidnappen. Pass einfach auf und sag es auch dem Manni.«

»Ist gut.«

Olli geht zu Manni in den »Ochsen« rüber. Manni bewohnt mit seiner Frau im Gasthaus das gesamte zweite

Obergeschoss. Die Söhne sind schon lange ausgezogen, kommen aber oft vorbei.

Manni steht im Gastraum hinter dem Tresen.

»Manni, der Franz hat angerufen. Er traut dem Kneller zu, dass der oder seine Leute hier auftauchen, um mich hops zu nehmen. Er meint, wir sollten aufpassen.«

»Olli, da oben an der Straße stand gestern den halben Tag ein großer schwarzer Mercedes rum. Schau mal, ob er wieder da ist.«

Der Angesprochene verlässt den »Ochsen« durch den hinteren Ausgang. Äußerst vorsichtig linst er erst hinter der Tür nach draußen. Schleicht sich dann um die Ecke und sieht Richtung Straße. Siehe da, da ist die Kalesche. Ein Trumm von einem Auto. Stuttgarter Nummer. Er geht wieder rein.

»Manni, da steht genau so ein Auto. Ich fürchte, das sind sie. Dann ist es dem Franz ja auf den allerletzten Drücker eingefallen.«

»Wir sollten was unternehmen.«

»Die Polizei können wir ja schlecht holen. Sie haben ja nichts verbrochen und ich möchte den Bullen ungern unseren Feldzug gegen den Kneller erklären.«

»Olli, du solltest vielleicht dein Quartier im Gartenhäuschen aufgeben. Pack deine Sachen und schleich dich rüber, sodass sie dich nicht sehen können.«

Er trollt sich vorsichtig ins Gartenhäuschen, packt sein Zeug zusammen und geht wieder in das Gasthaus. An der Tür hängt jetzt das Schild *geschlossen*.

Manni und Lea warten auf ihn.

»Das Personal ist schon weg. Wir haben keine Lust, dass sie es wie beim Franz machen. Dich setzen wir bei der Bude von unserem Sohn in Konstanz ab. Kennst dich da ja aus. Andreas ist in den nächsten drei Wochen nicht da. Wir ziehen für ein paar Tage zu Franz und Lena in ihr Versteck.«

»Gut, bringen wir uns aus der Schusslinie.«

»Ich hätte große Lust, denen irgendwas in den Tank zu schütten oder das Auto in ein Bett aus Zement zu packen oder so etwas Fieses. Ich verdrücke mich ungern, aber zwei bewaffnete Berufsschläger sind mir zu riskant. Dann können sie uns jetzt gerne weiter beobachten. Wir haben vor einiger Zeit ein paar Kameras installiert und einen Wachdienst beauftragt. Der ›Ochsen‹ wird beobachtet.«

Sandseele

Illya und Oleksandr waren im zweiten Puff. Aber Natalia war nicht da. Da es noch relativ früh war, sind sie noch in das dritte Kneller-Puff gegangen und fanden dort Natalia. Sie ist mit Oleksandr auf das Zimmer gegangen. Er hat ihr erzählt, was er wissen will, und sie hat die Kamera so verstellt, dass sie beide nicht zu sehen waren. Sie sagte, es sei nur ein Aufpasser da, weil der zweite in dem anderen Puff sei.

»Kneller ist am Bodensee und Bruno und Dieter suchen nach jemandem.«

»Ist Alina tot?«

Natalia berichtet, Alina sei plötzlich verschwunden gewesen und am Abend hätten Kneller und seine Gorillas einen sehr großen Plastiksack aus dem Haus geschleppt und in den Mercedes verladen, den Bruno und Dieter immer benutzten. Mehr weiß sie nicht. Sie möchte auch weg von diesem schrecklichen Ort. Oleksandr bittet sie, noch ein wenig zu warten.

Am nächsten Morgen fahren sie an den Bodensee. In Bregenz fangen sie an zu suchen, finden aber nichts. Danach geht es nach Konstanz. Die zwei klappern den Bundesbahnhafen ab, finden aber auch hier nichts. Dann machen sie sich zum Jachthafen auf der Insel Reichenau auf. Wieder finden sie nichts. Illya meint zu Oleksandr, wenn man auch ein Boot hätte, wäre es wesentlich leichter. Die Suche hat sich ziemlich lange hingezogen. Am Jachthafen gibt es einen Kiosk mit einem kleinen Restaurant. Sie sind beide ziemlich hungrig und gehen rein. Illya erkundigt sich bei dem Chef, ob man denn hier ein Boot mieten könne.

»Habt ihr ein Bodensee-Schifferpatent?«

»Nein.«

»Ihr müsst zum Campingplatz ›Sandseele‹ fahren, da könnt ihr führerscheinfreie Motorboote mieten. Hier gibt es nur was mit Führerschein.«

Illya bedankt sich artig und lässt sich noch den Weg erklären.

Es ist schon spät. Der Campingplatz vermietet Hütten zum Übernachten. Sie freuen sich, dass noch was frei ist.

Am Morgen leihen sie sich vom Chef ein Fernglas, setzen sich ans Ufer und suchen den See ab. Ab zehn Uhr sehen sie, wie vor dem gegenüberliegenden Ufer immer mehr Boote ankern. Der Chef erklärt ihnen, dass sowohl Segel- als auch Motorboote oft nur aus dem Hafen rausfahren und tagsüber an vielen Stellen ankern.

»Ich habe gedacht, Boote sind immer unterwegs«, sagt Illya.

»Nein, die verbringen ganze Tage vor Anker.«

»Und was machen die den ganzen Tag?«

»Baden, lesen, ficken, essen und manchmal zu viel trinken. Manche übernachten auch vor Anker.«

»Aha, muss man wissen.«

»Es gibt ja den Obersee und den Untersee.« Er zeigt ihm die beiden Teile des Sees auf einer Karte. »Da ist auch noch der Überlinger See. Es ist so, dass viele Motorboote vom Obersee hierherkommen, weil es bei uns viele schöne Stellen zum Ankern gibt, wo es flach ist.«

Sie mieten ein kleines Motorboot, eine Fischergundel, und machen sich damit vertraut. Sie fahren ein Stück weit auf den See hinaus. Die ganze Zeit über sucht Oleksandr mit dem Fernglas den See ab.

Am Nachmittag geben sie das Boot wieder ab und setzen sich auf die Terrasse. Oleksandr ist ständig mit dem Fernglas am Suchen. Illya sagt zu ihm, er sei jetzt in den letzten fünf Stunden garantiert die Hälfte davon am Fernglas gewesen. Oleksandr lässt es sinken. Sie bestellen sich ein Bier.

Oleksandr reckt den Hals, nimmt das Fernglas wieder hoch, zeigt auf den See und reicht es Illya. Der sieht durch und findet es. Ein großes Motorboot mit schwarzem Rumpf und weißem Aufbau. Am Steuerstand sitzt ein Mann. Das Motorboot fährt langsam von Norden nach Süden an ihnen vorbei. Es ist sicher einen halben Kilometer von ihnen entfernt. Aber sie glauben, den Schriftzug »Playboy« am Heck zu erkennen.

Die beiden Ukrainer verlassen die Insel und fahren über Konstanz nach Gottlieben. Es gibt zwei Werfthäfen. Sie durchsuchen sie und finden »Playboy«. Auf dem Parkplatz steht jedoch kein Bentley mehr. Sie fahren wieder nach Stuttgart.

Aktenvernichtung

Kneller ist wieder in Stuttgart. Am Morgen ist er in seiner Wohnung aufgewacht, hatte aber keine Ahnung mehr, wie er dahin gekommen ist.

»Wilfried, du saufsch zu viel«, hat er zu sich selbst gesagt. Sonst ist er eher nicht der Typ, der mit sich redet.

Nach einer Stunde Dauerduschen und vier Bechern Kaffee sowie drei Aspirin geht es wieder. Danach hat er losgelegt. Er durchsucht die ganze Bude auf Spuren seines illegalen Tuns, findet nichts. Aber dennoch ist er zufrieden mit sich.

»Vorsicht isch die Mutter der Porzellankischte«, murmelt er.

Dann geht er in den Puff. Den Bentley stellt er hinter der Werkstatt ab. Falls sie kommen, hat er so wenigstens noch das Auto zum Fliehen. Bei der Gelegenheit denkt er, ein unauffälliges Auto wäre jetzt eigentlich besser.

Als Erstes erfährt er von Bruno und Dieter, dass sie trotz dreitägiger Observation den Olli nicht gesehen haben.

»Keine Spur von ihm und dann war am zweiten Tag auch dieser Manni weg. Und die Frau.«

»Ja, gut.«

Ist ihm im Moment egal.

Er beginnt mit seinem Büro. O Gott, der PC. Da ist alles Mögliche drauf. Was soll er damit machen? Wenn die die alte Kiste filzen, ist er so was von geliefert. Er ruft einen PC-Service an.

»Schickt mir sofort jemanden her. Geld spielt überhaupt keine Rolle. Er soll auch so ein, so ein – wie hoißad, wie heißen diese tragbaren Dinger? Ja, er soll ein Notebook mitbringen. Welches? Das teuerschde. Ja, schön klein. Und er muss mir Daten überspielen. Was? Kein Problem. Dann isch es ja gut. Wann kommt der Mann? In 20 Minuten. Ja, das isch gut. Ja, Kneller. Im Puff. Ja.«

Knallt den Hörer auf. Er beginnt, sein Büro zu durchwühlen. Da ist ein vollgestopftes Regal. Dann der Schreibtisch. Voll bis zum Rand. Er googelt Aktenvernichtung.

Er schreit nach seinem Gorilla.

»Bringet mir Kartons. Ja, große.«

Nachdem der Gorilla tatsächlich zwei riesige Kartons herbeigezaubert hat – guter Mann –, beginnt Kneller, das Papier aus dem Regal mit beiden Händen bündelweise hineinzuschaufeln. Mit Details kann er sich nicht aufhalten. Nach einer halben Stunde ist das Regal halb leer.

Da kommt ein junger Mann mit einem Notebook. Den beauftragt er, die Daten von dem alten PC auf das Notebook zu übertragen.

»Ja, alles. Programme auch. Isch nicht viel drauf. ›Word‹ und so. Fang an. Aber dalli, dalli.«

So, Kneller wischt sich die Stirn und schaufelt weiter. Nach einer Stunde ist das Regal leer. Der Vernichter kommt.

»Schaffet Sie des Zeug weg. Alles fein zerhäckseln. Ich mach hier weiter.«

Jetzt geht er an den Schreibtisch. Auch hier kann er nicht jedes einzelne Stück Papier untersuchen. Das meiste landet in dem zweiten Karton. Nach zwei Stunden ist er tatsächlich durch.

Jetzt sind nur noch die Sachen da, die auch in einen Puff gehören. Die offizielle Buchhaltung und so was. Das ist alles legal. Er sieht sich um. Erkennt sein Büro kaum wieder.

Als sein Gorilla Nummer zwei erscheint, schaut der sich erschrocken um.

»Wilfried, kommt die Steuer?«

»Wenn du wüsstest, wie recht du hasch«, schleudert er ihm an den Kopf.

Er macht eine Runde durch den ganzen Puff. Hat er schon ewig nicht mehr gemacht. Geht tatsächlich von Zimmer zu Zimmer, auch da, wo die Nutten im Bett liegen und nicht immer alleine. Er filzt die Schränke. Dann ist das Erdgeschoss dran, anschließend der Keller. Das Gebäude ist nur zum Teil unterkellert. In einem der Räume prüft er, ob man noch Spuren sieht.

Nach fast vier Stunden ist er fertig. Muss wieder alles selbst machen, die Schoofseggl sind dazu zu blöd. Er geht zur Werkstatt rüber. Auch hier kontrolliert er alles.

Der Aktenvernichter ist weg. Hat irgendwas von zwei Tonnen Gewicht gefaselt. Kein Wunder, dass er so schwitzt. Der Mann mit dem Notebook ist auch fertig.

»Jetzt tauschet Sie mir die Feschtplatte aus dem PC aus.«

Der zieht nur die Brauen hoch.

Danach nimmt Kneller die alte Festplatte, geht mit ihr zum Bentley, fährt zum Münstersteg, läuft auf die Brücke und schmeißt die Platte in den Neckar, als gerade nur ganz wenige Leute in der Nähe sind.

»So, geschafft.«

Dann fährt er wieder in den Puff, nimmt das Notebook unter den Arm und geht rüber in die Werkstatt.

Jetzt setzt er sich an das Notebook und fängt an, den Inhalt aufzuräumen. Der ganze Müll ist ja hier drauf gelandet. Das ist eine derart frustrierende Arbeit. Fluchend hockt er an der Kiste. Erst beginnt er, einzelne Dateien wegzuwerfen. Dann nimmt er ganze Ordner und etwas später schaut er noch nicht mal rein, bevor er sie löscht. Ab und an kontrolliert er den verbrauchten Platz auf der Festplatte. Nach zwei Stunden liegt der Fortschritt bei Null. Da merkt er, dass er den Papierkorb noch leeren und konfigurieren muss. Vorher hatte er 200 Gigabyte drauf. Nachdem der Papierkorb leer ist, sind es noch 160. Er ist beeindruckt von seiner Produktivität.

Für diese Mühe gibt es erscht mal ein Cognacchen. Von dem teuren. Na gut, auf einem Bein und so weiter. Nach dem fünften schlummert er über dem Notebook liegend ein. Drei Stunden später wacht er von einem gewaltigen Druck auf die Blase auf und geht nach deren vollständiger Entleerung fluchend ins Bett.

Die Nacht ist anstrengend. Klar, für so einen Körper ist das eine Tortur, der Abbau des ganzen Alkohols. Normalerweise bauen ja die Prozesse innerhalb der Zellen vorhandene Schadstoffe ab – also populärwissenschaftlich ausgedrückt. So weit kommen sie bei ihm aber gar nicht, da sie ja Fulltime mit dem Alkohol beschäftigt sind. Das nennt man Arbeitsbeschaffung. Ja, und so fühlt er sich, der Kneller, als er aufwacht. Der Schädel tut weh und die Blase ist schon wieder zum Bersten gefüllt. Er setzt sich aufs Klo. Auch der Abfluss ging schon mal besser. Scheiß-Prostata. Ausgerechnet er sitzt. Kneller, der Superhero aller Stehpinkler.

Durch den Nebel fällt ihm wieder ein, was er machen muss. Das Notebook entmüllen. Spuren vernichten. O Gott, er hat den Papierkorb des Notebooks entleert. Darin waren die ganzen Abrechnungen des letzten Jahres. Deswegen hat die Leerung so viel gebracht. Und er hat gedacht, es sei sein Fleiß gewesen.

Sein Steuerberater hat immer gesagt, er solle Datensicherungen machen. Datensicherungen? Scheiße.

Es könnte ja sein, dass die Schoofseggl von der Steuerfahndung heute bei ihm aufkreuzen. Er schaut auf die Uhr. Es ist schon acht. Nein, die kommen früher, wenn sie kommen. Er schlurft zum Puff rüber an den Briefkasten. Holt die Tageszeitung raus und die Post. Schlurft wieder über den Hof zur Werkstatt. Geht rein.

Er braucht ja einen PC. Er hat noch nie darüber nachgedacht, dass das Teil für ihn unersetzlich geworden ist. Mühe hat er mit dem kleinen Bildschirm des Notebooks. Da siehsch du ja gar nix. Es müsste doch größere als Extra geben. Nachher wird er diese Computerheinis anrufen. Die schlafen ja noch. Vor zehn erreicht man die nie. Fast wie im Puff, denkt er.

Er macht sich wieder an die Datenvernichtung. Megabyteweise wird das Zeug in die Tonne geschaufelt. Nach drei Stunden geht er in den Puff und holt sich eine Tasse Kaffee. Dann macht er weiter. Gegen Mittag hat er weitere 40 Gigabyte vernichtet. Von da an beginnt es ihm zu gefallen. Diese Aufräumerei hat was. Er geht noch mal zum Puff rüber. Diesmal ist seine Körperhaltung schon besser. Gerader. Schultern nach hinten. Er schaut sich sein entmülltes Büro an. Da weht so ein Geist der Klarheit durch. Warum hat er das nicht schon lange gemacht? Also, wieder rüber ans Notebook, weiter aufräumen.

Aber zuerst blättert er in einer herumliegenden alten Tageszeitung. Im Lokalteil springt ihm eine Artikelüberschrift ins Auge:

Stadtbekannter Bordellbesitzer erpresst Steuerhinterzieher

Er liest ihn und knurrt nur:

»Drecksblatt, elendiges.«

Kneller hat sich rasch an die Bedrohung gewöhnt. Er kann schon was ab. Hat jetzt Ordnung auf seinem Notebook. Ihm ist klar, dass er mit Steuerfahndern rechnen muss. Die würden seinen Computer filzen. Können sie ruhig. Können sie? So ganz sicher ist er sich noch nicht.

Das Schöne an diesen Sesselfurzern ist ja, dass sie immer Zeit brauchen. Woher wissen die von der Geldwäsche und vom Schwarzgeld? Olli. Die Antwort ist immer wieder der Olli. Der hat ihn gehackt. Na warte!

Er ist im Moment ziemlich klar im Kopf. Die Hauruck-Aktion gestern ist gut gewesen. Aber es gibt noch viel zu viele Spuren. Er braucht einfach mehr Zeit, um die zu verwischen. Es ist zu riskant, jetzt sofort zu verschwinden. Er muss in Kauf nehmen, dass sie kommen. Dann muss er eben so vorsichtig sein, dass er nicht erwischt wird.

Und er kann immer noch verschwinden, und zwar irgendwohin, wo ihn kein Mensch vermutet. Er wird weder in Marokko sein noch in Thailand, denn da könnten sie draufkommen. Vorhin hat er mit einem Kollegen in Bregenz telefoniert. Er wird nicht hektisch zu einem Flughafen fahren, wo sie ihn vermutlich gleich hopsnehmen. Er wird sich auf seinem Boot verkriechen. Wenn sich der erste Rauch verzogen hat, wird er nach Bregenz dampfen und sich dort bei seinem Kollegen einquartieren. Von da aus wird er auf dem Landweg durch Italien in eine noch zu definierende Richtung verduften.

Außerdem hat er beschlossen, dass er keinem Erpressten, der nicht zahlt, hinterherläuft. Das ist viel zu mühsam. Schon sitzt Darth Vader wieder an seinem Tisch, diesmal aber in der Werkstatt. Er hat das Pensum hochgeschraubt. Danach geht er im Puff in den Kellerraum, wo sie die Russin verpackt haben. Die Tür wird er abschließen und alles noch einmal abwischen.

Am nächsten Tag steht noch eine Banktour an. Vorher checkt er seine Konten.

Bruno hört einen markerschütternden Schrei aus Knellers Büro. Er rast sofort hin, reißt die Tür auf und sieht Kneller mit weit geöffnetem Mund vor seinem Notebook sitzen.

»Mei Geld isch weg.«

»Alles, Wilfried?«

»Noi, aber viel.«

Nachdem er sich etwas erholt hat und ein paar Cognac reingekippt hat, macht er doch noch seine Banktour. Er kocht vor Wut.

Als er gerade in die Straße zum Puff einbiegen will, sieht er mehrere Polizeiwagen vor seinem Etablissement stehen. Er fährt in einem unauffälligen Mercedes C-Klasse-Kombi einfach geradeaus. Der Bentley steht hinter der Werkstatt. Hatte er doch wieder den richtigen Riecher. Er schaut seine Nase im Rückspiegel an. Das ist ein Riecher. Wie die Nase des Mannes und so weiter. Gestern hat er den ganzen Puff nochmals durchsucht sowie seine Wohnung und die Werkstatt. In der Wohnung ist nichts Verdächtiges, in der Werkstatt nicht und auch der Puff sollte eigentlich sauber sein.

Jetzt haben die Scheißbullen doch zugeschlagen. Aber das ist ihm egal, er war ja gewarnt. Er wird jetzt an den Bodensee fahren und seine weitere Flucht planen. In den Knast geht er nicht. An sein Geld kommen die auch nicht. Das Notebook hat er dabei. Sein Riecher, grinst er.

Er fährt durch Stuttgart in Richtung A 81 und dann auf den Spätzle-Highway. Er denkt, er hat alles dabei, was er braucht, und was er nicht hat, das kauft er sich. Da muss der Olli ihm eine reingewürgt haben. Zu gern würde er sich dafür jetzt revanchieren, aber er kann warten. Auch früher hat es in seinem Leben Phasen gegeben, in denen er hat warten müssen.

»Das isch halt so.«

Sein Handy klingelt. Er nimmt es vom Beifahrersitz hoch und sieht drauf. Die Nummer vom Puff.

»Heilandsack!«

Die können es ja orten. Er schaltet es auf der Stelle ab. Mist, er hat die Prepaid-Karten in der Werkstatt vergessen. Scheißegal, werden eben neue gekauft. Er hat auch wesentlich mehr Geld im Auto als sonst. Ihm ist nach dem Anruf von Berner ja klar gewesen, dass es nicht mehr allzu lange dauert, bis sie ihn am Wickel haben.

Heute hat er im Gegensatz zu seinen sonstigen Gepflogenheiten in der Bank eine halbe Million mitgenommen. Mehr hatten die Schoofseggl nicht da. Ist sowieso lächerlich, wie die immer nur 10 000 Euro pro Tour in der Schweiz abholen. Schissr, alles Schissr, die Herren von der Bank. Aber immer im ganz feinen Zwirn. Dann hat er jetzt wenigstens ein bisschen Wegzehrung, grinst er, denn er hat außerdem noch ein paar von den anderen Millionen in bar dabei.

Er will Gas geben, aber bei der lahmen Gurke tut sich ja nichts. Ganz anders als im Bentley. Das war schlau von ihm, sich den Leihwagen zu holen. Ausgerechnet heute. Einen Tag später und es wäre zu spät gewesen. Er hat den teuersten verlangt, den die bei der Vermietung hatten. Also den teuersten von den unauffälligen Karren. Da haben sie ihm den hier gegeben.

Er fährt wieder auf die Reichenau, deponiert die Plastiktüte am üblichen Platz und fährt mit dem Wagen nach Gottlieben. Dann geht es wieder mit dem Boot auf die Reichenau zurück und er holt das Geld. Wie üblich.

Hochrhein

Illya und Oleksandr sitzen auf zwei Stühlen in Oleksandrs Zimmer bei dem Schreiner. Illyas Handy läutet.

»Ah, Olli.«

Das Gespräch dauert länger.

Danach sieht Illya Oleksandr an.

»Dieser Walzer weiß von der Polizei, dass es Alina ist. Die Schläger von Kneller sind im Gefängnis. Sie haben gesagt, dass er es war. Er habe sie nur geschlagen und sie sei hingefallen.«

Oleksandr sieht starr geradeaus. Er fragt nach Kneller.

»Er ist abgehauen. Man weiß nicht, wohin. Ich glaube nicht, dass er sich traut, ein Flugzeug zu nehmen. Es geht um Mord, Erpressung, Geldwäsche und Schwarzgeld. Wo kann er hin? Was würdest du machen? Ich würde nicht zu einem Flughafen gehen. Nicht in nächster Zeit.«

»Er hat noch das Hotel in Thailand und eines in Marokko, hat Olli gesagt.«

»Ich würde mich da nicht hin trauen. Ich würde abwarten.«

Sie steigen in das Auto und fahren in Richtung Bodensee. Oleksandr hat gesagt, er sei müde. Illya hat auf dem Rücksitz eine Decke liegen, die Oleksandr über sich zieht. Illya muss hinter einem Lastwagen langsam fahren. Da hört er ihn schluchzen. Es geht ihm durch und durch.

Der Mann ahnt schon seit Monaten, dass seine Tochter tot ist, aber wissen und die letzte Gewissheit erlangen ist was anderes.

Beim nächsten Parkplatz fährt er raus, parkt, öffnet die hintere Tür, zieht Oleksandr an sich und nimmt ihn in die Arme. Der schluchzt immer weiter. Das muss der schlimmste Schmerz von allen sein. Er tritt an die Heckklappe des Kombis, nimmt aus einer Tüte eine Flasche Wodka raus und geht wieder zu Oleksandr. Er reicht ihm die Flasche und sagt ihm, er solle mal einen Schluck nehmen. Das macht Oleksandr. Danach legt er sich wieder hin und Illya fährt weiter. Sie haben wieder die Hütte auf der Insel Reichenau gemietet. Illya denkt vor dem Einschlafen über ihn nach.

Oleksandr ist selbst für ukrainische Verhältnisse das, was man einen harten Mann nennt. Illya weiß von mehreren Zwischenfällen auf einem U-Boot, die er nur knapp überlebt hat. In so einem Metallsarg zu sitzen und nicht zu wissen, ob man jemals wieder den Himmel sieht, das muss furchtbar sein. Zusammen sind beide mal in 100 Metern Tiefe beim Tauchen fast ertrunken. Da konnten sie schon nicht mehr mit Pressluft arbeiten, sondern mussten Gasmischungen atmen. Oleksandr hatte eiserne Nerven gehabt. Aber all das ist nichts im Vergleich zur Trauer um ein Kind.

Am nächsten Morgen stehen sie auf und fahren zuerst nach Konstanz. Sie besorgen sich in der Innenstadt ein Fernglas und eine Karte vom See. Dann fahren sie wieder auf die Insel. Sie mieten das kleine Motorboot für eine Woche.

Zuerst geht es nach Gottlieben. Sie müssen um die halbe Insel herum und den Seerhein hinauf. Es dauert.

Die Höchstgeschwindigkeit des Bootes beträgt etwa 15 Stundenkilometer. Irgendwann kommen sie an der Werft in Gottlieben vorbei. Schon von Weitem sehen sie eine Lücke, wo Knellers Boot sein sollte. Also ist er auf dem See unterwegs.

»Der Mann vom Campingplatz hat gesagt, dass viele Motorboote an den Untersee zum Ankern kommen. Oleksandr, mein Gefühl sagt mir Untersee«, sagt Illya.

Er dreht das Boot um und fährt zurück. Sie schauen in jeden Hafen rein. Sie klappern ganz einfach das gesamte Ufer ab.

Sie haben es mit ihrem Boot bis nach Wangen geschafft. Am Abend überlegen sie, ob sie zur Reichenau zurückfahren sollen.

»Das dauert zu lange.«

Illya hat eine Karte vom See dabei.

»Schau mal, mit dem Boot brauchen wir eine Stunde, bis wir oben sind. Und noch eine, um wieder herzukommen.« Er zeigt mit dem Finger auf die Strecke. »Warum suchen wir uns nicht einfach einen Platz am Ufer? Schlafsäcke haben wir dabei.«

Und so suchen sie sich ein Restaurant und später ein schönes Plätzchen und schlafen einfach im Freien. Warm genug ist es.

Am nächsten Morgen stehen sie auf und gehen im See schwimmen. In Wangen gehen sie frühstücken, ausgiebig. Sie beladen das Boot und suchen weiter.

Später kommen sie an die Rheinbrücke in Stein am Rhein. Sie beratschlagen. Sollen sie den Fluss runterfahren oder nicht? Sie entscheiden, es zu probieren. Sie fahren unter der Rheinbrücke durch und den Windungen des Flusses entlang. Runter geht es ziemlich schnell.

Als sie kurz vor Schaffhausen sind, begegnet ihnen ein großes Motorboot mit schwarzem Rumpf. Als es vorbei ist, drehen sie sich um und lesen den Bootsnamen, der groß hinten draufsteht: »Playboy«.

»Scheiße.«

Kneller fährt mit mindestens den erlaubten zehn Stundenkilometern bergauf. Sie drehen um.

»Mit diesem Boot brauchen wir ewig, bis wir wieder in Stein am Rhein sind.«

Das 6-PS-Motörchen muss sich wahnsinnig bemühen, das Boot, sie beide und das Gepäck flussauf zu bewegen. Illya stellt fest, dass die Strömung in Ufernähe meist geringer ist. Dort kommen sie ein wenig flotter voran. Am Abend haben sie es noch nicht mal bis nach Stein am Rhein geschafft. Sie finden ein Restaurant und kampieren wieder am Ufer.

»Solange es nicht regnet.«

Am Morgen machen sie sich wieder auf. Als sie den Hochrhein hinter sich haben, geht es schneller vorwärts. Sie suchen beide Seiten des Sees nach »Playboy« ab. Nichts. In Steckborn tanken sie nach. Bei der Gelegenheit kaufen sie Lebensmittel und Getränke, einen großen Benzinkanister und eine Plastikplane.

»Falls es doch regnet.«

Manchmal geraten beide in einen Zustand der Hoffnungslosigkeit. Wie soll man ein Boot auf diesem See finden? Kneller kann ja schon lange wieder auf dem Obersee sein. Sie haben keine Ahnung, was er vorhat. Aber dann sagen sie sich wieder, sie können nichts anderes machen als weiterzusuchen.

Sie fahren nach Horn, nach Iznang, nach Moos und schließlich nach Radolfzell. Dort gibt es größere Häfen.

Da müssen sie reinfahren, sonst entdecken sie ihn nicht. Bei den kleineren Steganlagen sieht man so einen Brocken wie »Playboy« schon von Weitem.

Und schon wieder ist ein Tag rum. Sie campen wieder wild.

Illyas Handy klingelt.

»Hallo, Olli.«

»Ah, Illya. Wo wart ihr?«

Keine Antwort.

»Ist auch egal. Pass auf. Die Polizei hat das Personal aus dem Puff befreit. Sie haben ihre Pässe wieder. Ich habe den Damen etwas Geld gegeben.«

Illya ahnt, was Olli mit »etwas« meint und freut sich für Daria, Kateryna und Natalia. Er hat mit Kateryna die Telefonnummern ausgetauscht. Er wird sie mal anrufen. Sie ist Mitte 30. Eine hübsche Frau.

Kameras

Kneller hat sich in den Markelfinger Winkel verzogen. Von Schaffhausen ist er wieder den Rhein rauf geschippert, hat in Mammern übernachtet und ist im Restaurant »Schiff« fein essen gegangen. Dann ist er wieder langsam in Richtung nördliches Ufer hochgefahren. Ganz am Ende dieses Seeteils hat er geankert. Herrlich ruhig ist es hier. Die ganze Nacht hört man das Gequake der Frösche im Schilf und die Seevögel.

Und da ist ihm etwas Blödes eingefallen. Vielleicht hat das polnische Pferdchen gequatscht. Die, mit der er mal auf dem See unterwegs war. Wenn ja, könnte es sein, dass es im Puff Mitwisserinnen gibt. Er hat ihr damals eingeschärft, dass sie bloß die Klappe halten solle. Eigentlich hat die immer gespurt. Aber was, wenn nicht?

Er geht davon aus, dass die Bullen seine Pferdchen befragen. Wenn die jetzt wüssten, wie sein Boot aussieht und heißt, dann wäre er hier nicht so sicher, wie er denkt.

Aber was tun? Er versucht, klar zu denken. Es ist Vormittag und er hat noch nicht mal ein einziges Cognacchen zu sich genommen. Eisern heute.

Na gut, er schenkt sich mal eins ein. Aber nur eines. Gibt es Alternativen zu seinem Plan, sich zunächst auf dem See zu verstecken, bis sich der Pulverdampf etwas verzogen hat? Er beschließt, die Nase mal wieder in die

Welt hinaus zu stecken und fährt nach Gottlieben. Als er den Anker aufholen will, fällt ihm was ein. Gute Idee.

In Gottlieben übernachtet er und fährt am nächsten Morgen nach Kreuzlingen zu einem Baumarkt. Dort kauft er 20 Rollen schwarzes Klebeband, das breite. Als er wieder in Gottlieben ist, fährt er mit dem Boot ein paar Hundert Meter raus. Er nimmt das Tape und beginnt, die Schrift »Playboy« zuzukleben, bis man nichts mehr von dem Namen sieht. Danach holt er sein kleines Beiboot aus dem Heck und verändert auch die Zulassungsnummer noch ein wenig. Geschafft. Zurück nach Gottlieben, hinein in den Leihwagen und ab nach Zürich und dort direkt zum Flughafen. Das Auto hat eine Autobahnvignette für die Schweiz. Man will ja nicht auffallen.

Er hat keine konkreten Pläne, aber als er vor dem Flughafen dort hochfährt, wo man Leute absetzen kann, sieht er nach oben – da ist eine Kamera neben der nächsten angebracht. Vor den Terminals stehen jede Menge Polizisten herum. Einer mustert ihn, als er langsam vorbeifährt. Im Rückspiegel sieht er sogar, wie der ihm hinterherschaut. Das ist ja Horror.

Ihm kommt das kalte Grausen. Er fährt nach Gottlieben zurück. So geht das auf gar keinen Fall. Auf der Rückfahrt schaut er öfter nach oben. Auf diesen Traversen über die Straße sind überall Kameras angebracht.

Nein, er wird sich nicht in dieses ungewisse Abenteuer stürzen. Die Gefahr, schon auf einer normalen Straße von Kameras erfasst zu werden, die ist viel zu groß.

Und noch was fällt ihm ein und jagt ihm einen kalten Schauer über den Rücken. Der Bentley steht ja am Puff. Wenn die Polizei nachdenkt, könnte sie darauf kommen, dass er sich einen Leihwagen genommen hat und die

Vermietung, wo er diesen Karren herhat, die ist ganz nah beim Puff.

»Das Auto isch gefährlich.«

Er muss es loswerden. Er fährt direkt von Zürich auf die Autobahn Richtung Stuttgart. Am Grenzübergang in Konstanz kriegt er einen Heidenschrecken. Da stehen lauter Zöllner und Polizisten mit Maschinenpistolen herum. Einer sieht ihn an, als er langsam über die Grenze rollt. Ihm wird heiß und kalt. Aber keiner will was von ihm. Gott sei Dank. Er schnauft durch. Das Wort Gott hat er schon lange nicht mehr in den Mund genommen.

Er fährt nach Reutlingen und stellt das Auto auf einem Parkplatz an der Tübinger Straße ab. Dann läuft er zum Bahnhof und kauft sich eine Fahrkarte.

Der Horror geht weiter. Hier sind ebenfalls überall Kameras. Er steigt in den nächsten Zug und fährt nach Konstanz. Dort läuft er über den Zoll zum Bahnhof und lässt sich von einem Taxi nach Gottlieben bringen. Er hat einen falschen Pass und einen falschen Personalausweis. Sicherheitshalber hat er sich schon vor langer Zeit auch einen falschen Führerschein sowie ein falsches Bodensee-Schifferpatent machen lassen. Billig ist das nicht gewesen. Die Leute würden einen Herbert Bodenwegg kennenlernen.

Der Ausflug hat ihm gezeigt, wie gut sein erster Plan war. In ein paar Wochen sieht die Welt anders aus. Da denken alle, er sei eben verduftet. Was soll ihm passieren. Falscher Ausweis, die Taschen voller Millionen, Geld regiert die Welt. Darauf erst mal ein leckeres Cognacchen. Er hat einen Fernseher an Bord und einen DVD-Player. Er sieht seine DVDs durch und wirft den Film »Die Bourne Identität« ein. Das ist für einen Mann in seiner

Situation eher keine gute Idee, aber er schaut ihn tapfer an und kippt ein paar Cognacs, wenn es gar so schrecklich wird. Träumt nicht gut danach.

Einige Male war er in den letzten Tagen versucht, im Puff anzurufen. Macht der Gewohnheit eben. Aber das wird er schön bleiben lassen.

Sein Kühlschrank ist gut gefüllt. Er kann sich hier an Bord in der großzügigen Pantry eine komplette Mahlzeit kochen. Aber meist bevorzugt er so was Deftiges in der Art einer Brotzeit.

Am nächsten Tag legt er wieder ab. Fährt in den Obersee. Im Seerhein fällt ihm ein, von was er geträumt hat. Gute Idee. Darauf nimmt er mal einen Cognac zum Frühstück. Er hat von einem weißen Boot geträumt. Genau, das ist es. Die meisten Motorjachten in der Größe seines Bootes sind weiß. Seines ist schwarz. Wenn einer was von seinem weiß, dann suchen die nach einem schwarzen mit der Aufschrift »Playboy« und einer bestimmten Nummer. Der Name und die Nummer sind erledigt. Bleibt die Farbe. Was macht er da?

Er macht es weiß, ganz einfach. Aber zu einem Lackierer kann er nicht. Ach was, er lackiert selbst. In Kreuzlingen geht er in den Hafen, nimmt den großen Rucksack und läuft zum Baumarkt. Er kauft 17 Dosen weißen Autolack. Bei »Playboy« ist nur der Rumpf schwarz. Das sollte reichen. Dann fährt er mitten auf den Obersee, nimmt das Beiboot und lackiert sein Boot weiß. Besonders schön wird das nicht. Ist aber egal. Auf dem See ist wenig los, und wenn mal einer vorbeischippert, unterbricht er die Aktion. Einmal kommt ein Segelboot ganz nah vorbei und er hört es zu spät, weil sie leise sind und er so in die Lackiererei vertieft war. Er versteckt sich hinter seinem Boot. Blöd nur, dass er mit der für sie sichtbaren Seite gerade erst halb fertig war. Die Leute auf dem Segelboot sehen ihm so seltsam nach.

Als er mit der Arbeit fertig ist, fährt er nach Lindau und kauft Nahrungsmittel und Getränke ein, vor allem Getränke, Cognac. Er wird sich weiter hier verstecken. Jetzt sollte er sicher sein. Morgen fährt er wieder an den Untersee. Da ist es gemütlicher und man kann besser ankern.

Viertele

Olli sitzt in Konstanz auf der Marktstätte in einem Café. Er kennt sich hier aus, hat fünf Jahre in Konstanz gelebt. Ist schön hier, denkt er. Vielleicht könnte er ja mit dem ganzen Geld, das er jetzt hat, einen Deal mit den Schweizern machen. Dann könnte er auch wieder in die Schweiz fahren, ohne Angst haben zu müssen, sofort verhaftet zu werden. Mit einer Million könnte man da möglicherweise was machen. Schweizer sind pragmatisch.

Sein Handy klingelt.

»Hallo Manni.«

»Wir sind wieder in Öhningen. Die Polizei war da. Die suchen dich.«

Olli seufzt.

»Wegen der Erpressungen für Kneller?«

»Genau. Seine Gorillas haben ausgepackt. Die wollen ein mildes Urteil und dafür hauen die jeden in die Pfanne. Sie haben ja mitbekommen, was zwischen dir und Kneller gelaufen ist.«

»Und den lassen sie laufen?«

»Nein, die fahnden mit Hochdruck. Die wissen auch von dem Boot auf dem Bodensee.«

Ollis Stimme vibriert. Er merkt es sogar selbst. Tremolo.

»Mann, muss ich in den Knast?«

»Ich glaube nicht. Franz ist gerade da, ich geb ihn dir mal.«

»Hallo Franz.«

»Olli, ich glaube, du hast so viele mildernde Umstände, dass du vermutlich mit einer Bewährungsstrafe davonkommst.«

»Das ist ja beruhigend.«

»Vielleicht musst du was bezahlen. Aber du solltest dich stellen. Geh zu Kommissar Kreuziger bei der Kripo in Konstanz. Ist ein Segelkumpel von mir. Sonst müsstest du dich auf die Flucht begeben. Das lohnt sich nicht. Aber das hast du ja gewusst.«

»Ja, Franz, ich mach das. Ich bestelle mir jetzt noch ein Viertele Wein, damit trink ich mir Mut an und dann geh ich da zu Fuß hin. Könntet ihr meine Sachen aus der Bude von Mannis Sohn abholen? Ist nur eine große Tasche. Das Wichtigste ist in einem Bankschließfach.«

Sie lachen und Olli bestellt sich das Viertele. Die Kellnerin sieht ihn leicht verwundert an.

»Gell, ich bin nicht der Typ, der im Normalfall am Vormittag ein Viertele bestellt.«

Sie nickt und bringt wenig später das Glas. Er trinkt den Weißburgunder mit Genuss aus. Anschließend ruft er Illya an und berichtet ihm, dass die Polizei Kneller auf dem Bodensee sucht, zahlt, marschiert durch die Altstadt und die Niederburg durch und überquert den Rhein. Im Polizeipräsidium meldet er sich bei der Anmeldung an. Da sitzt ein Polizist hinter einer riesigen Glasscheibe und man spricht über eine uralte Sprechanlage. Grausig.

Kreuziger kommt runter und nimmt ihn mit in sein Büro.

»Der Franz hat mir schon Bescheid gesagt. Zuständig sind die Kollegen in Stuttgart. Wir bringen Sie nachher dahin.«

»Da freu ich mich schon. Endlich mal Tatütata-Auto fahren. Wünsch ich mir, seit ich sechs bin.«

»Wissen Sie, wo der Kneller sein könnte?«

Olli überlegt. Er weiß ja genau, was Oleksandr und Illya wissen und wo sie suchen. Er wünscht ihnen viel Erfolg. Daher möchte er auch nicht, dass die Polizei den Kneller zuerst findet. Wenn er es sich aussuchen könnte, würde er Oleksandr sehr gerne den Vortritt lassen.

»Keine Ahnung, wohin der sich verkrümelt hat, der hat Hotels in Thailand, Marokko und angeblich in der Domrep.«

Helikopter

Illya und Oleksandr haben den Gnadensee abgeklappert. Auch hier finden sie nichts. Die Hoffnung schwindet. Schon wieder ist ein Tag vorbei. Die beiden haben ziemlich Farbe bekommen. Auf dem Wasser wird man wesentlich schneller braun als an Land. In Steckborn haben sie sich mit Sonnencreme eingedeckt und seither schmieren sie sich heftig ein.

Auf der Karte schauen sie sich ihren bisherigen Weg an.

»Oleksandr, sieh mal, jetzt ist nur noch dieser Teil vom Untersee übrig. Er heißt Markelfinger Winkel. Aber da ist nur eine Werft. Ich fürchte, er ist im Obersee. Ich weiß es ja auch nicht.«

»Wir suchen weiter.«

»Ich finde es nett, dass Olli uns vor der Polizei gewarnt hat, die hier nach Kneller sucht. Er unterstützt uns, wo er kann.«

Sie fahren in den Markelfinger Winkel hinein, sehen aber nichts. Fast am Ende gibt es so eine kleine Landzunge, und als sie um die herumfahren, da sehen sie in einem halben Kilometer Entfernung ein großes weißes Motorboot vor Anker liegen. Wieder nichts.

»Illya, ich habe Hunger. Fahr ans Land, wir machen eine Pause.«

Sie klappen den Außenborder hoch und schieben die Gundel auf den Sand. Dann versenkt Oleksandr die Getränke im etwas tieferen Wasser, damit sie kühler werden.

»Wir trinken ein Bier. Weißt du, was wir machen können?«

»Wie?«

»Um schneller voranzukommen mit diesem Boot.«

»Nein.«

»Wir stehlen an einem anderen Boot einen Außenbordmotor mit 15 PS.«

»Ich will nicht stehlen.«

»Wir haben viel Geld von Olli. Wir legen statt des Motors Geld hinein. Das ist nicht stehlen.«

Illya denkt nach.

»Das geht.«

Sie packen Brot, Käse, Landjäger und Obst aus und baden ein bisschen. Dann essen sie zusammen. Prosten sich zu.

Aus östlicher Richtung kommt ein Hubschrauber geflogen. Sie schauen nach oben. Er ist noch ein paar Kilometer entfernt, fliegt ziemlich tief in den Gnadensee hinein bis zum Ende, dreht um und kommt zurück. Sie werden nervös. Er fliegt in etwa 100 Metern Höhe ziemlich langsam über den See, überfliegt ihre Position. Jetzt sehen sie, dass er blau-weiß ist und »Polizei« draufsteht. Er fliegt weiter zu dem großen Motorboot, bleibt über ihm stehen und geht noch etwas tiefer. Ein Mann sitzt auf dem Boot und winkt dem Hubschrauber zu. Der steht immer noch über dem Boot, steigt dann ganz langsam wieder höher und fliegt nach Westen davon.

»Das darf nicht wahr sein. Illya, schau mal genau hin.«

»Wohin?«

»Das Motorboot. Der Mann, der sieht aus wie er.«

Illya sieht hin. Er holt das Fernglas.

»Der sieht aus wie Kneller, aber das Boot ist weiß. Viele Leute sehen hier so aus wie er. Bauch, Glatze. In Deutschland haben die Leute zu viel zu essen.«

»Das Boot kann man lackieren.«

»Ja, das kann schon sein.«

Fiffi

Kneller ist nervös. Da stehen die Schoofseggl über ihm in der Luft und glotzen herunter. Am liebsten hätte er seine Knarre genommen und auf sie geballert. Aber er hat scheinheilig gewinkt. Er muss die Waffe verstecken. Hat sich in den Tank des Bootes eine Klappe einbauen lassen, in der er seinen Revolver samt Munition, einen Haufen Geld und Koks verstauen kann. Nicht mal ein Köter würde dieses Versteck finden. Der Dieselgeruch überlagert alles.

Am Ende schicken die auch noch ein Polizeiboot, so lange wie die geglotzt haben. Wenn sie ein Foto von ihm haben, dann sieht er alt aus. Natürlich haben die ein Foto von ihm. Er hat sich jetzt eine Woche lang nicht rasiert, aber die Scheiß-Glatze. Er hat doch – ja klar, er hat ein Toupet dabei. Jetzt grinst er schon wieder. Dass er das vergessen hat. Die falschen Papiere hat er alle doppelt, einmal mit und einmal ohne Toupet. Er ist schon ein Käpsele. Sollen sie doch kommen. Lernen sie eben den Herbert Bodenwegg kennen – mit Haaren und Bart. Schlau, wie er ist, nimmt er den Rasierapparat mit dem Kantenschneider – nein, Quatsch, dem Bartschneider und macht aus dem im Gesicht wuchernden Gestrüpp einen Dreitagebart. Es ist eher ein Fünftagebart.

So, wo ist das Toupet? Ah, da ist das Teil. Jetzt den Kleber auftragen – so ein Dreckszeug, verdammtes.

Aber was muss, das muss. Dient alles einem guten Zweck. Erscht mal verschmieren und dann drauf mit dem »Fiffi«. Noch mit den Händen von oben draufgedrückt – klatsch, das hält auch bei Windstärke zehn. Na vielleicht auch nur bei acht. Scheißegal. Jetzt checkt er noch den Kahn auf verdächtiges Material. Die Schwarzkohle und die Kanone sind vom Diesel umhüllt. Alles vorbereitet für den Schnüffel-Wuffi von der Bullerei. Also, ab an Deck.

Er kommt aus der Kajüte hoch und sieht zuerst nach Osten. Scheiße, da kommt tatsächlich ein Polizeiboot angerauscht. Ein Riesenteil in einem ekelhaften Blau. Na gut, er kann es nicht mehr ändern.

Sie kommen längsseits, hängen Fender raus und machen sich an ihm fest. Erzählen ihm was von einer Routinekontrolle und fragen nach den Papieren. Er zeigt sie ihnen. Sie wollen wissen, ob das sein Boot sei. Er hat vorgesorgt. Der Herbert Bodenwegg wohnt in der Schweiz, das Boot liegt in der Schweiz und alles hat seine Ordnung. Er kann es belegen.

Ob sie sich ein wenig umsehen dürften.

»Mein lieber Herr Polizist. Ich weiß nicht, ob Sie das dürfen, aber von mir aus. Sie könnten mir im Gegenzug aber mal erklären, was oder wen sie suchen, dass Sie mich so genau unter die Lupe nehmen.«

Er hat sich um sein schönstes und freundlichstes Hochdeutsch bemüht. Gelingt nur beinahe. Ein Polizist schaut in die Kajüte, schaut sich um und kommt wieder hoch. Geht zurück auf das Polizeiboot.

»Herr Bodenwegg, wir suchen einen flüchtigen Kriminellen aus Stuttgart. Dessen Boot ist aber schwarz.«

»Meines ist weiß.«

»Und die Nummer stimmt auch nicht, aber er hat auch eine Thurgauer Zulassung.«

»Ja, da gibt es viele, die Dinger werden immer größer. Bald fährt die ›Queen Mary‹ auf dem Bodensee herum.«

Gemeinsames höfliches Gelächter.

Der Beamte reicht ihm die Papiere zurück.

»Dann lassen wir Sie mal wieder in Ruhe. Entschuldigen Sie die Störung.«

»Ist schon gut.«

Sie verlassen den ehemaligen »Playboy« und legen ab. Dampfen in westlicher Richtung davon. Könnten ja mal die Angler da drüben überprüfen. Schoofseggl. Der Mann, der die Leinen löst und die Fender reinholt, sieht so merkwürdig an dem Rumpf von Knellers Boot runter.

Kneller holt sich einen Cognac. Heilandsack! Das war knapp. Er muss sich was überlegen. Das wird ihm langsam zu heiß. Er trinkt erscht mal oinen.

Nach einem großen Schluck schnauft er durch. Es ist Nachmittag. Wenn er vor Berlingen geankert hätte, dann wäre er in der Schweiz gewesen und die hätten ihn vermutlich gar nicht kontrollieren können. Aber dann hätten sie die Schweizer zu Hilfe geholt. Scheiße. Er muss sich doch Gedanken machen, ist hier nicht mehr sicher. Er trinkt den Cognac aus, holt die Knarre aus dem Versteck, schmeißt die Motoren an und hievt den Anker hoch. Während der langsamen Fahrt hirnt er weiter. Aber was soll er machen? Soll er jetzt schon abhauen? Es ist zu früh. Er ruft seinen Freund und Kollegen Leonhard aus Bregenz an. Natürlich mit dem Prepaid-Handy.

»Hier isch Wilfried.«

»Ah, du. Wie geht's?«

Er schildert ihm die Situation. Lässt auch die Kontrolle nicht weg.

»Kannsch du mir einen Rat geben?«

Pause am anderen Ende. Denkpause.

»Abhauen würde ich jetzt noch nicht. Viel zu gefährlich, es gibt überall Kameras. Ich finde deinen Plan schon gut. Ist auch clever, das Boot umzulackieren. Weißt du was, ich habe eine Idee. Du machst alles richtig, aber du solltest dich eher im Ostteil des Sees herumtreiben. Hier hinten bei uns zwischen Lindau und Romanshorn.«

Kneller fällt ein Stein vom Herzen.

»Leonhard, das mache ich. Ich rufe dich in den nächsten Tagen an. Können uns ja mal treffen. Brauche auch mal wieder was vor die Flinte. Danke.«

Langsam fährt er weiter in Richtung Konstanz. Muss noch mal nach Kreuzlingen, bevor es nach Osten geht. Er bekommt nicht mit, dass ihm die Angler folgen.

Versenkt!

Illya und Oleksandr haben Mühe, Kneller mit dem 6-PS-Motörchen zu folgen, obwohl sie sehen, dass er sehr langsam fährt. Es wird allmählich dunkel. Kneller ist inzwischen weit vor ihnen, aber sie können ihn immerhin noch sehen. Er fährt in Richtung Obersee. Kurz vor Konstanz sehen sie ihn dann zum letzten Mal. Nach der alten Rheinbrücke biegt er rechts ab und verschwindet aus ihrem Blickfeld. Trotz Vollgas brauchen sie noch 20 Minuten bis zur Brücke.

Als sie die passiert haben, sehen sie ihn nicht mehr. Oleksandr schlägt sich die Hände vor das Gesicht. Sie fahren weiter.

Hinter Konstanz stoppt Illya das Boot. Er nimmt das Fernglas und schaut nach Osten.

»Da ist kein großes Motorboot. Wir schauen in Kreuzlingen nach.«

Sie fahren in den Hafen. Da liegt unübersehbar der ehemalige »Playboy« quer an einem Steg.

Sie verlassen den Hafen wieder und beratschlagen. Sie steuern ihr Boot weiter nach Osten, bis sie einen kleinen Steg für Fischerboote finden, der fast vollständig von Schilf umgeben ist. Kein Mensch zu sehen. Mittlerweile ist es ganz dunkel. Sie binden ihr Boot an dem Steg an. Illya passt auf und Oleksandr untersucht die dort liegenden Boote. Eines hat einen 20-PS-Motor. Er ist nicht mit einem Schloss gesichert. Glück für sie. Er pfeift Illya. Gemeinsam bauen sie den Motor ab. Sie verpacken 5000 Euro in eine Plastiktüte und kleben die dahin, wo der Motor war.

Dann wechseln sie den Motor und lassen den abgebauten mit 6 PS in ihrem Boot liegen. Sie fahren wieder zurück nach Kreuzlingen. Ziemlich weit vor dem Hafen ziehen sie ihr Boot an einer Stelle mit ein paar Bäumen ans Ufer und legen sich zum Schlafen.

»Wir haben genug Benzin, wir haben genug zu trinken und zu essen«, sagt Illya.

»Und wir haben viel Geduld, sehr viel Geduld.«

Am nächsten Morgen müssen sie bis um elf Uhr warten. Da kommt Kneller aus dem Hafen heraus und biegt Richtung Osten ab. Nach einer halben Stunde dreht er auf. Am Bodensee sind 40 Stundenkilometer erlaubt.

Die zwei Neu-Matrosen aus der Ukraine erleben ein ganz neues Bootsgefühl. Ihre Fischergundel ist eine wahre Rakete geworden. Sie können Kneller folgen. Aber nach 20 Minuten merken sie, dass sie nur beinahe folgen können. Ganz langsam entschwindet er trotz Vollgas ihren Blicken. Verzweiflung macht sich wieder breit.

»Ich glaube nicht, dass er nach Deutschland fährt. Ist ihm zu gefährlich. Also suchen wir in der Schweiz und in Österreich.«

Zuletzt haben sie ihn auf der Höhe von Arbon mitten auf dem See gesehen. Da fuhr er stur geradeaus.

»Irgendjemand hat was von Bregenz gesagt. Ich glaube, er will in diese Gegend«, sagt Illya.

Sie klappern ab Romanshorn die Schweizer Häfen ab. Aber da ist nichts. Illya studiert die Karte.

»Schau mal, da vorne ist der Rheindamm und davor ist rechts so eine große Bucht. Die heißt Fußacher Loch. Das ist in Österreich. Da schauen wir rein.«

Die Zufahrt ist durch Pfähle markiert. Als sie die Bucht erreichen, sehen sie einige Boote. Ganz allein im hinteren Teil ankert ein großes weißes Motorboot. Sie fahren langsam in etwa 300 Meter Entfernung von dem Motorboot bis kurz vor das Schilf am Ufer und werfen den Anker.

»Ich schwimme hin.«

»Wart mal.«

Illya schaut sich mit dem Fernglas um. Kein Mensch weit und breit.

Oleksandr lässt sich über die Bordwand gleiten. Er schwimmt etwas raus, biegt ab und schwimmt auf das große Motorboot zu. Er nähert sich der Bordwand. Das Wasser ist warm. Er sieht genauer hin. Unten an der Bordwand sieht man, dass es schlecht lackiert ist. In Wellenlinien und verschmiert. Unter der weißen Farbe entdeckt er schwarze. Jetzt ist er sich ganz sicher.

Ganz leise bewegt er sich zum Heck des Bootes. Da ist eine Badeleiter. Sie ist heruntergeklappt. Er packt die Badeleiter am oberen Ende mit beiden Händen, zieht seine Beine an und stellt seine Füße auf die untere Stufe der Badeleiter. Jetzt.

Mit einem Zug stößt er sich nach oben. Er nimmt keine Rücksicht mehr auf Geräusche. Vor ihm liegt links ein Durchgang in das Innere des Bootes, rechts befindet sich erhöht eine Liegefläche. Darauf liegt Kneller.

Der schießt hoch, reißt den Mund auf, starrt ihn an. Oleksandr steht jetzt auf der Badeplattform, geht zwei Schritte nach vorne.

»Warum du hast getötet Alina?«

Kneller ist noch einen Meter von ihm entfernt. So was wie Angst ist in seinem Gesicht zu erkennen.

»Du, du«, stammelt er.

»Ich Vater von Alina. Hast du Kinder?«, fragt Oleksandr.

Kneller fährt herum, schwingt seine Beine hoch und über die Liegefläche nach hinten. Jetzt schaut er hinter sich in Richtung Bordwand und grapscht nach etwas. Er schnappt sich den Gegenstand. Es ist ein Revolver. Kneller ist aufgestanden. Er steht etwa einen Meter vor ihm. Sein rechter Arm mit dem Revolver schwingt in Richtung auf Oleksandr herum.

Der macht einen sehr schnellen Schritt nach vorne, hält beide Arme leicht nach oben und bewegt wahnsinnig schnell die Hände aufeinander zu. Er trifft Knellers Hand mit der Waffe. Die fällt auf den Boden, hat noch ein wenig Schwung, poltert auf die darunterliegende Badeplattform und rutscht mit dem neuen Schwung ins Wasser. Beide sehen ihr nach. In Oleksandrs Gehirn rauscht der Begriff »gute russische Nahkampfausbildung« durch.

Kneller löst seine Augen als Erster von dem Revolver und greift wieder hinter sich. Jetzt hat er ein Messer in der rechten Hand. Sieht aus wie ein Fleischmesser. Er sticht zu. Oleksandr ist etwas zu langsam. Er versucht, sich mit den Armen zu schützen. Die Klinge erwischt ihn am Unterarm. Tief. Er tritt etwas zurück. Kneller sticht wieder zu. Daneben. Oleksandr bewegt sich noch etwas rückwärts. Nach hinten hat er keinen Platz mehr. Da ist die Bordwand. Kneller sticht wieder zu. Oleksandr kann nicht ganz ausweichen. Wird an der Hüfte erwischt. Kneller sticht schon wieder zu. Er ist ein kräftiger Mann von über 1,90 Meter und wiegt bestimmt 120 Kilo, Oleksandr ist kleiner und wesentlich leichter.

Hier ist so wenig Platz. Jetzt – ein uralter Trick. Oleksandr schaut schnell zum Heck des Bootes und sagt: »Oh.« Kneller sieht nach hinten. In dem Moment macht Oleksandr einen Schritt auf Kneller zu, bewegt beide Hände wieder blitzschnell und das Messer fällt auf den Boden. Es rutscht nach hinten, fällt auf die Badeplattform runter und bleibt da liegen. Kneller rollt sich über die Liegefläche zur Badeplattform, jetzt hat er sie erreicht. Er darf nicht an das Messer rankommen, denkt Oleksandr. Der Puffbesitzer bückt sich. Doch genau jetzt kommt Oleksandr von hinten angeflogen. Er trifft Kneller. Der geht zu Boden, schnappt im Rutschen das Messer. Oleksandr rutscht mit ihm zusammen über die Kante der Badeplattform. Er ist halb auf ihm drauf. Beide gehen über Bord und tauchen tief ab.

Das ist seine Chance. Oleksandr erwischt im Abtauchen Knellers Beine. Er hängt jetzt in einem spitzen Winkel zu ihm hinter Kneller, hat dessen Beine mit beiden Armen umklammert. Oleksandrs Beine zeigen schräg nach oben. Er hält eisern fest. Kneller versucht, zu treten, aber Oleksandr hält seine Beine fest. Er darf kein Bein freibekommen. Oleksandr tritt mit seinen Beinen nach oben. Kneller sticht mit dem Messer in Oleksandrs Richtung. Der weiß, das hier kann er besser. Er kann zwei Minuten unter Wasser bleiben.

Jetzt hat Kneller aufgehört, mit dem Messer nach Oleksandr zu stechen. Er versucht, mit seinen Armen Auftrieb zu erzeugen. Rudert wie verrückt. Oleksandr hält fest und sorgt mit seinen Beinen dafür, dass sie beide auf etwa drei Meter Tiefe bleiben. Knellers Widerstand wird schwächer und schwächer. Nach einer weiteren Minute lässt Oleksandr Kneller los. Es ist vorbei. Er taucht auf. Hinten an der Badeleiter ist eine Leine. Er bindet Kneller damit provisorisch fest und steigt die Badeleiter hoch.

Langsam beruhigt er sich. Er muss einen Verbandskasten suchen und wird unter dem Steuerrad fündig. Da ist ein Fach und da ist einer drin. Er öffnet ihn, nimmt sich Wundkompressen heraus. Mit einer davon verbindet er sich den blutenden Unterarm, eine weitere befestigt er mit Pflaster an der Wunde an seiner Hüfte, nachdem er die Stelle getrocknet hat. Er muss aufräumen. Er winkt Illya zu.

Der startet den Motor und fährt zu dem großen Motorboot. Er geht längsseits und sie binden die Fischergundel am »Playboy« fest. Illya steigt rüber.

»Mein Gott.«

»Ich wollte es alleine machen. Er hatte eine Chance, wie du siehst.«

Oleksandr prüft, ob seine Blutungen gestillt sind. Sieht gut aus. Illya holt ihre Kleidung aus der Fischergundel. Sie ziehen sich an. Er sucht im Motorraum nach Handschuhen. Da sind welche. Sie streifen sie über.

»Oleksandr, ich glaube, kein Mensch hat etwas gesehen.«

»Das ist gut. Es war knapp. Er hat mich erwischt.«

»Ich sehe es.«

Oleksandr fängt an, das Boot aufzuräumen. Als Erstes holt er einen Eimer und spült sein Blut weg. Er findet einen großen Plastiksack, in dem die Persenning steckt. Die holen sie raus. Kneller ziehen sie ins Boot hoch und schieben ihn in den Sack. Der Sack hat am oberen Rand Metallösen. Oleksandr findet neben dem Tank einen

Werkzeugkasten. Dem entnimmt er eine Metallsäge. Dabei fällt ihm eine Klappe am Tank auf. Er öffnet sie und findet eine Plastiktüte. Er sieht hinein. Darin liegen Geldbündel. Die Tüte nimmt er an sich. Es ist viel, zählen kann er später.

Mit der Metallsäge geht er vor zum Ankerkasten, öffnet ihn. Er schäkelt die Ankerkette vom Anker ab und sägt ein Kettenglied auf, sodass er etwa vier Meter Kette übrig hat. Die nimmt er raus. Dann schäkelt er die verkürzte Kette wieder an den Anker.

Die Kette kommt in den starken Gewebesack zu Kneller. Sie prüfen immer wieder, ob sie irgendjemand beobachtet, aber da ist keiner. Oleksandr bindet den Sack mit den Ösen zu.

Illya steigt rüber auf die Fischergundel und löst die Leinen. Dann startet er den Motor und fährt los. Oleksandr hat alle seine Sachen wieder in die Tasche gepackt. Die Metallsäge und der Werkzeugkasten sind auch wieder verstaut. Jetzt macht er sich daran, Knellers Unordnung zu beseitigen. Er inspiziert das ganze Schiff vom Motorraum über den Salon bis zu den Kabinen. Alles wird aufgeräumt. Das Boot muss unbenutzt aussehen. Knellers Notebook hält er einen Moment unschlüssig in den Händen, lässt es aber letztlich stehen. Mit dem Aufräumen ist er fertig. Das gesamte Cockpit wird ausgewischt. Er will keinen einzigen Fingerabdruck hinterlassen. Noch mal reinigt er sorgfältig den Boden von eventuellen Blutresten. Er weiß, dass ein Polizeitechniker die Blutspuren schnell fände, aber er geht davon aus, dass gar keiner suchen wird.

Er startet den Motor, holt den Anker mit der elektrischen Winsch auf und fährt los. Das hier ist zwar ganz anders, als die Boote, die er kennt, aber irgendwie ist Boot eben doch Boot.

Er trifft sich mit Illya mitten auf dem See.

Illya bindet die Gundel am »Playboy« fest und steigt um.

»Hier ist es tief genug. Das Echolot zeigt beinahe 200 Meter«, sagt Oleksandr.

Kein Boot ist in Sichtweite. Sie ziehen den Sack nach hinten, geben ihm einen Stoß und er verschwindet im See.

Illya geht wieder auf die Fischergundel. Sie drehen um und fahren zurück in Richtung Untersee. Ein paar Kilometer vor Konstanz bringt Illya den 20-PS-Motor wieder an den Steg im Schilf. Er legt ihn einfach in das Boot. Den Umschlag mit dem Geld nimmt er wieder mit. Sparsame Leute, die Ukrainer. Dann kommt er zum »Playboy« zurück. Immer noch tragen sie die Handschuhe. Sie lassen das Boot treiben. Das machen andere hier auch. Illya schaut im Kühlschrank nach. Da sind einige Vorräte, sie nehmen etwas Käse und Brot, trinken kaltes Bier und am Ende genehmigen sie sich einen von Knellers Cognacs. Und danach wird erneut geputzt.

»Illya, ich möchte das Boot an seinen Platz im Hafen legen. Das geht nur, wenn du vorher mit dem Fischerboot im Hafen in Gottlieben nachschaust, ob da jemand ist. Ich möchte nicht mit diesem Boot gesehen werden und es ist auch egal, wie spät es wird. Du musst genau nachschauen. Ah, ich habe noch was gefunden.«

Er greift in seine Tasche und holt die Plastiktüte heraus.

Illya bekommt große Augen.

»Wir teilen das. Es war hier versteckt.«

Illya hebt abwehrend die Hände.

»Illya, du weißt, womit dieser Mensch das Geld verdient hat. Du kannst damit machen, was du willst, kannst es verschenken, aber nimm es.«

Illya fährt mit der Gundel los. Etwas später ruft er an, die Luft sei rein. Oleksandr fährt das Boot in Gottlieben in die Box hinein, sie machen es mit den bereitliegenden Leinen fest.

Er steigt zu Illya in die Fischergundel und sie fahren zur Reichenau rüber, legen die Fischergundel an ihren Platz, trinken noch ein Bier im Restaurant und gehen in die Hütte zum Schlafen.

Presse

Ein paar Tage später steht in einer großen Stuttgarter Tageszeitung ein ausführlicher Bericht über eine bekannte Stuttgarter Rotlichtgröße, die verschwunden sei. Dem Verschwinden des Bordellbesitzers sei eine Erpressungsaffäre vorausgegangen. Irgendwie hänge das ganze mit dem Ankauf einer Steuer-CD seitens des Finanzministeriums zusammen. Da habe ein Datendieb offenbar Adressen abgezweigt und die Leute erpresst. Das sei überaus lukrativ. Dann rechnet die Zeitung noch vor, wie viel Geld in dem Geschäft drin steckt.

Ein Mann, den der besagte Puffbesitzer zu Erpressungen gezwungen haben soll, sei inzwischen wieder auf freiem Fuß und warte auf seinen Prozess. Er habe gute Chancen mit einer sehr milden Strafe davonzukommen.

In den Fall verwickelt seien offenbar ein beurlaubter Stuttgarter Richter und ein ebenfalls beurlaubter Staatsanwalt. Es gebe Belege, dass die beiden an Orgien des Puffbesitzers teilgenommen hätten und auch geschmiert gewesen seien.

In den Bordellen seien Zwangsprostituierte aus mehrheitlich osteuropäischen Ländern beschäftigt gewesen, die ein Hilfsverein jetzt befreit habe. Auch der Tod einer Zwangsprostituierten aus der Ukraine hänge mit dem Fall zusammen.

Die Staatsanwaltschaft ermittle und den Puffbetreiber suche man mit internationalem Haftbefehl. Es gebe aber bisher keinerlei Spuren.

Er habe vier Puffs besessen, die einer Beteiligungsgesellschaft von 20 Anteilseignern gehörten. Es folgt die Liste der Namen.

Der Puffbetreiber selber habe nur noch zehn Prozent der Anteile gehalten, aber die Geschäfte geführt.

Darüber hinaus habe die Staatsanwaltschaft Hinweise, dass die 20 in obiger Liste genannten Mitbesitzer mit ihrem Anteil Schwarzgeld aus der Schweiz gewaschen hätten. Vermittler sei das namhafte Bankhaus Meille, dem man die Verwicklung in den Fall nachweisen könne. Der Puffbesitzer habe mit dem Schwarzgeld über Strohmänner Hotels in Thailand und in Marokko erworben.

An diesem Tag fällt 20 honorigen Stuttgarter Bürgern das Frühstücksweggle sprichwörtlich aus dem Gesicht. Und das alles dank dem »Fulgerrr«. Ein Mann mit Mumm in den Knochen.

Axel Ulrich

hat in den ersten Jahren seiner beruflichen Laufbahn als Wirtschaftsjournalist und Unternehmensberater gearbeitet und sich 1982 in der IT-Branche selbstständig gemacht. Eigentlich wollte er nur einmal ein Buch schreiben, um zu sehen, ob er das kann. Dieser Versuch hat ihn dann gepackt und er konnte nicht mehr aufhören.

2. Auflage 2022
Postfach 16 42 · 72706 Reutlingen

Titelbild: Axel Ulrich
Gestaltung: PMP Agentur für Kommunikation, Reutlingen
Satz: Uhl + Massopust, Aalen
Druck und Bindung: CPI books GmbH, Leck
Printed in Germany
ISBN 978-3-96555-007-0